優莉凛香

高校事変 劃篇《かくへん》

松岡圭祐

角川文庫
23368

優莉凛香

高校事変 劃篇《かくへん》

『高校事変Ⅵ』の終盤

1

　十四歳の優莉《ゆうり》凜香《りんか》は、日没後の真っ暗な田園地帯に延びる、線路の上を歩いていた。片側のレールの上のみ、平均台のように歩を進め、酒のまわりぐあいをたしかめる。

六本木《ろっぽんぎ》オズヴァルドのバックヤードから急に追いだされ、小学一年生になったころ、下校時にはいつもこんなふうに、白線をつたって歩いた。そのことを思いだす。踏み外したら死ぬとか、勝手なルールを自分に課した。あんなひとり遊びになんの意味があったのかわからない。

　いまはたった数歩で脱落の憂き目に遭った。片足が枕木に落ちた。もう一方の足は砕石を踏んでしまい、危うく滑って転ぶところだった。

転べばいい。頭を打って絶命とか、そんな体たらくも悪くない。凜香を知る奴らは、どいつもこいつも一笑に付すだけだろう。どうせ結衣《ゆい》姉《ねえ》もしらけた態度をとって終わりだ。健斗《けんと》のときと同じように。

微風がワンピースの裾《すそ》を泳がせた。ショートボブの髪もなびく。冬の寒さが身に沁《し》みる。凜香はふと立ちどまり、さっき降りた駅のほうを振りかえった。JR総武《そうぶ》本線、たしか物井《ものい》という駅だった。もともとちっぽけな駅舎の明かりが、遠くに小さく見えている。

この近辺はおぼろに記憶に残っていた。ひとつ手前の駅は四街道《よつかいどう》といった。なにもないド田舎に、コンテナを積みあげただけの貸しトランクルームがあり、父の半グレ同盟がヤバい物をよく隠していた。結衣姉がフライトスーツを引っ張りだしたのも、たぶんあのトランクルームだろう。

ただしそこに用はない。凜香の知る千葉のド田舎、訪ねた理由はそれだけでしかない。都内とちがい、たやすく線路内に立ち入れる。辺りには街頭防犯カメラどころか、民家の窓明かりひとつない。駅と駅の間隔も離れているため、電車の速度もあがる。計算外だったのは電車の本数自体がやたら少ないことだ。上りよりは下りのほうが多いだろうと予想したが、いまだ走行音ひとつ耳にしない。静かだった。まだ暖かくもないのに、冬眠から覚めた蛙の鳴き声が、あちこちから響いてくる。

凜香はベルトに挟んである角瓶を引き抜いた。ポーランド産のウォッカ、スピリタスを一気に呷《あお》る。がらがらの車内でずっと飲みつづけたせいで、もう飲み干してしまった。アルコール度数九十六パーセントでも、あまり現実感から乖離《かいり》した気がしない。本当はヤクがほしいところだ。ここでは売人を呼びつけることさえ難しい。角瓶を放りだし、また線路づたいにふらふらと歩きだした。酔っていれば自然に笑えるはずだ。いまはさっぱり愉快な気分になれない。

ぼんやりと脳裏をよぎるのは、同じような夜更け、原宿《はらじゅく》からの帰り道だった。ひどく寒かった。買ったばかりのロリータドレスがびしょ濡《ぬ》れになっていた。あのクソ姉に水を浴びせられたせいだ。

惨憺《さんたん》たるありさまで、武蔵小杉《むさしこすぎ》の田代《たしろ》ホールディングス本社に逃げ帰った。ベトナムから帰化したハンサムな十七歳、田代勇次《ゆうじ》が慰めてくれるときを、本気で望んでいた。

勇次は別人のように醒《さ》めたまなざしを向けてきた。父親の田代槇人《まきと》も同じ目つきだった。凜香は折檻《せっかん》を受けた。ベトナム人の用心棒どもから殴る蹴《け》るの暴行を受けた。

社屋ではそれ以前、実兄の篤志《あつし》を見かけた。きょうだいは考えも共通しているようだ。父が逮捕され、路頭に迷った結果、優莉匡太《きょうた》亡きあとの半グレ組織の最大手に入ったのだろう。篤志も凜香と同じく、田代ファミリーの一員だと知った。凜香は激しい折檻を受けながら、そんな兄が救いに現れてくれることを期待した。だがかつてのすらりとした線の細さはどこへやら、肥満しきった巨漢は、ついに姿を見せなかった。あの役立たずのゴミ兄、肝心なときに現れやしない。

凛香は数日間、窓のない納戸に監禁された。食事も水もあたえられず、飲まず食わずで過ごした。たぶん顔の腫《は》れが引くのをまっていたのだろう。迎えに現れたのは権《ごん》晟会《じょうかい》のチンピラどもだった。沖縄に拠点を持つ権晟会は、田代ファミリーの取引先のひとつでもあった。民間軍事会社からの武器の横流しについて、売買の仲介を担当していた。

チンピラどもは嬉々《きき》として凛香を、権晟会の東京事務所へと連行していった。江東《こうとう》区の雑居ビル四階、いくつか事務机が並ぶ一室で、凛香はヤクザどもに乱暴された。両手両足を縛られ、抵抗のすべもなかった。泣きじゃくり叫んでもどうにもならず、悪夢はひと晩じゅうつづいた。醜悪な顔のゴミクズばかりだった。剃《そ》り込みの入った四十代のほか、狐目の顎鬚《あごひげ》、坊主頭の色眼鏡。いま思いだしても吐き気がする。

凛香は段ボール箱に閉じこめられた。どこかに移送されると気づいた。クルマに積まれ、次いで乗り物の揺れぐあいから、海上にいるとわかった。船酔いで気分が悪くなり、何度となく嘔吐《おうと》したが、箱からだされることはなかった。ときおり蓋《ふた》がわずかに開き、小さな牛乳の紙パックと、パン屑《くず》が投げこまれた。それが摂取できる栄養のすべてだった。

気づけば民間軍事会社、ラングフォード・インターナショナルの兵器試験場、広大な雑草地帯にいた。敷地内にぽつんと存在するコンクリート造の二階建てを、権晟会やラングフォードの奴らは娼館《しょうかん》と呼んだ。凜香と同じく、年端もいかない少女たちが、性の捌《は》け口にされていた。

アメ公の馬鹿どもは、ときおり少女たちをフィールドに逃がし、狩りと称して追いまわした。捕まったらその場で強姦《ごうかん》される。ときおり殺される少女もいた。

どうせ逃げ場なんかありはしない、そう思いながらも凜香は必死で駆けずりまわった。切実に自由を求めては心が折られる、その繰りかえしだった。迷彩服を着た黒人ふたりに、凜香は常に目をつけられていた。捕まるたび、黒人のひとりが凜香を俯《うつぶ》せに押さえつけ、もうひとりが後ろから尻《しり》を衝《つ》いてきた。そういう体勢をふたりは好んだらしい。凜香は逃走の末、黒人コンビに捕まっては、毎度同じようにバックで犯された。

疲労と無力感がぶりかえしてくる。凜香は足をとめ、線路の上に座りこんだ。腰を下ろしたとたん寝そべりたくなる。仰向《あおむ》けに横たわってみた。枕木というが枕のように柔らかくはない。後頭部が痛い。それでももう起きる気にはなれなかった。

視野に夜空がひろがる。今夜は空気が澄んでいるらしい。あるいはド田舎ゆえの眺めだろうか。沖縄と同じぐらい多くの星が瞬いていた。

地獄の日々を送りながら、結衣への憎悪ばかりが募った。あのクソ姉を心底ぶっ殺したいと願った。むかしからいけ好かない女だった。架禱斗《かいと》と並んで父に気にいられ、いつも高慢に振る舞いやがった。幼いころの凜香がすがっても、ろくにかまってもくれなかった。

怒りの矛先は身内以外にも向いた。原宿で遊びほうける、凜香と同世代の小娘ども。むかついて腸《はらわた》が煮えくりかえる。あのずぶ濡れの帰り道、竹下通《たけしたどお》りで凜香に目をとめ、けらけらと笑った奴らがいた。サリンさえ撒《ま》いておけば死に絶えただろうに、クソ姉が邪魔しやがった。

驚いたことに結衣がラングフォード兵器試験場に現れた。千載一遇の機会とばかりに、凜香は結衣を襲撃した。ところが赤子のようにあしらわれてしまった。かつてのような機敏さに欠けたのが敗因だった、それが凜香の自己評価になる。栄養失調で力がでなかったせいだ。

あのとき凜香は、結衣への殺意をいっそう燃えあがらせた。ところが結衣の態度はそうでもなかった。悪態をつきまくる凜香に、結衣はあろうことか憐憫《れんびん》の目を向けてきた。哀れみの言葉さえ口にした。

「畜生」凜香は吐き捨てた。「あのクソ姉《ねえ》。最低最悪の犬アマ」

にわかに星々がぼやけだし、光の結晶と化していった。視界が涙に揺らいでいる。情けなさと遣《や》る瀬なさが胸を締めつける。

凜香はたったひとりで沖縄を逃げまわった。盗んだ金で服を買い、あるていど身綺《みぎ》麗《れい》にし、飛行機で羽田《はねだ》に帰った。

本当は文無しではなかった。田代ファミリーに加入後、長いこと児童売春が仕事だった。稼いだ金は銀行に預金せず、都内某所に隠してあったが、それを取りには行かなかった。誰に尾《つ》けられているかわかったものではない。

虚《むな》しさと孤独感だけが押し寄せた。酒を万引きし、酔っ払いながら蒲田《かまた》をふらついた。駅周辺の治安は悪かった。肩がぶつかり、男に絡まれるたび、路地に連れこんでボコボコにしてやった。通報されそうになり、蒲田駅の構内に逃げ、電車に飛び乗った。品川《しながわ》で横須賀《よこすか》線に乗り換え、いまに至る。凜香は手足を投げだし、線路に寝そべっていた。

「殺せ」凜香は配信で観た古いアニメを真似て、わざと怒鳴った。「さあ殺せ！」けたたましい自分の笑い声をきいた。前後の展開はおぼえていない。たぶんそこだけ目にしたのだろう。昭和に制作されたアニメで、登場人物がやけを起こした、そんな場面の再現だった。薄っぺらい人物描写と、わざとらしいクサい演出がかえって気にいった。ひとしきり笑ったのち、たいしておかしくもない、徐々にそう思い直した。

きょうは星座がやたら視認できる。おおぐま座の北斗《ほくと》七星《しちせい》からうしかい座、おとめ座へとつながる春の大曲線がある。しし座を加えた春の大三角も見える。夜空が波打っているのに、かに座までわかる。

ひとりきりだった。誰にきかれる心配もない。堪《こら》えてきた感情を解き放つや、凛香は声を震わせながら泣きだした。

恨みつらみ重なる世のなかへの仕返しを、いっこうに果たせない。ワルとしても一人前になれないままだ。中二の分際だが、もう長いこと麴町西《こうじまちにし》中には行っていない。児童養護施設も愛想を尽かしているだろう。生まれてこなければよかった。

線路に微妙な振動を感じる。リズミカルな電車の音が耳に届く。

来た。凛香ははっとした。横たわったまま四街道駅方面を見下ろす。かすかな光が接近しつつあった。下りだ。まちがいなくこの線路だ。

凛香はため息とともに目を閉じた。やっと人生に終止符が打てる。十四年しか生きてこなかったが、もうたくさんだった。親ガチャを引き損なった時点で負け組確定、そんな理不尽な世のなかだ。死にたいといつも思ってきた。ようやくそのときが訪れた。

瞼《まぶた》の裏に浮かんでくるのは、さっきの想起よりさらに古いアニメ、それも洋物の『トムとジェリー』の一場面だった。失恋したトムが線路に座りこみ、自殺を図る。ジェリーはせつない気分で見守るが、自分の愛する雌《めす》ネズミも、別の雄《おす》ネズミとできていると知る。ジェリーはトムと並んで線路に座る。汽車の警笛がきこえるところでジ・エンド。

「おい」凜香は目を開け、自分を叱責《しっせき》した。「馬鹿か」

せめて最期ぐらい、いままでの悲しい思い出が走馬灯のようによぎったりしないのか。もっと感傷に浸ってもいいはずだ。よりによってトムジェリ。中坊の頭はこれだから困る。

いままで泣けた漫画を思いかえしてみる。『逢沢《あいざわ》りく』『アオハライド』『水は海に向かって流れる』……。どれも自分の境遇が重ならない。悲劇のヒロインになりきれないし、運命の儚《はかな》さに酔いしれられない。というよりそんな妄想が愚かしく思えてくる。

線路に寝そべったまま、手もとの石をつかんでは投げるという、無意味なことを繰りかえす。電車の走行音は確実に大きくなってきている。だがスピードが遅いのか、なかなか到達しない。だんだんじれったくなってきた。

なんかちがう。哀愁とともに命を絶ちたいのに、とてもそんな雰囲気にならない。映画やドラマにおける自殺は、たいてい飛び降りだと気づいた。なるほど、断崖《だんがい》絶壁から身を投げれば、美しく儚げに最期を迎えられる。ところが凜香は電車に轢《ひ》かれることを選んでしまった。連想できるのはトムジェリでしかない。こんな最期で本当にいいのか。

そう思ったとき、大音量の警笛が耳をつんざいた。辺りが真っ白に染まる。ライトに照らしだされている。足もとに風圧を感じ、ワンピースの裾《すそ》がふわりと舞った。電車がすぐそこに迫ってきている。

この期に及んでなお、環境の微妙な変化を手がかりに、物体との距離をつかもうとしてしまう。そこいらの奴らには無理だろうが、幼少期からしごかれた身からすれば、間一髪の危機すら回避できる。ぎりぎりで躱《かわ》してやる。神業に等しい身のこなしを披露し、運転手の度肝を抜いてくれる。

列車の騒音が迫った。甲高く耳障りなノイズをともなっている。急ブレーキをかけたのだろう。けれどもほとんど減速しない。全速力で走ってきた電車の制動距離はおよそ半キロにも達する。凜香はまだ仰向けに寝ていた。普通なら避けられない。翌朝には悲劇が報じられる。女子中学生とみられる遺体、自殺か。だがそうなるのはあくまでも、原宿でプリクラを撮って有頂天になるばかりの、鈍《どん》くさい小娘どもの場合だ。格のちがいを見せてやる。

ライトがやたらまぶしい。視界の下端に運転席の窓をとらえた。ついにそんな瞬間《かん》にまで至った。鍛えた背筋でえび反りになるや、凜香は横方向に跳躍した。前腕と下腿《たい》の筋肉をバネに、胴体を高速回転させ、勢いよく飛翔《ひしょう》する。間合いを把握する動物的な勘は、いささかも鈍ってはいない。空中の凜香をかすめるように、電車が猛スピードで通過していく。

達成感とともに全身が斜面に叩《たた》きつけられた。線路わきを転がり落ち、凜香は草むらに突っ伏した。息苦しくなり寝返りをうち、仰向けに横たわる。通過していった列車は、ブレーキ音を響かせつつ、少しずつ減速している。やがてはるか先で停まった。

凜香は笑った。勝ち誇った笑いだった。しだいに空虚さがよみがえってくる。自分のふがいなさに腹が立った。気づけばみずから頰を張っていた。

馬鹿野郎、なにしてる。華麗に避《よ》けてどうする。このぶざまな死に損ないめ。

凜香は両手で顔を覆った。声を押し殺しむせび泣いた。つまらない自己満足。見物人もいないというのに承認欲求が生じてしまう。たとえ一部始終を目にする者がいたとしても、ただ軽蔑《けいべつ》されるだけだろう、その事実にすら頭がまわらない。いったいなにがやりたい。

いくらか時間が過ぎた。雑草を踏みしめる複数の足音をきいた。凛香はびくっとしたが、上半身は起きあがらなかった。背中が痺《しび》れて感覚がない。思いのほか着地のダメージが大きかったようだ。いっそう自分の愚かさにあきれる。

暗がりのなか、懐中電灯の放つ光線が何本も蠢《うごめ》く。ほどなくすべての光がこちらに向けられた。まぶしさの向こう、闇のなかに警官か車掌か、制帽と制服のシルエットがうっすらと浮かんでいた。

2

酔いが覚めてきた。凛香は事務机を前に、パイプ椅子に座っていた。机は小部屋の真んなかにある。馴染《なじ》みのある空間だと悟った。おそらく所轄の取調室だろう。

泥酔状態にはよくあることだが、おぼえていないフリではなく、本当に思いだせない。ただし記憶を失ってはいなかった。なんらかのヒントをあたえられると、そこだけフラッシュバックのように、目にした光景がよみがえるからだ。

いまもここに来た経緯はさだかではない。けれども刑事ふたりが立ち話するなか、ときおりJRだとか物井駅だとか、電車にまつわる固有名詞がきこえてくる。それらを耳にするたび、該当する状況を思いだした。線路に横たわった。轢かれる寸前、わきに飛び退いた。

誰かのせいで殺されそうになったのか。ちがう。そんな切羽詰まった感覚はない。自分の意思で線路に寝た。そこまでレールの上を歩いていった気がする。夢だったのではと疑いたくなるが、たぶん現実なのだろう。

刑事たちは三十代後半ぐらいに見える。ときおりドアが開き、制服警官が顔をのぞかせる。男だけでなく女もいた。いま現れた女性警察官が、からになった角瓶を差しだし、刑事のひとりに手渡した。

灰いろのスーツ、日焼けした顔の刑事が、机を挟んで凜香の向かいに座った。刑事が瓶を置いた。ラベルを見てスピリタスだとわかった。

この瓶を空けたのは自分だ、ぼんやりとそう思った。星空を仰《あお》ぎながら呷り、最後の一滴まで飲み干した。またその瞬間の記憶だけが戻る。

「四街道署の佐野《さの》です」刑事がいった。「まずききたい。どこか痛かったり、ぐあいが悪かったりは？　現場では病院に行く必要はないって話だったが、ほんとに救急車を呼ばなくてもいいか？」

また限定的に思いだせることがあった。線路沿いの道路は暗かったが、無数の赤色灯が縦列に連なり、さかんに点滅していた。ずいぶん大勢の私服や制服に囲まれた。パトカーに乗せられたのをおぼえている。

パクられたも同然だとそのとき感じた。ふと不安が脳裏をかすめる。余計なことを口走ったかもしれない。

佐野という刑事がきいてきた。「なにかやったのか？」

「……なんで？」凜香はたずねかえした。言葉が喉《のど》に絡んでいる。

「パクるんじゃねえとか、十三歳だから罰せられないとか、やたらわめき散らしてたからな。警察に逮捕される心配でもあったんじゃないか」

「おぼえてない」

「これは？」佐野が空の角瓶を押しやってきた。「この酒、角瓶はめずらしいな。きみに売る店があるとは思えないが、盗んだのか？」

「知らない」

「アルコールで酩酊《めいてい》状態だったのにか？　いまも酒くさいぞ」

「以前から持ってて……。ジュースとまちがえて飲んだかも」

「ウォッカを?」

凜香はとぼけてみせた。「お父さんの部屋の棚にあったから」

すると佐野刑事がため息をつき、椅子の背に身をあずけた。「お父さんはもう亡くなってるだろ」

「なんでそんなことを……」

「優莉凜香さんだよな。お父さんは優莉匡太」

「……どうしてそう思うんだよ」

もうひとりの刑事が立ったままいった。「線路わきで保護しようとしたとき、きみが自己紹介した」

ひそかに自分の失態を呪った。酔っ払いはこれだから信用できない。凜香は虚空を眺めた。「わたしがそう名乗った?」

「ああ。それも何度も何度も、でかい声を張りあげてな。誰だと思ってる、そこいらの中坊じゃねえ、そんな不良にお定まりのフレーズつきで」

「不良?」凜香はかちんときた。「一緒にすんなよ」

「麹町の児童養護施設にも確認をとった。きみの顔写真が返信のメールに添付されてた。ずっと行方をくらましてたそうだな」

佐野刑事が睨《にら》みつけてきた。「ほんとは中二の十四歳だろ。刑罰の対象になる年齢だ」

やれやれという気分がひろがる。凜香は椅子にふんぞりかえった。「十八まで死刑にはならない」

「極刑になるような罪でも犯したか?」

からかうような口調だった。本気にしてはいないのだろう。せいぜいどこかの酒屋での万引きと、線路への立ち入りていどだと高《たか》をくっている。窃盗罪と往来危険罪。あつかいは少年事件、送致される先も家裁と値踏みされたようだ。

実際にはラングフォードに巣くうアメリカヤクザを皆殺しにした。姉妹で戦闘ヘリも撃ち落とした。それも二機。だがすなおに白状したところで、所轄の刑事が信じるとは思えない。告白する気もない。

ドアをノックする音がした。佐野刑事がおっくうそうに立ちあがる。もうひとりの刑事とともに、半開きのドアの向こう、年配の私服とぼそぼそと話す。麴町の施設は、もう面倒をみきれんそうだ。そう話すのがきこえた。

佐野は会話が凜香の耳に入るのを警戒したらしく、廊下にでていった。ドアは閉じなかった。もうひとりの刑事も室外に身を乗りだし、説明に耳を傾けている。隙だらけだと凜香は思った。その気になれば後頭部をぶん殴って強行突破できる。

ほどなく佐野が浮かない顔で戻ってきた。着席せず凜香を見下ろす。多少は同情のいろが浮かんでいた。「めいわ二丁目に児童養護施設がある。空きがあるし、すぐ受けいれられるといってる」

「……このド田舎に住めって？」

「地方は都心よりずっといいぞ。自然が多いし、駅前でも混んでない。めいわ二丁目にはでかいドン・キホーテもある」

雑踏に紛れられなくては悪さもしづらい。型落ちの中古車に乗ってイキる、千葉のヤンキーとつきあったところで、アオハル時代を棒に振る公算が高い。

佐野は一方的につづけた。「歩いて行ける範囲に北中がある。市立四街道北中学校だ」

「転校までしろってのかよ」

「そう尖《とが》るな。施設には真面目な子が多い。イケメンの職員もいる。前よりアットホームで、温かい人間関係のなかで暮らせるぞ」

ようは麹町の施設から見放された。四街道市は保護責任を押しつけられた。たらいまわしはいつものことだった。

「どうだ？」佐野刑事がじっと見つめてきた。「こっちで新しい生活を始めてみないか」

凜香は鼻を鳴らした。目が事務机の上に落ちる。しばらく強がってみせる必要がある。いずれうなずくときを模索せねばならない。

どうせ期待できないと思いながら、新たな出会いの可能性があるなら、そこに賭《か》けたくなる。アットホームとかイケメンとか、佐野は的確な売り文句を並べ立てた。たしかに凜香はそれらを望んでいる。家族愛に飢えていた。彼氏もいない。心を許し、笑いあえる存在がほしい。

親代わりになる大人たち。きょうだいに代わる親友。そしてなによりカタギの彼氏。麴町ではさっぱりだった。優莉家の四女というだけで恐怖の対象となり、誰からも敬遠されてしまった。地方ならそんなこともないかもしれない。

自分がいちばんよくわかっている。イキっているのは見せかけだけだ。K‐POPでもブラックピンクが好きなフリをしながら、本当はGFRIEND《ヨチン》の甘ったるいアオハルソングを好む。似合っていないのは自覚している。柄でもない。けれども可愛らしさに満ちた中二女子の日々、内心そこへの憧《あこが》れを捨てきれない。

佐野刑事がじれったさをのぞかせた。「ひとまず施設の人に会ってみないか？」

凜香は渋々といった態度でうなずいた。「しゃあない」

3

朝八時半、凜香はブレザーにチェックのスカートを身につけ、食卓についていた。だまされたと凜香は思った。施設とは名ばかり、どこにでもあるちっぽけな二階建て民家、物置然としたリビングダイニング。暖房は灯油ストーブ。さっきから小学校低学年のガキらが走りまわっている。食卓を囲むのは眼鏡をかけた陰キャばかり。中学生も高校生もひとことも喋《しゃべ》らない。目も合わせようともしない。

施設長の中年女性も、ひきつった顔で食事をだしたきり、キッチンで洗いものに従事している。会話などない。テレビの朝のニュースが耳に届くだけだ。

凜香は朝食をただちに口に運んだりしなかった。パンや野菜の切れ端を、近くにあった鳥かごに投げこむ。セキセイインコがそれらをついばむ。しばらくしてもけろりとしている。そのようすを確認してから、ようやく凜香も食べ始めた。毒を盛られる可能性を絶えず疑う。物心ついたとき、父から最初に教わったことだった。

ふとニュースキャスターの声に注意を喚起された。「旅客機には沖縄での修学旅行の帰り、芳窪《よしくぼ》高校二年の生徒らが乗っていたとのことです」

はっとして目がテレビに向く。山積みの段ボール箱の狭間《はざま》、十九インチのテレビに空撮映像が映っていた。海上に不時着したジェット旅客機の周りを、無数の救命艇が駆けめぐる。

キャスターの声がきこえた。「不時着から四日経ちましたが、ハイジャック犯とみられる黒磯峰芳《くろいそみねよし》、本名ソン・イングク容疑者四十六歳と、その長男十七歳の行方は依然わかっていません。警察によりますと、親子はともに韓国系武装半グレ集団のメンバーの可能性が高く、警察は背後関係など捜査を……」

国内便の旅客機不時着については、スマホのネットニュースで知った。ただし見出しを目にしただけで、記事は読まなかった。まるで興味がなかったからだ。

ところが詳細を知ったいま、愕然《がくぜん》とせざるをえない。芳窪高校二年、沖縄での修学旅行からの帰路。姉の結衣も同乗していただろう。韓国系武装半グレ集団とはパグェにちがいない。結衣はまたタチの悪い奴らの襲撃を受けたのか。

報道は優莉結衣に言及しなかった。キャスターの声の調子からして、罪のない生徒に犠牲者がでたようにも思えない。ハイジャック犯の親子が行方知れずになった、ただそれだけだろう。結衣が機外に放りだしたのかもしれない。あの凶暴女ならやりかねない。

陰キャどもが食事を終え、続々と外にでていく。登校の時間がきた。凜香もパンを頬張りながら席を立った。

曇り空の下、粉雪の舞う朝だった。通学路には低層住宅が連なっている。郊外のどこにでもある街角にすぎない。生活道路にクルマの往来はなく、人の姿さえもまばらだ。地価が安いせいか、公園や月極《つきぎめ》駐車場がやたらと多い。並木はどことなく無造作。民家の外壁はサイディング然としている。家の建たない空き地は雑草地帯か、もしくは家庭菜園の場と化していた。

学校はそれなりに新しかった。校舎も小綺麗《こぎれい》だった。まず職員室を訪ね、担任教師に挨拶《あいさつ》する。残り少ない三学期に、無理に編入してもらわなくても、春の進級後から登校したい。凜香はそう思っていたが、義務教育のうえ公立校となれば、まるで融通がきかない。麴町西中での欠席の多さを指摘され、本校には毎日出席するように、そう釘《くぎ》を刺された。

優莉匡太の四女を迎えるにあたり、事前に保護者説明会が開かれたらしい。反対意見もあったが、差別があってはならない、そんな声が大勢を占めたという。慈悲深いことに転入を許可してやった、そういいたげな校長の態度が癪《しゃく》に障る。

やがて教室へと案内された。クラスメイトを前に、凜香は教壇に立った。担任が紹介した。「きょうからみんなの友達になる優莉凜香さんだ」

優莉。ざわざわと反応があった。凜香は黒板に名を書かされた。すると後頭部になにかが軽く当たった。凜香が振りかえると、男女生徒がみな笑いを押し殺している。最前列のニキビ面の男子生徒が、ゴミを投げつけたようだ。運動部によくいそうな、長髪に日焼けの雰囲気イケメン、じつはブサイクだった。

まだ自己紹介しただけの段階で騒ぎは起こせない。凜香は自分の席に向かった。周りは誰も話しかけてこなかった。あからさまな敬遠ぶりは都内以上だった。施設と同様、アットホームがきいてあきれる。

それでもクラスには多少なりとも期待が持てる。後方の席にハンサムな男子生徒が三人ほどいる。雰囲気イケメンとはちがう。本当に端整な目鼻立ちを誇っていた。ジュノンボーイ風の爽《さわ》やかさも兼ね備える。なかでも栗いろの髪の細面が気にいった。彼女はいるのだろうか。あの三人がいる以上、アオハルの日々に希望は残されている。

休み時間になり、凜香はいったん席を外した。教室に戻ってみると、自分の席の周りに男子生徒らが集まっていた。ニキビ面もいれば、例のイケメン三人もいる。なんと一同は、凜香の机からアイポッドを勝手にとりだし、イヤホンを耳にあてていた。

「なんだこれ」ニキビ面がげらげらと笑った。「似合わねえ！」

イケメン三人も口もとを歪《ゆが》めていた。仲のよさげな女子生徒らも三人にまとわりつき、同調しながら笑い声をあげている。

凜香は茫然《ぼうぜん》とたたずんだ。そのうち女子生徒のひとりが、凜香に気づく反応をしめした。周りに注意をうながす。

男子生徒たちの顔にはまだ嘲笑《ちょうしょう》が留《とど》まっていた。特にばつが悪そうな態度も見せず、無言で机から離れていく。ニキビ面がアイポッドを乱暴に投げだした。

その場をあとにしながら、ニキビ面はヨチンの日本語バージョンを、馬鹿にした声の響きで口ずさんだ。「胸がときめく、きょうからふたり……」

周りがどっと笑った。その瞬間、凜香の脳は沸騰した。一気に駆けだし、ニキビ面の背後に迫った。凜香の右手がニキビ面の襟の後ろをつかんだ。左手はズボンのベルトを握りしめる。体勢を崩させながら重心を見極めた。そこまで約二秒、凜香はみずから身体を横回転させ、遠心力で投げ技を放った。ニキビ面は驚きの叫びを発し、勢《き》いよく直線的に飛んだ。全身が窓に叩《たた》きつけられたとたん、ガラスに蜘蛛《くも》の巣状の亀裂《れつ》がひろがった。

女子生徒の悲鳴がこだまする。にわかにパニック状態と化した教室内で、栗いろの髪のイケメンが、あわてぎみに凜香の肩をつかんだ。「おい。おまえ……」

凜香はその手を振りほどき、気合いの発声とともに跳躍し、左右の手刀を栗いろの頭に打ち下ろした。陶器の砕けるような音が響く。頭頂部の二か所が深々と陥没し、髪が血のいろに染まっていく。悶絶《もんぜつ》するイケメンを蹴《け》り倒し、さらにふたりに襲いかかった。

幼少期、父のしごきを受けるたび、凜香は常に落ちこぼれだった。年端もいかない幼女に無理をさせる父を恨んだ。だが発育が進むにつれ、殺人技の秘訣《ひけつ》が威力を発揮しだした。

生半可な強さでは田代ファミリー内で昇格できない。児童売春婦から成り上がったのには、それなりにわけがある。腕力が足りずとも、小柄を生かした敏捷《びんしょう》さが武器になる。

凜香はイケメンふたりのうち、ひとりの顔面を狙い、ジャンピングキックを食らわせた。上履きの踵《かかと》が鼻っ柱を潰《つぶ》した。イケメンは血を噴き、背中から落下すると、複数の机を薙《な》ぎ倒した。

もうひとりのイケメンは、凜香を後ろから羽交い締めにしてきた。だが凜香はイケメンの片足を力いっぱい踏みつけた。中足骨を折ったのはあきらかだった。絶叫したイケメンがのけぞり、羽交い締めの力が緩まる。凜香は振り向きもせずバックエルボーを浴びせた。肘《ひじ》がイケメンの顎《あご》を勢いよく突きあげる。垂直に跳びあがったイケメンは、頭頂部を天井に打ちつけ、糸が切れた操り人形のように落下した。

女子生徒らは尻餅《しりもち》をつき、泣きじゃくりながら後ずさった。「やめて！　殺さないで！」

凜香は怒りにまかせ、大声でわめきながら、周りの机を投げ飛ばした。「金だせゴラァ！」

すくみあがった生徒たちが、震える手で財布を差しだしてくる。凜香の脅しの対象以外にも、教室内にいる全員が、怯《おび》えきった顔で金品を献上してきた。

酒に酔っているかのようだった。ぼうっとした感覚のまま、目にした光景が要所要所で意識に上る。血の池に横たわるイケメン三人とニキビ面を見下ろした。それからほどなくして、校舎の外に無数の赤色灯が波打つ、そんな光景を目にした。昼間からパトカーの後部座席に連れこまれた。気づけばまた四街道署の取調室にいた。

佐野刑事は憤怒《ふんぬ》をあらわにし、こぶしを事務机に叩きつけた。「登校初日からなんのつもりだ！」

凜香は我にかえった。いままでの記憶を失ったわけではない。ただ幻想のような現実に身をまかせるうち、いつしかパイプ椅子に座っていた。手錠をかけられていないのは幸いだった。

「いいか」佐野が血走った目で睨《にら》みつけてきた。「頭蓋骨陥没《ずがいこつ》や複雑骨折で全治三か月が四人。複数の女子生徒が呼吸困難をうったえ病院に搬送。学校周辺は大騒ぎ。満足か？」

「満足」

「なぜやった」

「むしゃくしゃして」

「カツアゲは？」

「遊ぶ金ほしさに」

「なんでそう決まり文句がぽんぽんでてくる？」

なにをいおうが、どうせ調書にはそうとしか書かれないからだ。経験上わかりきったことだった。凜香は黙って視線を逸《そ》らした。

佐野刑事が苦々しげにつぶやいた。「喧嘩《けんか》慣れしてるみたいだな。傷害罪に留まらない。殺人未遂とみなされてもおかしくない」

「ワッパ嵌《は》めりゃいいじゃん」

「調子に乗るな」佐野が立ちあがった。「犯罪はあきらかだ。ところが暴行被害に遭わなかった生徒数名が証言してる。クラスの不良たちが先におまえを冷やかし挑発したと」

壁ぎわに複数の刑事たちが立っていた。うちひとりがつづけた。「だからおまえの取り調べを優先させてる。事情をはっきりさせる必要があるんだ」

凛香はむっとした。「おまえ呼ばわりかよ。本性現しやがったな、地方公務員のカスども」

「なんだとこの……」刑事が威圧的に迫ってこようとした。

「まて」佐野が片手をあげ、同僚に自制を求めた。「優莉凛香。初めての暴行でないことは、現場の状況からも明白だ。だがこれまで警察には、おまえが起こした事件の記録がない。なぜかわかるか」

「さあ」

「大人たちが守ってくれたからだ。優莉匡太の子供たちは、善悪の区別もつかないうちから人生を狂わされた。みんなおまえたちを可哀想だと思ってる。同情心からあるていど酌量をしめされてるんだ」

「ならいまもしめしとけよ」

「口の減らない奴だ。ほかの兄弟姉妹を見習え」

「誰のことだよ」

「たとえばお姉さんの結衣さんだ」

凛香は噴きだしてみせたが、いっさい笑みは浮かばず、表情筋の痙攣《けいれん》に留まった。

「冗談」

「結衣さんには不穏な噂もあったが、いまやすべて無実だったと証明されてる」

なにが無実だ。凛香はげんなりしながらつぶやいた。「長いこと会ってないんで」

「ああ。優莉匡太の子供どうしは、成人するまで会えない規則だったな。だが報道はきいてるだろう。みんな偏見を持たれながらも、一所懸命に生きてるんだ」

姉の凶悪犯罪を根こそぎばらしてやりたい。しかし無意味な試みだった。結衣の証拠隠滅には抜かりがない。事情を知る者に証言を控えさせる、ある種の神通力も備えている。本当は父の殺人記録を大幅に更新しているくせに。

ドアをノックする音がした。佐野刑事が応じた。「どうぞ」

入室してきたのは女性警察官だが、その後ろに年配のスーツが現れた。胸に弁護士のバッジが光っている。年配がおじぎをした。「野田《のだ》です」

佐野も頭をさげた。「わざわざどうも。そちらで話しましょう」

室内にいる刑事のうちほぼ半数が、佐野や野田弁護士とともに退室していった。廊下で協議する声がきこえる。居残る刑事らはみな敵愾心《てきがいしん》の籠《こ》もった目を向けてくる。

ふつう人権派弁護士は、独善的な正義を振りかざすべく、警察署に喧嘩腰で現れる。野田弁護士はそうでもなかった。凜香による暴行が確定済みだからだろう。ことを穏便に済ます方法を、互いに模索しあっているようだ。

野田弁護士の声が耳に届いた。「十四歳ですし、初犯なんだから……」

佐野刑事が納得いかないという声で応じた。「初犯ね。記録上はそうでしょう。でも手慣れてますよ」

逮捕を渋る理由は見当がつく。警察はこれまで優莉結衣を疑ってきたが、すべては国家公安委員会委員長による捏造《ねつぞう》にすぎないと判明した。しかも事実の発覚後、委員長は失踪《しっそう》してしまった。政府と世論が警察に厳しい目を向ける昨今、むやみに優莉匡太の子供を槍玉《やりだま》にあげたくない。じつは中学校の側に不手際があったとか、ほかの生徒が先に挑発したとか、波紋がひろがるのを恐れている。へたをすれば周りのほうが糾弾されかねないからだ。

もちろん本当は警察が正しい。優莉結衣は極悪人だ。しかしまんまと嫌疑を晴らした。真偽不明の情報が錯綜《さくそう》し、なにを信じていいのかわからず、誰もが途方に暮れている。凜香もその恩恵にあずかったようだ。

またドアが開き、一同がぞろぞろと室内に戻ってきた。みな難しい顔をしている。

野田弁護士が近くに立ち、凜香を見下ろしていった。「じつはまた保護者説明会があってね。刑事告訴すべきだという声が大きい」

凜香は思いのままをつぶやいた。「収まりますよ」

「収まる？」

「女子ひとりに叩《たた》きのめされたなんて、親も本人もプライドが許さないから、裁判で争う気はないでしょ」

佐野刑事が顔をしかめた。「減らず口を叩くな。殺人未遂も傷害も親告罪じゃないんだぞ。われわれはいつでも逮捕起訴できる」

「しないのはなんで？」凜香は野田弁護士に目を戻した。

野田がため息をついた。「優莉匡太の子供に対する処遇は、社会的影響が大きい。ほきみは十四歳だし、暴力を振るったのは、いちおう初めてだと信じざるをえない。ほかの生徒による挑発があったことも否定できない」

すかさず佐野刑事が補足した。「暴力におよんだのは過剰反応にちがいない。だがいままで優莉匡太の子として差別されてきて、ストレスが鬱積《うっせき》していたとか、どうせ人権団体が抗議してくる。ここは素朴な田舎街だ。混乱が長引くのは困る」

「あー」凜香は天井を仰いだ。「汚物はほかへ移動ってこと?」

野田弁護士が説き伏せるような口調で告げてきた。「隣の佐倉《さくら》市に移れば、保護者からの抗議を避けられる。ただし条件はそれだけではない。春休みに入ったら、北海道の帯広錬成校《おびひろれんせいこう》で、規定のカリキュラムをこなすこと」

「帯広錬成校!? んなクソの集まりに……」

「おい」佐野刑事が遮った。「クソとはなんだ。おまえも同じ穴の貉《むじな》だと自覚すべきだ」

少年院や少年刑務所の一歩手前。なんらかの理由で少年法による刑の執行が難しく、不起訴とせざるをえない、特殊な事情を抱えた未成年の矯正施設。それが帯広錬成校だった。親が大物政治家だとか、保護観察では軽すぎるが少年院送致では重すぎるとか、さまざまなケースが当てはまる。更生が可能か否かの様子見にも用いられるときく。児童自立支援施設に近いが、家裁や児童相談所を介さず、保護者責任のみで入学が決定される点が異なる。

野田弁護士がいった。「そんなに嫌そうな顔はしないでもらいたいね。温情ある措置だと理解してほしい。全寮制で校外にでる自由はないが、少年院ではなく法務省矯正局の管轄でもないから、警察に前歴も残らない」

佐野刑事がつづけた。「いちどきりの寛大な処分だ。正直甘すぎる気もする。期間は未定だが、早ければ一学期の始まりには佐倉に戻ってきて、中三になれるんだからな」

凜香はしらけた気分できいた。「保護者でもないのに勝手にきめんの?」

「児童養護施設長が同意した。波風が立たないし、おまえ自身のためにも最良の方法だと」

「どいつもこいつも厄介ごとを避けようとしやがって」

「なんだその口の利き方は。逮捕されて少年刑務所にぶちこまれたいのか」

「やれるもんならやってみろ。できねえから弱腰になって、弁護士先生とツラ突き合わせてんだろが」

佐野は顔面を紅潮させ挑みかかってきた。「生意気に調子こくな!」

だが凜香の胸倉をつかむ寸前、ほかの刑事たちがあわてたようすで制止にかかった。佐野が凜香から遠ざけられる。なおも佐野は憤慨していたが、刑事らの手を振りほどくと、怒りの形相で黙りこんだ。

野田弁護士も軽蔑《けいべつ》のまなざしで見下ろしてきた。「きみは父親さながらだな。もういちど犯罪を起こせば、それがいかに軽微なものであっても、合わせ技で少年刑務所行きは免れんだろう」

「弁護士先生が合わせ技なんて言葉使うとは思わなかった」

「中二のきみにわかりやすくいってあげてるんだよ。常識的な判断でもある。少年犯罪は積極的に処罰するというより、心身の発達段階を考慮した教育的な処遇をおこなうべし、そんな方針がある。きみは恵まれた立場にある。その意味するところを正しく解釈してもらいたいが」

すっかり怒らせてしまった佐野刑事に対し、多少の申しわけなさを感じなくもない。泥酔状態で保護された夜、佐野はそれなりに親身になって対応してくれた。

とはいえ結局そこにも限度がある。警察官は職務上の義務を果たしているにすぎない。誰も本気で凜香の心に向きあってはくれない。なぜ大人の満足のいくように振る舞わねばならない。傷ついているのは凜香のほうなのに。

理由はよくわかっている。いちいち確認するまでもない。みな実の親ではない。自分の子供には愛情を注げるだろう。赤の他人の凜香はそのかぎりではない。暴力沙汰《ざた》を引き起こすような小娘ならなおさらだった。

いまや佐野という刑事は凜香に憎悪を抱いている。もう修復は無理にちがいない。この場にいる大人全員から嫌われた。いつものことではある。知ったことかと凜香は思った。どうせみな見せかけだけだ。親のような愛情を注げないくせに、うわべだけ善良さを装おうとする、欺瞞《ぎまん》に満ちた大人たちのほうが悪い。

野田弁護士が念を押してきた。「残り少ない中二の三学期に問題を起こせば、帯広錬成校への入学をまたず、今度こそ家裁の判断に委《ゆだ》ねることになる。それでいいね？」

「ぜんぶきまってるんなら、いちいち十四歳に承諾を求めんなよ」凜香は露骨に顔をそむけてみせた。「ほかに選択肢もありゃしないのに」

4

手続きは難航したらしいが、佐倉市立井野西《いのにし》中学校への編入がきまった。

問題は当面どこで暮らすかだった。穏やかな晴れの日の午後、凜香は佐倉市の京成《けいせい》ユーカリが丘《おか》駅北口、ロータリー近くの歩道にいた。平日だが私服で街をうろつけるのはありがたい。ただしひとりというわけにはいかなかった。

同行する四十代男性は、丁寧に櫛《くし》を通した髪に眼鏡、頬のこけた公務員風だった。役所の窓口から学校の教師まで、最も普遍的に存在する、生真面目そうな中年男のスタンダードといえる。

こういう大人は嫌いだと凜香は思った。偽善を絵に描いたような性格の持ち主だからだ。どうせそのうちぼろをだすにきまっている。

男性の名は永原《ながはら》といった。この近所で児童養護施設を運営しているという。まだ施設は見ていないが、たぶん四街道と変わりはしない。中古の民家を安く買いいれ、改装しただけだろう。

駅前の大通りといえど交通量は少ない。小汚い商店街は見あたらず、かなり綺麗《きれい》な街並みといえる。めだつ場所にパチンコ店がないせいかもしれない。駅に直結する西洋風のビルはホテルだった。ペデストリアンデッキでつながる先には、映画館も入った商業施設がある。頭上の高架線を二両編成のモノレールが通過していく。

永原が歩道で足をとめ、高架線を仰いだ。さも嬉《うれ》しそうに説明してくる。「本当はモノレールじゃなく、新交通システムってやつだよ。ユーカリが丘線といってね。住宅街を一周する。どこへ行くにも便利だ」

凜香は黙って周りを眺め渡した。落書きやボロ屋のない、いたって平和そうな住宅地が見えている。飲み屋街もなければ風俗店の看板も目につかない。犯罪発生率もきわめて低いときいた。退屈な地域だと凛香は感じた。

すると永原が凛香を見つめてきた。「ショッピングが不便そうに思えるかな?」

「いえ」凛香は小声で応じた。「べつに」

「商業の中心地が、駅前からあっちのイオンタウンに移ったんだよ。このへんもいずれ再開発されるそうだし、もっと発展する」

そんなに長居するつもりはない。また登校初日に問題を起こし、厄介払いになる可能性が高かった。永原はそこを理解しているのだろうか。筋金入りの偽善家なのか、ずっと笑顔で駅前案内をつづけている。

「あのう」凛香は話しかけた。「そろそろ施設のほうに……」

「ああ、そうだね。気がまわらなくてごめん。いちど落ち着いたほうがいいな。市内見物はまた後日でもできるし」

歩道から階段を上り、ペデストリアンデッキを駅へと向かう。改札前を突っ切り、北口から南口へと通り抜ける。そちらにも素朴なロータリーがあったが、さっきよりいっそう閑散としている。地上からさらに下へと、屋外エレベーターが設けられていた。

地下へ潜るというわけではなかった。周辺に坂道が多く、駅のすぐわきの住宅街は、谷間のような低地にある。住民には悪いが、よそ者の中学生の目には、陽の当たらない陰気な区画に感じられた。コンビニはなく、どの家も小ぶりなうえ、大半が古びている。駅に近いため、生活するぶんには便利だろうが、なんとなく街の設計に疑問を感じる。

永原に案内されたのは、予想どおりただの民家で、相応に経年劣化した木造二階建てだった。いちおう門扉には看板が掲げられている。児童養護施設〝あしたの家〟とあった。永原がいった。「昼間はいつも妻と掃除や洗濯に追われてるよ。子供たちが学校から帰ってくる前に済ませなきゃいけないからね」

玄関ドアを入る。靴脱ぎ場の清掃は行き届いているものの、いかんせん元の建物がぼろかった。やはり四街道の施設と代わり映えしない。永原にいざなわれ、凜香はなんの期待もなく、リビングルームへのドアを入った。

いきなりかんしゃく玉の破裂音に驚かされた。びくっとはしたものの、銃声とは大きさがちがいすぎるため、身構えるほどのことはない。音の発生源は、正確にはかんしゃく玉ではなかった。小学生らしき男女が一列に並び、いっせいに歓迎のクラッカーを鳴らしている。

　凜香は呆気《あっけ》にとられた。このリビングは段ボール箱置き場と化してはいない。たしかに生活用品があふれているが、隅々まできちんと整頓《せいとん》してある。まるで幼児のお誕生日会のごとく、手作りの飾り付けがなされていた。壁に貼られた紙に〝歓迎　優莉凜香さん〟と大書してある。それも折り紙の輪飾りや、いろ付きティッシュのバラに縁取られている。

　料理の載ったトレーを手に現れたのは、微笑をたたえる中年女性だった。テーブルの上には大皿が並んでいる。ピザや餃子《ギョーザ》、ケーキ、コーラのペットボトルに紙コップ。まさしくホームパーティーの様相を呈している。

　やばい。頭に浮かんだのはそのひとことだった。凜香は踵《きびす》をかえし、玄関に退散しようとした。

　永原があわてたように押し留《とど》めた。「まってくれ。どこへ行くんだ?」

　凜香はささやいた。「やりすぎだって」

「なにが?」

「怖がってるからって、ここまでしなくても」

「怖がる?」永原がきょとんとしていった。「私たちとしてはふつうの歓迎会だよ。みんな経験してる」

なら方針がまちがっている。フレンドリーさの押しつけが気持ち悪いし、ひどく居心地悪い。凜香は首を横に振った。「こんなことをしても無駄だから」

「なにが無駄なんだ？」

「いちいち尋ねかえすのはやめてくれる？　そこどいてよ」

「食事はまだなんだろ？」

「イオンタウンのフードコートで食ってくる」

すると小学生の男女が駆け寄ってきた。十歳ぐらいの女の子がおずおずとなにかを差しだした。「凜香さん。クッキーを焼きました。よければ受けとってください」

言いまわしがたどたどしい。事前に用意した台詞《せりふ》だろう。リボンのかかった包装を、凜香は受けとらざるをえなかった。

少女の顔を見るや凜香は驚いた。永原に目鼻立ちがよく似ている。正確には料理を運んできた女性と、特徴が半々に織り交ざっていた。一緒にいる少年も同様だった。

凜香は永原に向き直った。「まさかあの……。お子さん？」

「よくわかったね」永原が目を細めた。「小四の湊真《そうま》と、小三の澪子《みおこ》だよ」

「同居してるんですか」

「そりゃ自宅だからね。施設も兼ねてるってだけで」

ほかの子供たちを振りかえる。みな顔つきが異なっている。永原夫妻の子はふたりだけのようだ。四街道の施設とちがい、誰もが素朴な性格をのぞかせる。揃って穏やかな表情を浮かべていた。

優莉という苗字《みょうじ》を恐れない。分け隔てする態度をしめさない。小学生ばかりだからだろう。偏見や先入観も育っていない。大人であっても永原夫妻もそうだった。ふたりとも凜香には親しみやすい笑顔だけを向けてくる。無理にそうしているのではと疑ったが、どうやら本心のようだ。よくいえば純粋無垢《むく》、悪くいえば田舎者に特有の無知蒙昧《もうまい》。元死刑囚の娘を歓迎するなど賢明とはいえない。

凜香は永原にきいた。「四街道北中のことは？」

「きいたよ。喧嘩《けんか》があったらしいけど、井野西中ではそんなことが起きないよう、みんな一丸となって協力してくれるからね」

「やめてよ、そんなの。いかにもって感じじゃん。立派な対応だとうぬぼれてない？動物並みの知能しか持たない乱暴者を受けいれるには、力でねじ伏せようとするんじゃなく、憐《あわ》れみをもって心を開かせようって？　宗教家きどりもいいとこ」

挑発したにもかかわらず、永原は気を悪くしたようすもなく問いかけてきた。「きみは動物並みの知能なのか？」

「みんなそうみなしてる」

「本当はちがうんだろ?」

「……そりゃまあ」

「ならいいじゃないか。人を見下したがる連中なんて相手にする価値もない。ほっときゃいい。うちはみんな平等だ。家族みたいなもんだ」

凜香は湊真と澪子を眺めた。純朴なまなざしが揃って見かえす。当惑とともに凜香は永原にきいた。「一家四人が住む家に、他人を一緒に住まわせてるの?」

「親戚《しんせき》の家に泊まりにきたと思えばいいよ。まったく遠慮はいらない」

「まずいって。優莉家のガキと、ひとつ屋根の下に暮らす家族って、頭がおかしすぎ」

「きみのことはまだよく知らない。私たちがどう思うのかなんて、きみが心配することじゃないよ」

ふと棚に防犯カメラがあるのに気づいた。ペットを見守るため室内に置くような汎《はん》用《よう》タイプだった。凜香はぼやいた。「監視してる」

「あー」永原が凜香の視線を追い、カメラに手を伸ばすと電源を切った。「気になるならいつでもオフにしていい。小さな子が事故を起こさないよう、大人の目が届くようにしてあるだけだから」

「小さな子ってのはわたしも含むの？」

「きみは含まないよ。さあ座って。まずは乾杯して食事にしないか」

ソフトドリンクでは乾杯といえない。そんな苦言が口を衝《つ》いてでそうになる。凜香は黙りこんだ。さすがにダル絡み以外のなにものでもない。たしかに腹は減っている。飯につきあうぐらい問題ではないだろう。

頭の片隅に本音が浮かんでくる。歓迎されること自体は嫌ではない。ただ失望のときが来るのを恐れている。やはりこうなった、どうせこうなる運命だった、遅かれ早かれそう思う。

抵抗感は消えないものの、施設にありがちなよそよそしさと、ここは異なると感じられた。やがて期待感のほうがうわまわってきた。

とはいえそれを顔に表すのはかっこ悪い。いかにも気が進まなそうな素振りで、凜香はテーブルに近づいた。湊真や澪子ははしゃぎながら追いかけてきた。ほかの子供たちも一様に笑顔でテーブルを囲む。

席に着いたはいいが、今度は紙コップに注がれたコーラが気になる。凜香は辺りを見まわした。毒味をさせられる動物がここにはいない。

永原が紙コップを掲げた。「では優莉凜香さんを歓迎して、乾杯！」

乾杯。みないっせいに紙コップを口に運ぶ。凜香は戸惑いながらも禁を破り、コーラを呷《あお》った。

妙においしかった。一気に飲み干すと、すぐにお代わりが注がれた。凜香はひそかにため息を漏らした。飲食物にふつう毒は混入していない。そんな当たり前のことを、ようやく悟りつつある。

5

またどうせうわべだけだろう、そう思っていた歓迎会だったが、最後まで温かい雰囲気が保たれた。永原一家もほかの子供たちも、無理に笑顔を取り繕っているようすはなかった。親切が真心、そんなことが本当にありうるのだろうか。

だまされているだけか。いやこういう人間関係もあるのかもしれない。そんな葛藤《かっとう》が数分おきに生じた。しかしボードゲームで遊ぶうち、凜香の猜疑心《さいぎしん》はしだいにおさまりだした。歓迎会がお開きになるのを、誰より残念に思ったのは、凜香自身にちがいなかった。

四人部屋には二段ベッドがふたつ並ぶ。窓際の上段が凛香に割り当てられた。凛香はひそかに〝歓迎　優莉凛香さん〟と書かれた紙を、ベッドに持ち帰った。自分の寝床に横たわらないかぎり、けっして見えない場所にその紙を貼った。

まだ皮肉な感情は失《う》せなかった。何日か過ごしていれば、そのうち誰かが本音をのぞかせるだろう。辛抱しきれなくなり、凛香への嫌悪感をあらわにするはずだ。それまではくだらない家族ごっこに参加していればいい。本当に心が通いあう児童養護施設などあるわけがない。なにも信じられない、凛香は自分の胸にそう刻みこんだ。来たるべきときに受けるダメージを、少しでも軽減しておきたかった。

ところが何日経とうとも、永原一家や同居児童らの態度は変わらなかった。むしろ日に日に距離が縮まっていき、いっそう打ち解けあうようになった。互いに冗談を口にし、笑いあい、ふざけあうのが日常と化した。

やがて凛香は、施設にいる全員にプレゼントを買うことを思いついた。ただし持ち金は都内某所に隠したままだった。このところ施設の周りには、刑事とおぼしき怪しげな私服がうろちょろしている。公安にちがいなかった。都内に行くには施設長の許可が要るし、刑事が尾《つ》けてくる可能性が高い。ひとまず地元でバイトでも始めたほうが早いかもしれない。

そうこうしているうちに登校初日を迎えた。井野西中の制服も届いた。紺いろのブレザーの胸に校章のワッペンは多少お洒落《しゃれ》だった。チェックのスカートは四街道北中より丈が長かった。

井野西中は宮《みや》ノ台《だい》二丁目の先、かつてダイケンの工場だった敷地に、何年か前に建ったらしい。校舎は真新しかった。

ここでも事前に保護者説明会があり、差別をしないようにとの周知がなされている、校長からそうきかされた。

二年A組の教室に足を踏みいれたとき、凜香は唖然《あぜん》とした。生徒がみな笑顔と拍手で迎えたからだ。凜香がぼそぼそと自己紹介するだけで、また万雷の拍手となった。

クラスメイトらの笑いがひきつっているのを、凜香は見逃さなかった。〝あしたの家〟の歓迎ぶりにくらべると、この学校の態度は芝居じみている。よほど徹底的に予行演習させたのだろう。凜香を馬鹿にするのは御法度とばかりに、絶えず気遣いをしめされる。極度に緊張している相手との会話は、そう長くつづくことはないが、とにかく誰もが凜香の怒りを買うまいと必死だった。

壊れものをあつかうような接触ぶりがかえって気に障る。それでも四街道北中と比較し、さほどむかつくことがないのはたしかだった。凜香は特に深く友達づきあいもせず、淡々と学校生活を送り始めた。

すぐに学年末テストがあった。勉強嫌いの凜香の成績は無残だったが、英語だけは学年二位となった。六本木オズヴァルドに出入りするヤクの売人は、たいてい外国人だったし、多くが英語を使っていた。チンピラは気が向くと子供にやさしい。遊んでもらえることが頻繁にあり、幼少期に英会話のコツを刷りこまれた。おかげでリスニングが得意だった。学年一位をとれなかったのは、英作文に汚いスラングを多く盛りこみすぎたせいだ。なにが悪いのかぴんとこなかった。たぶん結衣も同じだろう。

ほかには理科の電離式について、知識の偏りが顕著だとわかった。塩酸や硫酸のような危険物の電離式はおぼえている。一方で塩化ナトリウム、すなわち食塩はまったく知らない。トリニトロトルエンやサリンの化学式を出題してほしくなる。

体育にだけは自信があった。短距離走と長距離走ではぶっちぎりの一位を記録した。ただし創作ダンスなる間抜けな課題には閉口させられた。男子は柔道をやっているようだ。そちらの担任は憎たらしい生活指導の教師だった。殴りこみをかけてボコボコにしてやりたい。喧嘩四《けんかよ》つで組んだ場合、力ではねじ伏せられるだろうが、金的蹴《きんてきげ》りからのパクサオで叩《たた》きのめしてやる。

休み時間、廊下で同級生の女子ふたりが歩み寄ってきた。さして仲よくはないが、グループ分けで一緒になることが多い、愛奈《あいな》と明里《あかり》だった。明里がスマホを差しだした。「優莉さん。これ……」

凜香はスマホの画面を一瞥《いちべつ》した。神経を逆撫《さかな》でされた気分になる。SNSに凜香の静止画が上がっていた。制服姿で背景は校内だった。

世間によるヘイトの防止や、プライバシーに配慮し、優莉匡太の子供たちの学校は秘密にされている。井野西中でも凜香の在学について口外しないよう、保護者説明会や全校集会でお達しがあったようだ。だがこの画像は校内で撮影されていた。誰かが禁を破っている。

画面表示をスクロールさせると、凜香の画像が無数に現れた。廊下を歩いていたり、売店でパンを買っていたり、授業中に居眠りしていたり、あらゆる姿が意味もなく撮られている。どうやら凜香を盗撮する専門のアカウントらしい。画像にはコメントが添えてあった。〝優莉の四女が転校してきちまったよ　クソ女がウザすぎ　平気な顔して学校生活送ってやがる〟

いらっとしながら凜香はつぶやいた。「これ、教室のなかで撮ってる」

愛奈がうなずいた。「優莉さんの斜め前の席辺りだよね？　女子も男子も大勢いるけど」

盗撮のレンズには敏感に気づける、凜香にはそんな自負があった。幼少期に仕込まれたからだ。ところがいつの間にか、こんなにたくさんの画像を撮られてしまっている。ここ最近、波風の立たない日々に慣らされ、すっかり油断しきっていた。これがスマホカメラでなく小口径の銃なら、いまごろ命はない。

自分に腹が立ったとき、画面表示が自動スクロールした。また新たな画像が投稿された。

廊下に立つ凜香の姿をとらえている。愛奈と明里も一緒に写っていた。明里がスマホを差しだす寸前だった。これはついさっきの状況にちがいない。

くだんの方向を注視する。廊下を行き交う生徒らのなか、窓際で足をとめている人影があった。スマホをいじるふりをして、カメラレンズをしっかりこちらに向けている。

男子生徒だった。痩《や》せぎすで眼鏡をかけた、いかにも陰キャ然とした外見。顔はおぼえている。同じクラスなのはたしかだが、名前は思いだせない。はっとした男子生徒が身を翻し、廊下を逃走しだした。

「あいつは？」凜香はきいた。

愛奈が早口に応じた。「浦管義人《うらすげよしと》君……。実力テストでカンニングして出席停止になってたけど、もう戻ってきてるんだっけ？」

　存在感のないろくでなし、情報はそれだけで充分だった。凜香は猛然と走りだした。浦管なる男子生徒がこちらを振りかえる。慌てふためきながら階段を駆け下りていく。通行する生徒らが驚いたようすで足をとめる。

　凜香は階段に向かわず、渡り廊下へと進路を変えた。校舎から渡り廊下にでたとたん、手すりを飛び越え、凜香は宙に舞った。

　三階の高さゆえ、二階の庇《ひさし》をひと蹴りし、落下速度を殺しておく。ふたつの校舎の狭間《はざま》、アスファルトで固められた中庭に、凜香は身体を丸めつつ着地した。柔道の受け身と同じ体勢で、転がることで衝撃を逃がす。軽業は得意だった。体重が軽く、柔軟さにも自信がある。猫のごとくダメージを受けない。

　即座に起きあがったとき、目の前の昇降口から浦管が駆けだしてきた。上履きのままだった。凜香を見たとたん、驚愕《きょうがく》の表情とともに立ちすくんだ。校舎内に逃げこもうとしたが、ちょうど体操服の女子生徒らが大勢でてきて、浦管の行く手を阻んだ。血相を変えた浦管が、中庭をあたふたと逃げていく。

　凜香は追跡に転じた。全力疾走で追いあげる。逃げ足だけは速いという言葉があるが、いまの浦管はまさにそれだった。校舎裏に退避していく浦管の背に対し、なかなか距離が縮まらない。俊足の凛香が追いつけないとは尋常ではない。

浦管が自転車置き場をめざしているとわかった。凛香はすかさず木陰に身を潜めた。浦管が振りかえったようすはない、そう確認するや、凛香は地面を蹴って跳躍した。難なく塀を乗り越え、敷地外の車道に降り立った。住宅地でなく工場地帯に面している。辺りには人目がない。凛香は電柱の陰に隠れた。

ポケットから薄手のビニール製手袋をとりだす。それを両手に嵌《は》めた。校外で活動するには指紋を残したくない。触った物に汗や皮膚片が付着するのも防げる。

自転車が校門をでてきた。浦管が乗っている。凛香のいる路地には向かわず、まっすぐ突き進み、工場の谷間へと消えていく。

もとより承知のうえだった。凛香は別の路地へと走りだした。この先では国道十六号に抜けるバイパスの工事が始まっている。その新設の道路も、まだ途中までしかできていない。周辺の路地はそちらに抜けられないため、出口はひとつにまとまる。

ひとけのない小径《みち》を縦横に駆けていった。あの浦管という阿呆《あほう》は、凛香の画像を掲載することで、自分の身に危険が及ぶのを理解していない。利口なら優莉家の人間との関わりなど、おくびにもださない。陰キャらしくおとなしくしていればいいものを。

このまま走っていたのでは間に合わない。凛香は横方向に軽く反動をつけると、わ

きの塀に飛びついた。垂直面に対し、靴のなかで足の指を開き、爪先《つまさき》でつかむように
し一気に登る。パルクールのウォールクライムアップなる技だった。両手が頂上に達
するや、腕の力だけで全身を引き上げる。プールと呼ばれる動作、これもパルクール
のテクニックになる。
塀の上に立った。工場の敷地内が目に入る。外国人労働者が眉《まゆ》をひそめ仰ぎ見た。
凜香は鼻で笑うと、対角線上の塀へと飛び移った。向こう側の小径へと着地する。五
秒は短縮できただろう。この先の角を折れれば、浦管の自転車と軌道が交わる。
そう思ったとき、ふいに急ブレーキの音を耳にした。自転車ではなくクルマのよう
だ。衝突音がした。減速してからぶつかったとわかる。いたって近い。スピードがで
ていれば多少なりとも、地面の震動をともなう。
急ぎ角を折れた。凜香は油断なく足をとめた。
小径よりはいくらか幅の広い、舗装済みの道路だった。道端は雑草と工事用フェン
スばかり、やはり人の目はない。黒塗りのベンツSクラスもそんな環境ゆえ、自転車
に体当たりを食らわせたのだろう。頑強なドイツ車だった。フロント部分にわずかな
凹《へこ》みができただけでしかない。浦管のほうは自転車ごと路上に転がっていた。
停車したベンツから四人の男が降り立った。東南アジア系がふたり、暴力団員風が

ふたり。三十代からせいぜい四十歳ぐらいに思える。いずれもスーツではなくストリート系の服装だが、コーディネートの趣味はよくなかった。

東南アジア系のふたりが浦管に歩み寄った。尻餅《しりもち》をついたままの浦管が、うろたえた声を発しつつ後ずさりする。ひとりが浦管の胸倉をつかみあげた。なにやら怒鳴りつけた。日本語のようだが訛《なま》りが強すぎる。よくききとれない。発音からするとベトナム人だろう。

暴力団員風のひとりの視線がこちらに向いた。にわかに表情がこわばった。「おい！　いたぜ？」

全員の目が凜香に注がれる。凜香は少し離れた場所に立っていた。逃げ隠れする気などない。悠然とたたずみながら四人に対峙《たいじ》した。

「あー」凜香は思いついたことを低くささやいた。「携帯キャリアの位置情報を盗めるなんて、田代一派しか考えられねえ」

四人がいっせいに警戒を強めた。なかでも暴力団員風のひとりがとっさに動いた。浦管を人質にとるように盾にし、自動拳銃《けんじゅう》を突きつける。メッキされたトカレフ、通称銀ダラと呼ばれる貧乏くさい武器だ。権晟会ルートを潰《つぶ》され、財政難に喘《あえ》ぐ田代ファミリーらしい。

暴力団員風が怒鳴った。「こいつを殺すぞ！」

銃口が浦管の首すじに食いこむ。鼻血を噴いた浦管が恐怖にすくみあがった。

救ってやる義理がどこにある。凜香は平然といった。「そんな奴さっさと殺せよ。わたしを追いかけてきたんだろ？　相手になってやるから、四人いっぺんにかかってこい」

中二女子がアウトローどものプライドを傷つけるには、充分なひとことだった。暴力団員風の眉間《みけん》に皺《しわ》が寄った。人質として意味をなさないと気づいたからだろう、浦管を傍らの塀に投げつけた。塀に衝突した浦管は、大の字になったまま路面にずり落ちた。死んではいないだろうが失神したようだ。もはやぴくりとも動かない。

凜香の画像を掲載したSNSのアカウントから、携帯電話番号を特定、スマホの現在地を割りだした。携帯キャリアへのハッキングは田代ファミリーの常套《じょうとう》手段だ。こいつらは絶えず近場に潜伏していたにちがいない。急に浦管が動きだしたため、通報を警戒し、ただちに妨害した。いかにもヤクザらしい短絡的な行動だった。

四人がそれぞれ拳銃を引き抜いた。もうひとりの暴力団員風が凄《すご》んだ。「槙人さんに迷惑かけといて、ただで済むとは思ってねえだろな？　姉貴ともども始末をつけてやる」

のかよ」

姉貴。そのひとことを聞き流せない。凜香はたずねた。「結衣姉《ねえ》のもとへは行った

「まだだ。あいつまた転校しやがった。居場所を突きとめしだいぶっ殺す」

凜香は鼻を鳴らした。「結衣姉ってさ、いつも丸腰で暮らしてて、こういうときにもいちいち意表を突いたことやるじゃん。わたしそこまで馬鹿じゃねえから」

「ほざいてろ。蜂の巣にして印旛沼《いんばぬま》に沈めてや……」

みずから足を滑らせ、凜香は瞬時に横倒しになった。自然にめくれあがったスカートの裾《すそ》の下、右の太腿《ふともも》に巻きつけた革製ベルトに、プラスチック製の小箱が挟んである。縦横はクレジットカード大、厚みは文庫本ていどだった。その物体を引き抜くや、ストッパーを親指で下げ、片手でふたつに開いた。それぞれが銃身とグリップになり、あいだにトリガーが露出する。全長わずか八・五センチの拳銃、ライフカード22LRで即座に銃撃した。

照星と照門を合わせずとも、目を向けた方向に銃口を同調させうる。幼少期これができなければ、飯にありつくこともできなかった。ちっぽけな護身用ハンドガンでも、至近距離なら殺傷能力を発揮する。敵勢がまだ一発も発砲していないうちに、凜香は暴力団員風のひとりの胸を撃ち抜いた。

血煙が舞うなか、凜香は跳ね起きるや突進した。宙に投げだされたトカレフをひっつかむ。中国製のコピー品、日本への輸出にあたり粗雑な作りを誤魔化し、高く売るためだけのメッキ仕様。性能の低さは推して知るべしだが、ライフカードは単発しか撃てなかった。残る三人に抗《あらが》うためには自動拳銃が必要だった。

コッキング済みだと触感でわかる。五発をつづけざまに撃った。反動の弱さが威力の小ささを物語る。だがおかげで薬莢《やっきょう》が射出された直後にもぶれず、次の標的を確実に狙える。無駄撃ちを抑制できた。右腕の外から内へと銃撃していくのが、本来は正しいとされるが、凜香は逆方向が得意だった。顔を右に傾けることで、自分の腕が視界の邪魔になるのを避ける。敵の位置は常に正確にとらえられた。

チンピラどもは銃撃戦に不慣れな下っ端のようだ。手前のひとりは即死にちがいないが、あとの三人とは距離があった。被弾とともに悶絶《もんぜつ》し、揃って体勢を崩したものの、まだ致命傷には至っていない。予想どおり銀ダラの威力不足は顕著だった。

ベトナム人のひとりが横っ腹を手で押さえ、Sクラスの車内に逃げこもうとしている。凜香はすかさず駆け寄り、勢いよくドアを蹴《け》った。ドアと車体に挟まれた男が、苦痛の絶叫を発した。

凜香は悠然と男を見下ろした。なにか煽《あお》り文句を吐きたくなった。結衣はいつもうまいことといやがる。凛香は芝居がかったつぶやきを漏らした。「沖縄より涼しくて、汗ひとつ滲《にじ》みゃしな……」

横たわるベトナム人のひとりが、わめき声とともに凛香の脚に飛びついた。凛香はびくっとした。台詞《せりふ》がきまらなかった体裁の悪さを呪った。

「きけよこの!」凛香は憤りとともに、ベトナム人に残弾をすべて叩《たた》きこんだ。

火薬のにおいが鼻をつく。トカレフのスライドは後退したまま固まった。血みどろになったベトナム人が足もとで死んでいる。凛香は舌打ちしながらトカレフを死体に投げつけた。

口を割らせるべきなのに、片っ端から殺してどうする。

そのときクルマの反対側のドアが閉じた。エンジンがかかるやセダンが急発進した。凛香はあわてて飛び退いた。

運転席に乗りこんだのは、もうひとりのベトナム人だった。ほかの三人は路面に這《は》ったまま置き去りにされている。凛香は別の拳銃を拾った。なんといにしえのコルトガバメントだった。幼いころに父の友人たちが使っていた銃だ。かなり年季が入っているが、腐ってもアメリカ製だけに、銀ダラよりはいくらかましに思える。

凛香は両手で銃をかまえた。四十五口径はそれなりに反動が強くなる。腕の細い凛香にとっては、銃身のぶれを抑えるのに難儀する。走り去るSクラスのリアウィンドウを狙い澄ました。濃いいろのスモークフィルムだったが、運転席の人影は透けて見える。トリガーを引き絞った。やはり反動が強い。銃声とともに薬莢が舞った。

着弾を標的に近づけるべく連続発砲する。七発目でリアウィンドウを砕くに終わった。ひやりとしたものの、コルトガバメントのスライドは後退したままにはならず、元に戻った。最後の弾が装塡《そうてん》された。マガジン内の七発以外に、あらかじめ薬室に一発余分にいれてあったらしい。最後の一発でベトナム人の後頭部を狙う。リアウィンドウが失われたぶんだけ狙いやすい。トリガーを引いた。

銃声がこだました。車内に血飛沫《ちしぶき》がぶちまけられるのが見えた。ドライバーがぐったりし、シートに身をあずける姿勢になった。だが足がアクセルを踏んだままなのか、あるいは半自動運転機能《ディストロニックプラス》が作動しているのか、Sクラスは減速することなく走り去る。器用に路肩の白線に沿って曲がっていく。やはりディストロニックだろう。クルマは加速したせいで草地に逸《そ》れたものの、建設中のバイパスにでて、道なりに遠ざかっていった。

撃ち尽くしたガバメントを血の池に投げだす。周りに目を向けた。暴力団員風とベトナム人がそれぞれ絶命。残るひとりの暴力団員風はまだ息があった。肩と腹から大量出血しているが、ときおり苦痛の唸《うな》りを発し、さかんに身をよじっている。

わきにもう一丁コルトガバメントが落ちていた。凜香はそれを拾いあげ、男に歩み寄った。「田代ファミリーの誰の命令だよ。槙人さんがてめえらみたいな下っ端に、直接ものをいったりしねえだろが」

「ほざけ」男が激しくむせながら吐き捨てた。「死ねクソ小娘」

凜香は流血おびただしい男の腹を踏みつけた。男は絶叫とともに全身を痙攣《けいれん》させた。

「畜生！」男は血走った目で見上げてきた。「いまごろ俺たちを殺したところで遅《おせ》え。てめえの暮らしぶりなら逐一監視してた」

「監視ってなによ」

「〝あしたの家〟とかいう、くだらねえ施設にも見張りがついてる。俺たちから定時連絡がなきゃ皆殺しだぜ！」

心の奥底に動揺がひろがる。だが身体の表層は冷えきっていた。むしろ以前の自分に戻った気がする。凜香は無抵抗な死にかけの男に対し、銃弾を三発叩きこんだ。男は目を見開き、一瞬だけ全身を硬直させたものの、すぐに力尽きた。

油断なく周辺に視線を配った。人影は見えない。しかし工場内には銃声がきこえただろう。誰かが通報したかもしれない。凜香はマガジンを引き抜いた。残り四発、薬室に一発、計五発だった。マガジンをグリップ内に戻し、安全装置をかけた。拳銃《けんじゅう》をスカートベルトに挟み、ブレザーの裾で隠す。

結衣姉はこういうとき拳銃を携帯したがらない。警察の職質を警戒しての判断だろう。そんな弱腰にはならないと凜香は思った。サツが捕まえようとしてくるなら、鉛の弾をぶちこんでやる。

路面に倒れた浦管を、足で蹴って仰向《あおむ》けにする。まだ失神したままだった。スマホを奪ったがロックがかかっている。無理に目を開けさせた。白目を剝《む》いているものの、画面を顔に向けるとロックが解除された。

SNSのテキスト入力画面だった。また投稿しようとしていたようだ。凜香は新たに文章を打ちこんだ。〝凜香がさらわれた　ベトナム人と日本人で奪い合ってる〟

カメラを自撮りモードに切り替える。凜香は右の袖《そで》をまくり、右手で自分の胸倉をつかんだ。肘《ひじ》は画角の外にフレームアウトさせる。こうすれば別の人間の手が、凜香に伸びているように見える。あえて苦痛のいろを浮かべ、左手で自撮りをした。

撮った画像を確認する。凜香が襲われた瞬間っぽい、そんな静止画ができあがった。あまりスマートではないアリバイづくりだが、これでヤクザどもの死体に理由がつく。四人は凜香を奪いあって相討ちになった。凜香はひとり逃げおおせたと説明すればいい。浦管が目を覚ましたのち、別の証言をしようが、どうせ記憶があやふやと解釈される。

スマホを放りだし、凜香は路地を駆けだした。角を折れたとき、工場で働く外国人労働者と鉢合わせした。かまわずわきを通り過ぎる。さっきの状況を目撃されていなければ、なんら問題はない。

パトカーのサイレンがきこえてくる。ビニール製手袋を外し、側溝に投げ捨てた。凜香は全力疾走した。施設に戻らねばならない。子供たちはみな学校だろうが、あの夫婦は昼間、清掃や洗濯に従事している。偶然でもなんでもいい、外出していてくれれば。

6

まだ日が短い。斜陽が空を赤く染めつつある。凜香は息を弾ませながら〝あしたの家〟の前に戻った。

遠目にも状況の悪さは理解できていた。赤色灯がいくつも閃《ひらめ》いている。複数台のパトカーと救急車が縦列駐車していた。周りにおびただしい数の野次馬が群れをなす。人混みを掻《か》き分け、凜香は玄関前に近づいた。思わず息を吞《の》み、その場に立ち尽くした。

ストレッチャーがふたつ、救急車への搬入をまっている。それぞれに永原夫妻が横たわる。酸素吸入器を装着されていた。いずれも顔は絆創膏《ばんそうこう》だらけで、青い痣《あざ》や出血の痕《あと》が見てとれた。額に巻かれた包帯も、うっすら赤く染まっている。

子供たちの泣き声がした。人垣を割り、湊真と澪子が駆けだしてきた。ふたりともランドセルを背負っている。付き添いの担任教師らしき大人たちが数人、困惑顔でつづく。

「お母さん！」澪子がすがりついた。「お父さん……」

ふたりは大声で泣きじゃくった。救急救命士が当惑ぎみに足をとめる。凜香はそこに近づいた。面布で顔を覆われていない。まだふたりとも息がある。いまは病院への緊急搬送を妨げてはならない。

澪子の泣き腫《は》らした目が凜香をとらえた。大粒の涙を滴らせながら抱きついてきた。湊真もしきりに両手で顔をこすりながら大泣きしている。「凜香さん。うわあああん！」

鋭くこみあげる悲哀を、とっさに堪《こら》えるのはいつ以来だろう。凜香は涙腺《るいせん》の刺激に耐えた。周囲に対し気を許してもいない。凜香という名をきき、私服と制服の警官がいっせいに振りかえった。それを視界の端にとらえた。

褐色のスーツの刑事が歩み寄ってきた。「優莉凜香さん？　佐倉署の者です。井野西中で襲われたとの連絡もありましたが……」

つまらない質問をする刑事だった。きくまでもなく状況判断でわかるだろう。襲われたが凜香は逃げてきた。ところがゴミどもの別働隊がここを襲撃した。凜香が暮らす〝あしたの家〟を。

声をだそうとすれば嗚咽《おえつ》にまみれる恐れがある。凜香は感情を押し殺しながらつぶやいた。「なかに入ってもいいでしょ」

「申しわけないんですが、まだいろいろ調べてる最中で。それよりききたいことが……」

「わたしの家じゃん。なんで入っちゃいけねえの」

凜香は刑事をじっと見つめた。刑事は気圧《けお》されたように黙りこんだ。ほかの私服にたずねる目を向ける。

すると年配の刑事が硬い顔でうなずいた。「ざっとようすを見るだけなら。ただし物には触らないでくれますか」

刑事たちがわきに退いた。凜香は澪子の頭を撫《な》でると、ひとり玄関へと向かった。

ドアは開放されていた。凜香はもういちど外を振りかえった。ストレッチャーが救急車へと運ばれる。湊真と澪子がついてまわった。お父さんお母さんと呼びかけている。悲痛な叫びが心に突き刺さる。おそらく当分は耳から離れない。

玄関を入った。床に敷かれたブルーシートは、そこを通って土足で出入り可能にするためだ。凜香はリビングルームに向かった。鑑識の青い制服がふたり、あちこち写真を撮っている。

室内は荒らされていた。なにもかもひっくりかえされている。割れた食器の破片が散乱するなか、いたるところに血痕《けっこん》があった。

凜香は部屋の隅に立った。鑑識課員らが退室するのを見計らい、棚に向き直る。室内用防犯カメラがあった。まだ警察が気づいていないのか手つかずだった。なかからSDカードを引き抜いた。

自分の寝室へと移動した。やはりクズどもが暴れまわった形跡があった。一緒に住む子供たちの私物も、容赦なくぶちまけられている。凜香のベッドも荒らしたらしい。〝歓迎　優莉凜香さん〟と書かれた紙が破られ、床に落ちていた。

また涙が滲《にじ》みそうになったが、いまはぐずぐずしていられない。マットの下に隠してあるノートパソコンは無事だった。SDカードを挿入する。動画ファイルを開いた。

シークバーを左右に滑らせ、激しい動きが記録された箇所を探しだす。その少し前から再生を開始した。

リビングルームのようすが映った。永原が床にモップをかけている。妻はキッチンで皿を洗っていた。物音をききつけたらしく、ふたりの顔が同時にあがった。

いきなり変化が生じた。殴りこんできたのはスーツばかりだった。剃《そ》り込《こ》みの入った男がテーブルをひっくりかえす。夫妻が驚いたようすで立ちすくんだ。

次いで現れたのは狐目の顎鬚《あごひげ》。さらに坊主頭の色眼鏡もつづいた。三人は室内のあらゆる物を破壊しだした。夫妻が制止にかかると、ためらいもなく殴り倒した。三人で寄ってたかって夫妻を蹴《け》りこみ、振りあげた椅子を何度も叩《たた》きつけた。

暴行をまのあたりにするのは慣れている。冷静さを保つのにも自信がある。だがいまは例外だった。胸が張り裂けそうな思いを凜香は実感した。

こいつらは前に会った。権晟会の生き残り、東京事務所の奴らだった。凜香にひと晩じゅう乱暴を働いたうえ、ラングフォード社に売り渡したカスども。沖縄の本部が全滅したいまも、まだ田代ファミリーの手足となり存続しているようだ。しかも執拗《しつよう》に凜香を追いまわしてくる。あろうことか施設を襲撃した。凜香にとって唯一の帰れる場所を。

廊下に靴音をきいた。凛香はすばやくSDカードを引き抜いた。

刑事の声がした。「優莉さん。うちの課長が来ました。ちょっと話をうかがえませんか」

凛香は刑事を振りかえった。後ろにまわした手でSDカードを握りつぶす。表情を変えまいと努めながら凛香はいった。「学校にカバンを置いてきちゃったんで」

「先生が届けてくれるそうですよ。外は少々混雑していますので、私についてきてください」

任意の事情聴取だろう。混雑しているとは幸いだった。刑事がパトカーに着くころには、背後に誰もいないと気づくことになる。万が一にも抜けだせなければ、腰に挟んだコルトガバメントを乱射してやるだけだ。権晟会東京事務所に行かずに済ませられるものか。

7

〝あしたの家〟周辺の混みようは、凛香が入る前の比ではなかった。すでにマスコミが詰めかけている。黄昏《たそがれ》の暗がりをカメラのフラッシュがひっきりなしに照らした。

刑事たちは報道陣を押し留《とど》めるのに躍起になった。優莉匡太の四女がカメラにとらえられたのでは、またおおごとになってしまうからだ。

おかげで凜香はマスコミに身をさらすことはなかった。自治会の役員も大挙して抗議に訪れ、辺りはちょっとした騒動になった。混乱に乗じ、凜香は難なく行方をくらました。集団から抜けだすのは得意だ。小柄な身体を生かし、すばやく地面を這《は》いまわればいい。四つん這いになったときの両腕を、前脚のごとく使うすべを、凜香はみずから編みだしていた。四足で走るからこそ速度がだせる。しっかり顔をあげ、突破可能な隙間を見極めることも、動物的な俊敏さに欠かせない。

群衆から遠ざかったのち二足歩行に戻る。制服姿のままユーカリが丘駅から電車に乗った。防犯カメラを見上げるようなへまはしないまでも、過剰なほど避けてまわることもない。臆病者《おくびょうもの》の結衣のように、いつも証拠を残すまいと、女々しい小細工を積み重ねる気にはなれない。サツが捕まえたくなったら捕まえにきやがればいい。ひとりでも多くの官憲を巻き添えにしてやる。

船橋《ふなばし》駅でJRに乗り換えるころには、辺りはすっかり暗くなっていた。総武線に二十分ほど揺られ、亀戸《かめいど》駅で下車した。佐倉や四街道とは比較にならないぐらい混み合っている。

老朽化した駅ビルから北口にでた。周辺にあまり高いビルはない。いかにも都内の下町風の、猥雑《わいざつ》な印象の界隈がひろがっていた。商業看板の数々が視野を埋め尽くし、一階部分のテナントには老舗《しにせ》らしき商店が軒を連ねる。江戸《えど》っ子を気どりたがる中高年の意識に反し、ここには治安の悪さだけがある。かつて父の半グレ同盟のうち、首都連合と共和の支部が近くにあった。

明治《めいじ》通《どお》り沿いに連なる雑居ビルのひとつ、居酒屋のわきの外階段を上る。二階以上はフェンスで塞《ふさ》いであったが、凜香は難なく乗り越えた。

四階と五階のあいだの踊り場に達した。ネオン看板の陰になる暗がりに位置している。隣のビルとの間隔はほとんどないものの、向こうの四階にはバルコニーが存在しなかった。暴力団事務所の常で、ブラインドの下りた窓があるだけだ。なかから明かりが漏れている。

かまいはしないと凜香は思った。手すりを乗り越え、いったん外側に背を這わせるように立つ。スカートベルトからコルトガバメントを引き抜いた。安全装置を外し、隣のビルの窓を三発銃撃した。

けたたましい音とともにガラスに亀裂《きれつ》が走った。揺れるブラインドの向こうに驚きの声が飛び交う。凜香は斜めに跳躍し、靴の裏でガラスを蹴破《けやぶ》り、脚から窓に飛びこんだ。大小のガラス片が散らばる室内に転がった。窓際と事務机の狭間《はざま》、前に連行されたときに記憶済みだった。

狭い室内に六つの机が合わさっている。頭数も六つ。ひとりはエグゼクティブデスクに座る五十過ぎだった。前に凜香がここで乱暴されたとき、支部長と呼ばれていた男だ。凄味《すごみ》のある顔つきが揃っているものの、さすがに突然の事態だからか、一様に驚愕《きょうがく》のいろを浮かべていた。

角刈りと猪首《いくび》が立ちあがった。猪首が真っ先に猛進してくる。「てめえか、凛香！」

凛香はコルトガバメントで猪首の眉間《みけん》を撃ち抜き、間髪をいれず角刈りにも発砲した。角刈りはドスを振りあげていたが、茫然《ぼうぜん》とした面持ちで天井を仰ぎ、その場にくずおれた。

机の上で跳ねたドスを、凛香は瞬時につかみとった。撃ち尽くしたガバメントを放りだす。三人の暴力団員があわてぎみに立ちあがった。剃り込み、狐目、坊主頭。佐倉市から帰ったばかりらしい、防犯カメラに映ったスーツ姿のままだった。

坊主頭が引き出しから拳銃《けんじゅう》をとりだした。額に青筋を浮かびあがらせ、坊主頭が怒鳴った。「凛香！　このクソアマ、仲間を殺しやがったな」

狐目も両手に二丁拳銃を握っていた。「自分から遊ばれにきたかよ、未成年売春婦。今度は生かして帰さねえ」

凜香は荒《すさ》んだ心とともにたたずんだ。「権晟会のダニは一匹残らず死にやがれ」

剃り込みが凜香のこめかみに拳銃を突きつけた。「ほざくなヤリマ……」

トリガーが引かれるより早く、凜香は迅速に身を翻し、剃り込みの喉《のど》もとを掻《か》き切った。ただちに後方に飛び退き、頸動脈《けいどうみゃく》から噴出する血を回避した。深々と気管まで断った手応《てごた》えが残る。剃り込みは口から血を吐き、信じられないという顔でひざまずいた。

ふたりがわめきながら銃撃してきた。だが凜香は事務机の下に潜りこみ、一秒足らずで逆側に抜けた。跳躍しながら狐目の腹を縦に斬り裂く。絶叫とともに撒《ま》き散らされる血飛沫《ちしぶき》をふたたび避《よ》け、坊主頭に飛びかかる。坊主頭の銃口がまっすぐ凜香に向けられていた。凜香はドスを投げつけた。引き出しのなかにナイフが横たわっているのを脇目にとらえた。坊主頭がドスを躱《かわ》すべく、銃口を逸《そ》らした隙に、凜香はナイフをつかみあげた。すばやく敵の背後にまわりこみ、勢いよくナイフを突き立てる。坊主頭がのけぞり、濁った呻《うめ》き声を発した。何度もねじって脊髄《せきずい》を抉《えぐ》ったのち、坊主頭の胴体を蹴り倒す。抜けなくなったナイフの代わりにドスを拾いあげる。

エグゼクティブデスクに座る支部長は、立ちあがることさえできず、あたふたと引き出しのなかをまさぐっていた。ようやく拳銃をつかみだした。凜香はすでに机の上に跳び乗り、支部長の鼻先にまで迫っていた。

恐怖の叫びを発する支部長の胸に、凜香はドスを突き刺した。支部長は目を剝《む》き、絶叫とともに全身を痙攣《けいれん》させた。抜いたドスで支部長を滅多刺しにする。刃の入った角度の延長線上を避けることで、返り血を浴びるのを極力抑えた。そのうち支部長は上半身のあちこちから血を噴くようになった。凜香は机から飛び下り、支部長の背後にまわると、後頭部にハイキックを食らわせた。支部長は机の上につんのめり、苦しげな息づかいも途絶えた。

凜香は床にドスを叩《たた》きつけた。怒りを一気に解き放ったせいで呼吸が乱れている。まだ憤りがおさまらない。凜香は腹の底からわめき散らし、横たわる死体を次々に力いっぱい蹴《け》った。

どれぐらい時間が過ぎただろう。ひとしきり暴れたのち、ようやく冷静さが戻ってきた。

権晟会の残りカスを潰《つぶ》してやった。だが田代ファミリーがまた新たな勢力を後釜《あとがま》に据えるかもしれない。

引き出しのなかに帳簿の表紙がのぞいていた。凜香はそれを手にとった。プリントアウトした書類に、名だたる団体の名が連なっている。田代ファミリーによる受注のもと、権晟会が仲介してきた銃器売買事業、その顧客名簿だった。

裏表紙にパスワードが記載してある。凜香は卓上のパソコンを操作してみた。収支決算のすべてがそこにあった。データがUSBメモリーにバックアップされている。凜香は引き抜いたUSBメモリーを帳簿にはさんだ。行きがけの駄賃にもらっていくことにする。

ふと思いついたことがある。制服の胸ポケットから付箋《ふせん》の束をとりだした。おしゃれ文房具のひとつ、猫の形をした付箋だった。凜香はそこに走り書きした。

近づくんじゃねえよ変態痴漢ゴリラども　うろちょろしたら名簿をネットで公開してやるかんな

凜香は付箋を机に貼りつけた。これでよし。名簿は経済界の有力な団体も多く含んでいた。暴露されては田代ファミリーといえども存続が難しくなる。凜香に手をだせば自滅につながる、そう思い知ればこそ、通報さえ控えるにちがいない。

姿見の前に立った。暴力団事務所の鏡のわきには、湯沸かしポットとシミ用部分洗い剤、脱脂綿がある。服についた血を落とすための一式だった。ポットの中身は四十度以下のぬるま湯。それを脱脂綿につけ、返り血を拭《ふ》いたのち、シミ用部分洗い剤を塗りこむ。ヤクザや半グレなら誰でも知っている処置といえる。

死んだ組員らの財布や、事務所内にある現金や貴金属類、拳銃と弾は根こそぎ奪った。ロッカーのなかにあったスポーツバッグにまとめる。ドアに向かいながら凜香は思った。つましい生活を送るなんて柄でもない。そろそろ元どおりの自分に戻るころだ。

ビルをでると東武《とうぶ》亀戸線で曳舟《ひきふね》駅に移動した。そこからバスを乗り継ぎ、しばらく歩く。やがて北千住《きたせんじゅ》の外れにある神社に入った。

境内の木立の奥に小さな池がある。闇のなかでさえ、水面《みなも》がひどく濁っているのがわかる。そのなかに手を突っこんだ。紐《ひも》を探り当てると、力いっぱい引き揚げた。ずぶ濡《ぬ》れのビニールの包みが現れた。かなり大きい。ビニールを破ると、なかにリュックサックが入っていた。ジッパーを開け中身を確認する。札束がぎっしりおさまっている。

リュックを背負い、スポーツバッグを肩にかけ、凜香はひとり歩きだした。中二にして汚れた金で富豪を気どる女。けれども自分の身ひとつで稼いだ金だ。これ以外に方法がなかった。誰にも文句はいわせない。

8

凜香は佐倉市ユーカリが丘に戻った。リュックとスポーツバッグは、ひとまずコインロッカーに預けてある。夜の暗がりのなか〝あしたの家〟の前にたたずんだ。もう周辺に緊急車両はいない。規制線も張られていなかった。ただし少し離れた場所にセダンが停めてある。あれは覆面パトカーだろう。〝あしたの家〟の窓明かりは点《つ》いていた。なかに刑事がいる可能性は高い。

どうすべきかわからず途方に暮れる。このまま行方をくらますべきだろうか。警察から任意の事情聴取を求められたが逃亡、それが凜香のこれまでの経緯だ。こんな平和な街では、ヤクザ四人が死んだだけでも大事件になる。知らぬ存ぜぬを吐《つ》き通すことはできる。けれどもまた厄介払いの憂き目に遭う。

黙って消えれば逃亡者になってしまう。優莉匡太の子供として、いちおう人権団体の保護のもとにある現状ほどの、気楽な日々は送れない。学校にも通えない。ときどきぼんやりと思い描くような、ごく一般的な中学生の暮らしも、永遠に叶《かな》わなくなる。ひとしきり悩んだうえで、自分に舌打ちをする。願ってどうする。凶悪犯になる運命の人生だろうが。結衣の邪魔がなければ原宿で大量殺戮《さつりく》を実現していた。どうせ人殺しだ。きょうも佐倉で四人、亀戸で六人のヤクザを殺した。合計十人。たった一日の実績だけでも、成人なら極刑確定だった。

深く考えなくていい。こんなところで生活をつづけても面倒を抱えこむばかりだ。先のことはどうでもよかった。いまは立ち去る、選択肢はそれしかない。

凜香は歩きだした。すると静寂のなか、玄関のドアが開く音がした。

最初に顔をのぞかせたのは澪子だった。澪子が声を弾ませた。「凜香さんだ」

驚いたことに澪子は屈託のない笑みを浮かべている。湊真とともに駆けだしてきた。施設に住むほかの子供たちも続々と現れた。澪子と湊真がすがりつくと、子供たちはみな嬉《うれ》しそうに凜香を囲んだ。

戸惑いばかりが生じる。凜香は澪子にきいた。「お父さんとお母さんは?」

「怪我してるけど元気」澪子が応じた。「来月ぐらいに退院できるって」

またドアが開いた。数人のスーツが外にでてきた。男もいれば女もいる。刑事たちにちがいなかった。

暗がりのなかでも、刑事のうちひとりが顔見知りだとわかった。四街道署の佐野刑事が近づいてくる。詰問してくるかと思いきや、佐野は冷静な声を響かせた。「どこかへでかけてたのか」

そんな反応を意外に思うと同時に、警察ならではの皮肉も感じた。凛香は鼻を鳴らしてみせた。「事情聴取から逃げたのが怪しいってんなら、そういえばいい」

「そんなことはいってない」佐野は真顔のままだった。「同級生の男子生徒がSNSで拡散したせいで、反社勢力がきみの居場所を知り、学校と施設を襲撃した。われわれの認識ではそうなってるが、なにかまちがいがあるか？」

「……いえ」

「ショックなできごとだったから、ひとりになりたかったりもしただろう。でも戻ってきた。それだけだと約束してくれるか」

凛香は黙っていた。刑事が猜疑心《さいぎしん》を働かせないはずがない。現に凛香は権晟会の生き残りを血祭りにあげてきた。

四街道北中での校内暴力どころではない。凛香は十四にして、父が暴力団と渡り合ったのと同じ、抗争や駆け引きに明け暮れている。ろくでもない人生だ。どうせいつかは殺される。

佐野は探るようなまなざしを向けていたが、ほどなくその目が少年少女に落ちた。凛香に対する子供たちの歓迎ぶりを見て、横槍《よこやり》をいれるのは無粋と思ったらしい。

権晟会の悲劇は公になっていないとわかる。やはり田代ファミリーは通報しなかった。凛香が強烈な脅しを残してきたからだ。

渋りがちな口調で佐野刑事がいった。「永原夫妻が退院するまで、ほかの職員が臨時で来る。揉《も》めごとを起こさずにやれそうか？」

そいつしだいでしょ、ふだんならそう答えるところだ。けれどもいま凛香はただうなずいた。凛香も佐野刑事も、子供たちを意識して大人にならざるをえない、そんな状況にある。ショックを受けてもなお気丈に振る舞う小学生らを、これ以上どうして傷つけられるだろう。

佐野刑事がつづけた。「きょう井野西中近辺で起きた事件について、きみの調書もとらなきゃならない。佐倉署に協力してくれないか。この施設はしばらくのあいだ、署員が交替で見張ることになる。子供たちの安全のためだ。理解できるね？」

「いちいちきかなくても」

凛香にしてみれば、精いっぱい妥協したひとことだった。いちいちきくんじゃねえよ、ふだんならそう吐き捨てるところだ。

この小学生たちにしても、心の底から凜香を慕っているわけではない。凜香はそう思っていた。永原夫妻がいなくなり、不安なうえ寂しくて仕方がない。親代わりになりうる年上の存在があれば、どうしてもつなぎとめておきたい、そんなふうに願っているにすぎない。幼少期の凜香も同じ心境だったからよくわかる。本物の愛着ではない。

佐野刑事がためらいがちに後ずさった。湊真と澪子が凜香の手を引き、玄関へといざなう。

ここでは年長者になる、凜香はそう自覚した。ふしぎと憂鬱《ゆううつ》さはない。どこかほっとしていた。まだ帰れる家がある。偽りばかりの自分であっても、カタギとの接点を失わず、まともに生きる余地が残されている。

三学期の終了まであと数日だった。凜香は井野西中に通いつづけた。

四人のヤクザが死んだ事件以降は、さすがにクラスメイトからの社交辞令が激減した。みな凜香と距離を置き始めた。あからさまな揶揄《やゆ》や嫌がらせがない代わり、教師以外とは口をきかなくなった。特に問題はないと凜香は思った。集団に加わっていながら孤独が許される、そんな境遇こそ水が合っている。寂しさなんか感じない、凜香は自分にそういいきかせた。

朝の早い時間、凜香は自転車で印旛沼のほとり、佐倉ふるさと広場にでかけた。広大な水面《みなも》には靄《もや》が漂う。沼畔にはオランダ風車がぽつんと建つ。視界は開けていた。サイクリングコースや芝生の広場、田畑が連なるものの、いまはまだひとけもない。

オランダ風車のわきにあるベンチに座った。微風に揺れる並木の向こう、少しずつ照らしだされていく波間を眺めた。

いくらか時間が過ぎた。うなじにちくりとした痛みを感じる。刃物を突きつけられていた。背後に人の気配がある。

周辺に身を隠せる物はわずかしかない。忍び寄るのも容易ではない。にもかかわらず何者かが真後ろに立った。いまさら抗《あらが》ったところで、刃のひと突きのほうが速い。こうも簡単に命を失うときがくるとは。ふつうに中学生活を送るうち、ヤキがまわったのだろうか。

恐怖は感じなかった。動揺もない。もう何か月も前からあきらめていた気がする。凜香は印旛沼を眺めながら、さして興味もなくいった。「殺せばいいけどさ。背後をとるなんてけっこう凄腕《すごうで》じゃん。名前ぐらいきかせてよ」

若い女の声が低く告げてきた。「優莉《ユリ》凜香がこれぐらいで死ぬって？」

耳におぼえのない声だった。それでも凜香は力なく笑った。「韓国人かよ」

「なんでそう思う」

「日本人だとユーリと伸ばすとこを、長音のない韓国人はユリっていいがち」

「韓国人に苗字《みょうじ》を呼ばれたことあるのか」

「小さかったころ山ほどきいた。お父さんがパグェってクズどもと抗争してたから」

うなじから刃先が離れたのがわかる。ベンチに飛び道具が投げだされた。刃渡りの長いナイフだが、柄の代わりにH形の握りが付いている。横棒の部分をつかめば、固めたこぶしから刃が突きだす、そんなふうに使える。目にしたのは初めてだ。

すらりと長い脚がベンチをまたぎ、凛香の隣に座った。結衣を思わせるような引き締まった身体つき、背丈はこの女のほうが高いと感じる。長い黒髪に色白の小顔。吊《つ》りあがった目が豹《ひょう》のように鋭く、鼻がつんと高い。凛香に視線を向けず、並んで印旛沼を眺めた。高校生のようだ。身につけているのは制服にちがいないが、タキシードにも似たブレザーに濃紺のリボン、黒のプリーツスカートという、風変わりで洒落《しゃれ》たデザインだった。胸に八角形の黄いろいバッジが光る。ハングルが刻んであった。

파괴《パグェ》。

「……へえ」凛香は女の横顔を見つめた。「高校生なのにドンセン班じゃなくてオッパ班？」

女はなおも凜香を見かえさなかった。「よく知ってる」

「ジャマダハルなんて物騒な武器を携えてる。パグェのスプキョク隊かよ。バッジで宣伝して歩いてんの?」

「ふだん外じゃこのバッジはつけない。おまえには名刺代わりになると思った」

「ならねえよ。名前もわかんねえし」

「佐堂美紀《さどうみき》」

「それは通り名だろ。本名は?」

「パク・ヨンジュ。東京ノウル高校の二年、もうすぐ三年」

「ノウル高校」凜香はため息をついた。「ああ……」

「なに?」

「潰《つぶ》れた清墨《きよずみ》学園からの編入じゃね?」

「まあね」ヨンジュがようやく凜香に向き直った。「おまえの姉にみんな殺された。彼氏も友達も」

尖《とが》ったまなざしに憎悪がみなぎる。凜香はひるまなかった。むしろ苦笑とともに凜香はいった。「残念なことにわたしを殺したところで、結衣姉《ねえ》への復讐《ふくしゅう》にはなりゃしねえ。あの無慈悲な女はまるで悲しまねえし」

「知ってる。姉妹で殺し合ったんだろ。原宿じゃおまえの惨敗」

嫌なことを思いださせてくれる。凜香はヨンジュにかちんときた。「田代ファミリーの駒かよ。権晟会が皆殺しにされたから、今度はパグェを差し向けてやるって？」

「パグェはたしかに田代槇人を指導者と仰いでる。でも田代ファミリーもシビックの下請けにすぎない」

シビック。結衣姉もそんな名を口にしていた。凜香は印旛沼に目を戻した。「なんだそれ」

「テロ活動に出資する国際闇金組織だとか」

「中坊の日常からは遠い話じゃん。どこの誰の運営だよ」

「さあ。そこまでは知らない」ヨンジュも遠目に水面を眺め渡した。「きょうはミンギの誕生日だった」

「ミンギ？　ああ。彼氏か。結衣姉は殺したのを認めた？」

「認めた。そのうえで結衣がなんていったかわかるか？」

「どうせ口悪く煽《あお》ったんだろ」

「モブなんかいちいち記憶してない、って」

思わず苦笑が漏れる。さすが結衣姉、異常者を自覚する凜香から見ても、かなりの性格の悪さを誇る。

ヨンジュは凜香の反応が気に障ったらしい。「いま笑ったか?」

凜香はベンチの上のジャマダハルに顎《あご》をしゃくった。「むかついたんならさっさと刺せ」

「本当に死を覚悟してるのか?」

「……いまんとこは」

「どういう意味よ」

曖昧《あいまい》な気分を凜香はそのまま言葉にした。「人にやさしくされては冷たくされる。その繰りかえしだから、やさしくされてるうちに死ねれば、いい人生だったと思えるんじゃねえかって」

「いまはやさしくされてるのか」

「いちおう。しかも今回はわりと長めにつづいてる。だから死にたい。またドロドロと嫌な空気が漂いだす前に」

「自殺しようとは思わないのか」

「何度も試したけど、むかつく奴の顔が目の前をちらつく。おもに結衣姉だけど、ほかにもいろいろいてさ。そいつらが喜ぶと思うと、自分からは死ねねえ」

「おまえあんまり姉に似てないな」

「母親がちがう」凜香の視線は自然に落ちた。「パグェって全員、氏名を変えるんだろ。あんたも前はパク・ヨンジュじゃなかったんだな」

「まあね」

「でもお母さんの名前はヨンジュ？」

「ああ」

「最近会った？」

「会うわけないだろ。家を捨てるからこそ変名が義務づけられる」

本来はパグェに加わった時点で、姓も名も変えねばならない。だがせめてもの温情として、親の名を継ぐことが許される。家族関係を重視する韓国人らしさが、半グレの仕来りにまで表れている。同姓同名が多い韓国において、苗字が変わっていれば、半グレ警察に関係をたどられる危険もほとんどない。だから親と姓がちがっていて、下の名が共通しているという、一見奇妙な変名に至る。

凜香はささやいた。「わたしも似たような境遇だし」

「母親は市村凜《いちむらりん》だったたな」

「そう。娘を凜香と名づけやがった。最低最悪の犯罪者と、苗字はちがっていても、名前は一字継いでる」

「苗字のほうもそんな褒められたもんじゃないだろ」

優莉匡太と市村凜の娘。ここまで酷《ひど》い血統はほかにありえない。凜香は足もとの小石を蹴《け》った。「この腐りきった性格も、極悪カップルのハイブリッドと考えりゃ、まあ納得できる」

ヨンジュがきいた。「本当に腐ってるのか」

「原宿にサリンを撒《ま》こうとするなんて、まともな脳みそのわけがない」

「それがわかってて、なんでやろうとした？」

「お父さんと同じ地位に立てる。深い意味はなく、ただそう思ってた。こんなふうに生まれたんだから、お父さんをめざすのが当然って」

「恨みもないカタギを大勢殺して？」

「遊びほうけてるガキらはみんな恵まれてる。わたしにとっちゃむかつく存在ばっか」

「でも仲よくなるかもしれねえよな」

「どうせ同じ学校に通えば、優莉って苗字にドン引きするにきまってる。面と向かって文句をいえなくても、ラインで陰口いいまくりだろ。むしろそれを見たい。ぶっ殺すのに抵抗がなくなる」

「初対面のわたしを相手に、自分語りが多いな」

「なにかいったかよ」

「カタギを殺した経験はないんだろ？　罪悪感があって、むかつくための動機を必要としてる」ヨンジュがぼそりと付け加えた。「サリンを撒けずに済んだのは幸いだった。いまとなっちゃそう思ってるだろ」

意地と負けん気だけで否定したくなる。けれども黙るしかなかった。水をぶっかけられて頭が冷えたのち、自分の暴走ぶりをようやく認識できた、それがあの日の真実だった。

狂気を極めることで何者かになりたかった。大量虐殺を果たせば、その道で恐れられる存在になると思った。なんにせよくだらない。原宿にいる同世代の女どもを恨んだところで、本当はただ恵まれた身の上に嫉妬《しっと》しているだけでしかない。

凶悪犯罪が失敗に終わり、地団駄を踏んで歯ぎしりしつつ、一方で安堵《あんど》している。そんな自分が嫌になる。なにをやっても中途半端か。

凜香はヨンジュにきいた。「あんたはカタギを殺したことあんのかよ」

「スプキョク隊だったからね。いまになって後悔することばかり」

「パグェに後悔の二文字があるなんてね。ハングルでも二文字で合ってるよな？」

「そう。후회《フフェ》。後悔って意味」

「さっさとわたしを殺さねえと、死にながらフフェすることになる」

「殺すつもりならもうそうしてる」

「ほかになんの用があってここに来た？　一緒に結衣姉を殺そうって？」

「魅力的な提案。田代親子も優莉姉妹をぶっ殺したがってる。でもいまはそんな気になれない」

「指導者とやらの望みを叶《かな》えてあげなくていいのかよ」

「権晟会の仇《かたき》を討てってって、田代親子は必死になってるけど、パグェとしちゃ少々醒《さ》めてきた。田代ファミリーはシビックに巨額の負債があるし」

「遅かれ早かれ潰《つぶ》れるって？」

「おまえら姉妹のせいで銃器密輸ルートを失ったのが大きい」

ファミリーがファミリ、ルートがルトの発音に近い。さっきの〝殺すつもり〟も〝殺すチュもり〟にきこえた。ツという発音自体が韓国語にないからだ。イルデしたK－POPアーティストみたいだと凜香は思った。「田代一家はそんなに火の車かよ」

「国内はね」ヨンジュが応じた。「知ってるか？　田代勇次の兄は傭兵《ようへい》部隊のリーダーで、東南アジアの紛争地帯が拠点。そっちには兵力と武器弾薬が充実してる。田代ファミリーとしちゃ、なんとかそれを日本に持ちこみたいとこ」

「勇次の兄っていうと……」

「グエン・ヴァン・ハン、二十三歳」

「知ってるよ。日本に帰化したら田代勇太《ゆうた》を名乗る予定だろ。チュオニアンで兵隊率いてた」凜香は鼻で笑った。「勇太が最後の頼みの綱か。どうやって日本に招きいれるつもり?」

「さあ。パグェには教えてくれないから」

「傭兵部隊と武器弾薬をこっそり迎えるなんて、それ自体に費用がかかるんじゃね?シビックへの当面の返済もあるだろうし、そっちはどう捻出《ねんしゅつ》するんだろ」

ヨンジュが一枚の写真をとりだした。「切り札はこれ」

少年が映っている。年齢は十歳以下だろうか。長めに伸ばした黒髪に、白く艶《つや》やかな肌の丸顔。目はぱっちりと大きく、鼻筋が通り、顎《あご》は細くなっている。まるで人形のように端整で、しかも可愛かった。女の子のようにも見えてくる。ジャケットにネクタイ姿だが、生意気さは露ほども感じられない。すなおそうな性格が滲《にじ》みでているうえ、育ちのよさと品位も兼ね備える。身体つきはいたって華奢《きゃしゃ》だった。総じてキッズモデルのようでもある。

凛香は写真に見いっていた。ひと目惚《めぼ》れに近い心の奪われようかもしれない。こんなに汚れのない瞳《ひとみ》をした少年がいるだろうか。こんな弟がほしい。あるいは凛香自身がもっと幼かったころ、こういうボーイフレンドと出会いたかった。

「おい」ヨンジュが声をかけてきた。「なにをぼうっとしてる」

「べつに……」凛香はなおも写真を眺めつづけた。

「熱でもあるのかよ。顔が赤くなってる」

「あ？　大きなお世話だよ」

「キム・ハヌル、九歳。数え年だから日本じゃ八歳だな。韓国の十大財閥のひとつ、KMグループの御曹司。一族のパーティーでコロナのクラスターが発生、祖父母と両親、親戚《しんせき》が相次いで亡くなり、莫大《ばくだい》な遺産を相続することになった」

「この少年が？」

「もちろんKMグループ各社の株だとか、不動産を管理できる年齢じゃないけど、二千億ウォンの現金は大人を介さず、現在のハヌルにぽんと相続された。税金を差し引かれても一千億ウォン、約百億円がハヌルの口座にある。最終的にハヌルが相続するKMグループの総資産は百十兆ウォン、約十一兆円」

「十一兆円⁉　この少年に転がりこむ金が？　現時点でも百億円の預金付きかよ。どこにいる？」

「日本に留学して英才教育を受けてたところ、北海道の武装暴力集団ヤヅリに誘拐された」

「……韓国の警察が黙っちゃいねえだろ」

「当然。でも日本で攫《さら》われたことさえ、まだつかんじゃいない」

「身代金の要求はしてねえのかよ」

「してない。相続した巨額の金がハヌルのもとにあるからな。ヤヅリの拠点は帯広市。おまえが春休みに行く帯広錬成校の理事長とも、裏で密接なつながりがある」

「あん？」凜香は頭を掻《か》きむしった。「帯広錬成校は児童自立支援施設みたいなもんだろうが。なんでそんなのとつながってる？」

「あまり知られてないけど、帯広錬成校はもともと戸塚《とつか》ヨットスクールと同じく、業種としてはサービス業だった。子供が多かった昭和末期、不良の更生が社会的課題になり、帯広錬成校はあくまで収益を目的として始まった」

「春休みを潰してまで行く気を萎《な》えさせてくれる」

「問題児を寮住まいにし更生させる、しかもスパルタ教育には頼らない。業績が評価され、北海道知事の認可を得て学校になった。でもそもそもの立ち上げには……」

「資金繰りにヤヅリが関わってた。どうせそんなとこだろ」

ヨンジュがうなずいた。「ヤヅリは指定暴力団でも武装半グレでもなく、俗に武装暴力集団と呼ばれてる。道警が反社の指定に乗り気じゃないらしい。地元経済に貢献し、政策にも影響をあたえてるとか」

「地域の閉鎖性が生んだ悪しき習慣ってやつ？」

「自治体と癒着してるおかげで、暴対法の対象から逃れて、やりたい放題」

北海道か。父は暗黒地帯と呼んでいた。いまもそうにちがいない。警察は道内に指定暴力団がいないと発表している。ところが実際には六代目山口組《やまぐち》、神戸《こうべ》山口組、絆會《きずなかい》、稲川会《いながわかい》、池田組《いけだ》、住吉会《すみよし》、関東関根組《かんとうせきね》の傘下組織がある。暴力団が地域に深く根を下ろし、地方行政にも密着している。

ヤヅリもまたしかりだった。武装暴力集団なる、微妙に暴力団と異なる呼称は、暴対法の適用外だからだろう。これはひと筋縄ではいかないかもしれない。

「問題は」ヨンジュが写真を指さした。「この少年、キム・ハヌルがどこに囚《とら》われてるか」

「まさか帯広錬成校とか……？」

「そのとおり。更生が目的のため、学校自体が人里離れた山奥にあって、しかも全寮制。少年を軟禁していても疑われない」

話が見えてくるとともに嫌気がさしてきた。凜香はぼやいた。「まさかわたしに頼ろうってんじゃねえだろな」

「おまえは春休みじゅう帯広錬成校にいるんだろ。わたしも北海道に飛んで近場に潜伏する。キム・ハヌルを見つけたら知らせてほしい」

「なんだよ。パグェは結局、この少年の資産を奪って、田代ファミリーに貢ぐ気かよ」

「ちがう。田代ファミリーの傘下にあるのはヤヅリのほう」

「ヤヅリが田代ファミリー？」

「田代槇人がベトナムからの帰化後、日本国内の反社組織を次々に吸収していったのは知ってるだろ。パグェもそのひとつだった」

腑《ふ》に落ちないと凜香は思った。「ヤヅリもそうだってのかよ。わたしも田代一派に加わってたけど、ヤヅリなんてきいたこともねえ」

「だろうね。槇人と勇次親子じゃなく、海外のグエン・ヴァン・ハンの系列だから。ヤヅリを束ねてる羅門孝多《らもんこうた》は、田代勇太ことハンを鍛えた男だとか」

「なら勇次じゃなく勇太つながりで、ヤヅリがキム・ハヌルを誘拐し、田代ファミリーに献上しようとしてんのか……」

「ずっと軟禁状態がつづいてるってことは、相続したはずの預金の引きだしに、なんらかの理由で手間取ってる」

「もう引きだしちまったかもよ」

ヨンジュが鼻を鳴らした。「おまえを襲撃してきたチンピラの装備を見たろ。田代ファミリーが莫大な財産を得てりゃ、銀ダラや骨董品《こっとう》のガバメントなんか使わせない」

「帯広錬成校にこの少年がいたとして、いったいどうしようってんだよ」

「田代ファミリーに先を越されないうちに、パグェがいただく」

「わたしとパグェが、だろ」

「おまえの取りぶんも考えてある」

「九対一。もちろんわたしが九、パグェが一」

「馬鹿いえ。逆だろ。おまえは個人だろが」

凜香はそれ以上、配分についての押し問答を避けた。パグェをだし抜き、少年を独り占めにしてしまえば、十割の総取りになる。どうせパグェも同じ考えだろう。

それより気になることがある。凛香はつぶやいた。「ヤヅリが田代勇太とつながってんなら、わたしの帯広錬成校入学を知った時点で、黙っちゃいないんじゃねえのか。チュオニアンも無茶苦茶にしてやったんだぜ？」

「ヤヅリは帯広錬成校に資金提供していても、学校運営を四六時中監視してるわけじゃない。むしろ表向き距離を置いてなきゃ、週刊誌あたりにすっぱ抜かれる」

「わたしの入学が田代勇太に伝わらないことを祈るしかないって？」

「おまえがどこにいて、どんな学校に通っているかは、プライバシーの観点から伏せられてる。田代親子も容易には把握できない。問題は勇太だが、どうせ入学初日に是か非かわかる」

「あー。校舎でたちまちヤヅリに囲まれたら、バレてたってことで終了。それだけか」

「怖くなったか？」

「ふざけんな」本音が凛香の口を衝《つ》いてでた。「百億ありゃ結衣姉なんか目じゃねえ」

しかも最終的には十一兆円。この人形のように可愛らしい少年を意のままにしたうえで、途方もない特典がついてくる。これだから半グレはやめられない。やはりまともに勉強するのは馬鹿らしい。

「凜香」ヨンジュか真顔で見つめてきた。「手を組む前にききたいんだけどさ。ヨチンの歌を聴かれてキレたってのは本当かよ」

明るくなってきた印旛沼を眺め、次いでオランダ風車を見上げる。吉報の直後のせいか、特に腹は立たない。凜香は写真に目を戻した。童顔に弱いのを自覚する。そもそも惚《ほ》れっぽい。本音をいえば、乱暴者以外の男なら誰でもいい。頭のなかで爽《さわ》やかなアオハルソングの歌詞がリピートする。胸がときめく、きょうからふたり。夢を見るのよ、きょうからふたり……。

9

春休みに入った。凜香は井野西中の制服姿で、朝っぱらから成田《なりた》空港へ行き、帯広空港へ飛ぶことになった。同行者は二年A組の担任と、佐倉市の児童青少年課の職員だった。

飛行機で移動するからには、拳銃《けんじゅう》を隠し持っていればバレる。現金の入ったリュックや、帳簿をおさめたスポーツバッグとともに、ビニールにくるんで印旛沼に沈めてきた。戻ってから回収すればいい。

　永原夫妻はとっくに退院していた。昨晩は施設で凜香の壮行会があった。夫妻はふたりとも笑顔を絶やさず、精いっぱいのもてなしをしてくれた。湊真と澪子が泣きだしたとき、凜香は戸惑わざるをえなかった。

　一家に金を置いていきたい。けれどもおそらく受けとらないだろう。少額であっても遣わずにおいて、凜香が戻りしだい返そうとするだろうし、金額が大きければ警察に届けるだけだ。それがあの夫婦の性格にちがいない。

　結局アマゾンのギフト券を数万円ぶん、手紙とともに置いてきた。前の施設にいたとき人権団体からもらったものです、そんな言いわけを綴《つづ》った。もちろん事実はそうではなく、ギフト券はコンビニで買ってきた。極悪人のハイブリッド遺伝子のくせに、いったいなぜ一介の施設長夫婦を相手に、ここまで気を遣っているのだろう。いまさらながら自分にあきれる。

　空港と機内では担任教師と市職員がずっと横にいた。どちらかが席を外しても、もう一方がかならず居残った。凜香は絶えず顔をそむけ、ひとことも喋《しゃべ》らなかった。話しかけられても無視した。

　本心はそう不愉快でもない。百億を背負った可愛い少年に、一刻も早く会いたい。

だが帯広錬成校へ行くにあたり、嬉《うれ》しそうな態度をのぞかせるのはまずい。ただひたすらふてくされた態度をとるしかない。問題も起こせなかった。目的地に着く前に逮捕され、別の施設送りになったのでは元も子もない。

閉鎖がきまった帯広少年院は市街地にあるため、帯広錬成校もそう遠くないのではと勝手に思っていた。ところが現地に着き、タクシーに乗ってみると、十勝川《とかちがわ》沿いを延々と西に走っていった。日高《ひだか》山脈の麓《ふもと》、上川《かみかわ》郡清水町《しみずちょう》のさらに奥だが、地名は帯広市になる飛び地だという。

あちこちにまだ雪が残っている。山道を延々と走るうち、道幅が狭くなっていき、ついには未舗装のけもの道も同然になった。むろん前後にほかのクルマはなく、タクシー一台だけが山奥深く分けいっていく。〝熊出没注意〟の看板も頻繁に見かけた。担任教師が不安げにひとりごちたとき、また舗装済みの車道にでた。ただし辺りに民家はまばらで、田畑さえほとんど見かけない。鬱蒼《うっそう》と茂る木々が道端を埋め尽くしている。

道路の突きあたりに帯広錬成校の正門があった。想像以上に人里離れた環境だった。刑務所に似たゲートが設けられている。警備小屋から制服姿の守衛がでてきた。ゲートの向こうにはさらに私道がつづくのが見える。敷地内のほとんどは雪原と、枝が白く染まった裸木ばかりだった。校舎は少し離れた丘の上にある。

凜香は呆気《あっけ》にとられた。三階建ての校舎の外壁は、褐色のレンガタイルに覆われている。窓はずいぶん小さい。横浜《よこはま》の赤レンガ倉庫に似ているかもしれない。明治期に建設された工場棟といったほうがしっくりくる。名所になれば洒落《しゃれ》た風景とみなされるだろう。あいにく人より熊の目にとまるほうが多いと思われる。

なるほどと腑に落ちた。文科省や市教委の関係者による視察があろうとも、問題児を隔離し、再教育するための環境と理解される。ふだんの干渉はない。誘拐した少年に制服を着せ、校舎のどこかに軟禁しておけば、ほかの生徒たちも事情に気づけない。別の年少者クラスの児童とでも思うだけだろう。ヤヅリにしてみれば、人目を避けて監禁できる場所を求めるより、ずっと安全で手間がかからない。理事長とヤヅリがつながっていればこそ可能になる、巧妙なカモフラージュだった。

四十代ぐらいの守衛は、担任教師から説明をきくと、凜香に目を向けてきた。警備小屋を指ししめし、そちらへ向かうよううながしている。いま校舎から迎えのクルマがくる、タクシーは料金がかかるのでここでお引き取りを、守衛はそう告げてきた。

担任教師と市職員は唖然《あぜん》とした面持ちになった。凜香以外の付き添いには、ここの教員との面会や挨拶《あいさつ》も許されず、文字どおりの門前払い。教育機関のくせに、はるばる遠くから訪ねてきた一行に対し、ずいぶん無礼な振る舞いをする。凛香は内心苦笑した。学校運営に早くもヤクザの同類っぽさが垣間《かいま》見《み》える。守衛がしきりに追い払おうとしてくる。なかなか校舎からの迎えのクルマが来ないため、担任教師は痺《しび》れを切らし始めた。侮辱に耐えきれなくなったのか、もう帰るといいだした。市職員のほうは困惑をあらわにしていたが、ほどなく同意した。タクシーから凛香の荷物、小ぶりな旅行用トランクだけが下ろされた。

しっかりな。それが担任教師の残した、別れ際のひとことだった。不良の更生のためには、これぐらい刑務所然とした施設も悪くないかもしれない、そう思い直したようにも見える。ふたたびタクシーに乗りこんだとき、担任教師はさばさばした態度をとっていた。

　凛香は門の前にたたずんだ。春でも肌寒い。タクシーがUターンし、来た道を引きかえしていく。凛香は黙って見送った。ムショや少年院の経験はないが、送致される日には、こんな空虚さをおぼえるのだろう。

　守衛が手招きした。凛香はトランクを転がしながら警備小屋に向かった。警備小屋のなかに入るのではなく、そのわきに守衛と並んで立った。やがて校舎から延びる私道を、一台の白いコンパクトカーが走ってきた。トヨタのヤリスだった。

側面に帯広錬成校と記してある。

運転席から降り立ったのは、濃紺のジャージ姿の男だった。年齢は三十代半ば、短髪で筋肉質、一重まぶたに突きだした顎《あご》。典型的な生活指導系の体育教師に思える。男は教師の黍野《きびの》とだけ名乗った。

黍野はクルマの後部ハッチを開けた。そこに顎をしゃくる。荷物は自分で運びこめということらしい。凜香はいらっとし、トランクを持ちあげると、乱暴に投げこんだ。小さな車体がどすんと揺れた。

「おい！」黍野が声を荒らげた。

「あ？」凜香は黍野を睨《にら》みつけた。

しばらく眼《ガン》を飛ばしあったのち、黍野が感じ悪く親指で助手席のドアを指差す。凜香は舌打ちした。相撲の立合《たちあ》いのように互いに牽制《けんせい》しながら、それぞれクルマのドアに向かう。

とりあえず生活指導系との顔合わせの儀式は終わった。不良の登校初日には必須《ひっす》の行事だった。凜香は助手席に乗りこみ、ドアを力いっぱいに閉じた。

運転席に黍野が乗りこんだ。車内にふたりきりになった。凜香はシートベルトを締めるふりをしながら、実際にはロックせず、両手で握りしめていた。襲いかかってきやがったら、ロープファイティングの要領で首を絞めてやる。

だがクルマは問題なく走りだした。凜香は後方を一瞥《いちべつ》した。守衛が見送っている。

黍野はクルマを徐行させながら片手をだした。「スマホをよこせ」

態度が気に食わない。凜香はスマホをとりだし、黍野に投げ渡した。

すると黍野は受けとるや、後ろに放りだした。また手を伸ばしてくる。「機種変更前、解約済みのダミーだろ。いま使ってるスマホをだせ」

「そんなふうに鎌《かま》をかけりゃ当たるとでも思ってんのかよ」

「どうせ金属探知機を通る。持ってりゃバレるぞ」

押し黙ったものの、凜香は舌打ちせざるをえなかった。制服のスカートのポケットから、本物のスマホを引き抜き、みずから後方に投げた。

敷地内の私道は、雪景色の森林のなかを蛇行しながら、緩やかな勾配《こうばい》を描いていった。道端に降り積もった雪は、スキー場とみまがうほど厚みがあった。街路灯の支柱にときどき防犯カメラを見かける。やや古い防滴仕様だが、私道は隈《くま》なく監視しているようだ。さっきの警備小屋にすべてのモニターがあるとは思えない。メインの警備室はほかにある。

校舎が目前に迫った。遠目に見たよりは新しい建造物で、かなり大きかった。レンガタイルは重厚感とレトロっぽさを醸しだす、あくまでエクステリアにすぎないのだろう。除雪済みのグラウンドでは体育がおこなわれていた。男子生徒ばかり二クラスほどが隊列を維持しながらランニングしている。

クルマが停まった。凜香はドアを開け、車外に降り立った。校舎内も授業中だとわかった。教師らしき声がそこかしこからきこえてくる。はい、と男子生徒の返事も響き渡る。使い走りの用事があるのか、やはり男子生徒ふたりが昇降口から駆けだしてきた。詰め襟の学ランがここの制服らしいが、黒ではなくエンジいろなのが変わっている。ふたりとも校舎裏へと消えていった。

多少の体育会系らしさはあるが、ふつうの学校と少年院の中間ぐらい、そんな印象を受ける。それなりには自由に動けそうだ。

もっともそれは、校内での生活にかぎられるだろう。校舎の向こうに隣接する灰いろの二階建ての長屋、あれが生徒の寮にちがいない。二階の渡り廊下が校舎とつながっている。生徒らは敷地外にでられない。ここでの共同生活がすべてになる。

「こっちに来い」黍野がいった。

「荷物は？」

「あとで下ろせばいい」

黍野が昇降口のなかにいざなった。まず新品の上履きが支給される。シューズボックスに優莉と名札が貼ってあった。凜香はげんなりした。靴にいたずらしろといわんばかりだ。

なぜか階上を走る音がきこえた。複数の靴音だった。妙にあわただしい。男の怒鳴り声も響き渡るが、なにを喋《しゃべ》ったかはさだかではない。黍野が表情を険しくして立ちどまり、階段のほうを眺めた。騒動の主が下りてくるのを待ちかまえる、そんな素振りをしめす。だが靴音は徐々に小さくなっていった。階段は下りず、廊下を走りつづけ、すでに遠ざかったらしい。黍野は緊張を解いたように、また一階廊下を歩きだした。

引き戸のひとつを開け入室した。なんと驚いたことに、そこには空港さながらのゲート型金属探知機が据えてあった。教職員らしきスーツが数人、クリップボードを片手に立っている。中年女性もいた。パーティションの向こうは着替えスペースのようだ。

凜香は金属探知機を通った。無音に終わると、黍野の顔に不満げないろがのぞいた。中年女性がパーティションへといざなう。籠《かご》に入った制服を渡された。着替えスペースには姿見がある。凜香は新たな制服に袖《そで》を通した。ブレザーはやはりエンジいろだった。デザインは悪くないが、胸の〝帯広錬成校〟の刺繍《ししゅう》には閉口させられる。チェックのスカートは、よくあるボックスプリーツで、わりと動きやすい。

パーティションの外にでた。黍野が凜香をじろじろと眺め、仏頂面で告げてきた。

「近いうち髪は黒く染めてもらう」

「指一本でも触れてみろ。三流教師の鼻穴に毛染め液を流しこんでやる」

黍野は挑発に乗らなかった。「ついてこい」

背を向け歩きだす黍野に、凜香はつづくしかなかった。ほかの職員らもなんの反応もしめさない。

どうも勝手がちがう。スパルタではないとの触れこみだったが、全寮制の更生施設である以上、横柄な態度をしめす生徒を許すとは思えない。なぜ怒鳴り散らしたり、体罰を加えようとしたりしないのだろうか。

中央階段に近づいたとき、またも騒々しい靴音が響いてきた。小柄な男子生徒、いや児童が駆け下りてきた。廊下をこちらに向かってくるのではなく、奥へと遠ざかっていく。教師らしきスーツの男性が大勢追いかけていった。

凜香ははっとした。いまの児童。エンジいろの学ラン姿だったが、まぎれもなくキム・ハヌルだ。背は低くとも、長く伸びた腕と脚、こぶしのように小さな頭。やはりキッズモデル並みのプロポーションだった。顔はよく見えなかったが、透き通るような白い肌は確認できた。類《たぐ》い希《まれ》なオーラを放っている。

ふざけて鬼ごっこしているようには見えない。必死に逃げまわった末、ハヌルは廊下の果ての階段を上っていった。スーツの群れもそれを追う。廊下に静寂が戻ってきた。

「なにあれ」凜香はあえてきいた。

黍野は振り向きもせずに答えた。「年少者は個別指導してるが、ときどき聞きわけのない児童もいる」

「いまのがそう？　誰？」

「おまえには関係ない。それより口の利き方に気をつけろ」黍野はふたたび歩きだした。

凜香はもやもやした気分で黍野につづいた。この教師はハヌルが誘拐された事実を知っているのだろうか。あるいは本当に、ただ手を焼かせるだけの問題児がひとりいる、そんな認識なのか。その問題児の担当者が誰なのか知りたい。

廊下を奥へ奥へと向かう。さっきハヌルが駆け上った階段の前を通り過ぎた。一階廊下の突きあたりに達したかと思いきや、そこは行き止まりではないとわかった。外から見たときは気づかなかったが、校舎はL字形をしていた。廊下は直角に折れ、なおもつづいていた。

ガラス張りの職員室には事務机が並んでいたが、授業中のため教職員は出払っている。その隣にはひとつだけ高級建材のような木製のドアがある。いまドアは開放されていた。廊下に立つのは三人。ひとりは薄い頭髪に丸顔、瞼《まぶた》も頰の肉も弛《たる》みきった肥満体。オーダーメイドっぽいスーツははちきれんばかりだった。年齢は六十近いかもしれない。ペーズリーのアスコットタイを身につけている。

黍野はその肥満体に頭をさげた。「理事長」

理事長と呼ばれた男が凜香を見た。図体《ずうたい》に似合わない甲高い声を響かせる。「ああ。着いたか、優莉凜香さん。理事長の瀬橋《せばし》です。入学歓迎します」

優莉凜香の名をきき、残るふたりのスーツがぴくりと反応した。教員ではないと凜香は気づいた。ふたりともサツにありがちな威厳とよそよそしさをしめす。

刑事らしき男たちのひとりは四十代後半、瀬橋理事長ほどではないが太っている。もうひとりは二十代後半からせいぜい三十歳ぐらい、こちらは痩《や》せていて、少しばかり目がやさしかった。叩《たた》きあげのベテランに新人の組み合わせ。所轄ではよく見かける。

四十代のほうが険しい視線を向けてきた。「優莉さん？　帯広署の岩津《いわつ》です。彼は須本《すもと》。ふたりとも生活安全課で」

凜香のなかで腑《ふ》に落ちるものがあった。教師がおとなしかったのは刑事が来ているせいか。

瀬橋理事長が凜香に笑いかけてきた。「そう硬くならんでも、刑事さんたちが来るのは異例のことだよ。いつも校内にいるわけじゃないから安心していい」

岩津の眉間《みけん》には深い縦皺《たてじわ》が刻まれていた。「千葉県の佐倉署や四街道署から連絡を受け、ようすを見にきたんです」

「気にするな」瀬橋理事長は凜香から目を離さなかった。「優莉という苗字《みょうじ》だけで神経過敏になるとは、警察も落ち着きがなさすぎるよ」

若いほうの刑事、須本が譲らない姿勢をしめした。「四街道署は厳重注意に留《と》めましたが、相応の暴力沙汰《ざた》があったときいています」

瀬橋理事長が須本に向き直った。「この子はまだ十四だよ。問題を起こしても、大人たちがちゃんとフォローしてやらなきゃならん」

「それはそうなんですが……」

岩津刑事が割って入った。「優莉匡太の子供はみな公安が警戒対象にしています。

同世代のほかの問題児より、厳しく干渉されるきまりです。可哀想でも仕方ありません」

「しかし」瀬橋は渋い顔になった。「優莉結衣さんの疑惑は晴れたとニュースできいたが？」

「いったんはそうなりましたが、沖縄帰りの旅客機が不時着したり、またも騒動がありましたので……。いまは京都の緊急事案児童保護センターに収容されてます」

「ほう、そうだったか。それでも妹さんまで疑われる謂《いわ》れはないな。兄弟姉妹は互いに会えない規則だというし」

「どうだか」岩津が醒《さ》めたまなざしを向けてきた。

凜香はポーカーフェイスを貫いた。警察のやり方には慣れている。ハッタリにいちいち動揺するほど、やわな心は持ち合わせていない。

結衣の現状はいま初めて知った。緊急事案児童保護センターに収容か。やはりお咎《とが》めなしに通学できるほど、世のなかは甘くない。姉妹ふたりとも、逮捕されないぎりぎりの縁に踏みとどまっているが、ある意味で身柄を拘束されたも同然だ。警察に証拠をつかませないことが重要だった。とりわけ凜香は今後もぼろをだすわけにいかない。百億円、いや十一兆円の少年をゲットするまでは。

瀬橋理事長がきいた。「なにか質問はあるかな?」

凜香はすかさずたずねた。「さっき小さな子が逃げまわってるのを見たんですけど」

刑事たちが眉《まゆ》をひそめた。岩津が瀬橋を見つめた。「なにかあったんですか?」

「いえ」黍野教諭か首を横に振った。「児童がふざけているだけです」

須本刑事が黍野に問いかけた。「前にもおっしゃいましたよね。年少者に手を焼いていると。たしかに八歳ぐらいの男の子が駆けまわるのを目にしましたが」

「そう」岩津刑事もうなずいた。「ときどき走る靴音もきこえてくる」

黍野が真顔で否定した。「外見は幼くても十歳ですよ。本校は小四以上じゃないと、入学できないきまりです」

瀬橋理事長がうなずいた。「そのとおり。文科省の取り決めにしたがっています。クラスを編成できるほど、児童の数は多くないので、専任の先生が個別指導してるのですが……。どうもやんちゃざかりのようで」

岩津刑事が瀬橋にきいた。「校舎や寮から脱走する心配は?」

「ありません。大勢の先生がたが見守っていますから。熊に襲われでもしたら大変ですし」

制服がエンジいろなのは、監視の苦労を軽減するためだろう。赤系なら木立に紛れることもなく視認しやすい。緩いようでじつは抜け目がない。それが帯広錬成校の本質かもしれない。

チャイムがきこえた。瀬橋理事長が微笑した。「ああ。休み時間です」

「どうも」岩津刑事が頭をさげた。「お手数をおかけしました。優莉凜香さんが無事到着したのを確認できましたので、われわれはこれで」

「ご苦労さまです。きちんと指導教育してまいりますので、どうかおまかせを」

若い須本刑事もおじぎをした。岩津刑事のほうは、なおも疑い深げに凜香を一瞥《いちべつ》した。やがてふたりの刑事は廊下を立ち去った。

校舎内がざわめきだしている。休み時間も私語禁止だとか、そこまでの厳格さはないようだ。ふつうの学校に近く思える。

刑事たちがいなくなると、黍野が瀬橋理事長に報告した。「優莉凜香はとても反抗的でして」

瀬橋の顔から笑いが消えた。弛んだ瞼の下、冷やかな目つきがのぞいている。ぞんざいな口調で瀬橋が命じた。「特別指導室に連れて行って、きっちり絞ってから教室にいれろ」

凜香はむっとした。入荷した商品に欠陥が見つかった、そうきかされたスーパーの店長のような口ぶり。事実そんなふうにとらえているにちがいない。

絡みたくもなるが、いまは騒ぎを起こせない。理事長がヤヅリに相談すれば、田代勇太に伝わってしまう可能性もある。チュオニアンを潰《つぶ》された傭兵《ようへい》部隊のリーダーが、優莉凜香がいるときいて黙っているはずがない。

黍野が凜香の腕をつかんできた。「来い」

凜香は黍野の手を振りほどき、さっさと歩きだした。じっと見送る瀬橋理事長の視線を背に感じる。

L字の角を折れた。生徒たちが廊下にあふれている。男子だけでなく、少数ながら女子生徒もいた。もの珍しそうに凜香に目を向けてくる。みな談笑はするものの、はしゃぎまわったりはしない。黍野に怯《おび》えるような態度をしめしつつ会釈する。スパルタでないのは見せかけだけか。実際には恐怖政治的な支配体制かもしれない。

また上り階段の前を通り過ぎた。二階を駆けまわる靴音がきこえる。凜香は黍野についていくふりをして、すばやく身を翻し、階段を駆け上った。

「こら！」黍野の呼びとめる声がした。「どこへ行く！」

踊り場をまわりながら、凜香は階上の靴音に耳を傾けていた。ハヌルと教員たち、トムジェリのような追いかけっこがつづいている。廊下をこちらに近づいてくるのが音でわかる。凜香は階段を二段飛ばしで駆け上りつつ、接触のタイミングを推し量った。靴音から察するに、少年は階段を下るべく、こちらをめざしている。あと五メートル。三メートル、一メートル……。

階段を上りきったとき、凜香は小さな身体にぶつかった。仰向《あおむ》けに転倒した。危うく階段から転落しかけたが、狙いどおりではある。

痺《しび》れるような痛みに耐えながら上半身を起こした。目の前には同じように尻餅《しりもち》をつく、学ラン姿の少年がいた。やはり痛そうに顔をしかめている。

凜香は言葉を失った。キム・ハヌル。視界がソフトフォーカスに変わったかのように、幻想的にぼやけだした。写真よりは少し成長したようだが、可愛さは実物のほうが勝っている。耽美《たんび》の極みといえるかもしれない。

自分の感覚は幼い。凜香はそんな事実を悟った。幼少期から成長していないからこそ、その世代の異性に魅力をおぼえる。そういう自己分析のうえでも、ハヌルはやはり輝かしい存在に思えた。困り果てたようなまなざしが凜香に向けられる。なんと愛《いと》おしいのだろう。金が絡んでいなくても誘拐したくなる。

ハヌルも上半身を起こした。不安げにささやきを漏らす。「あの……。ごめんなさい。だいじょうぶですか」

韓国訛《なま》りの日本語だった。なんと真っ先に凜香の身を気遣った。大きくつぶらな瞳《ひとみ》がじっと凜香を見つめてくる。

「いえ」凜香はうわずった自分の声をきいた。「平気」

必死に取り繕おうとする自分にあきれる。それでもハヌルのほっとした面持ちに、またも心を奪われそうになった。この少年はどれだけ思いやりに満ちているのか。こんなやさしい心の持ち主には会ったことがない。

複数の靴音が駆けつけた。廊下を追ってきた教員どもが、鬼の形相でハヌルを見下ろしてくる。ゴリラのように鼻の低い、醜悪な顔の男が、固めたこぶしをハヌルに振り下ろそうとした。ためらいもなく体罰を食らわせようとしている。

凜香は瞬時に片膝《かたひざ》を立て、ゴリラ男の前腕をつかんだ。ぎょっとしたゴリラ男に対し、凜香は合気道の投げ技を放った。重心を崩させることで、わずかな腕力でも巨体を投げ飛ばせる。ゴリラ男はもんどりうち、派手に背中を床に叩《たた》きつけた。盛大な音が鳴り響き、床が軽く突きあげた。廊下を往来する生徒らが、驚嘆の反応をしめし振りかえる。

まだ片膝をついたままの姿勢で、凜香はハヌルと向きあっていた。ハヌルが目を丸くし、凛香をじっと見つめている。凛香もハヌルを見かえした。思わず胸が高鳴る。こんな距離で、これだけの美少年を目にしたことがあるだろうか。いや、ない。いまという時間が永遠につづいてほしい。

階段を駆け上ってきた黍野が一喝した。「優莉！　なにをやってる！」

ほかの教員らもハヌルにつかみかかった。ハヌルは恐怖と焦燥をしめし、凛香に抱きつこうとした。凛香もハヌルを抱き留めようとしたが、引き離されることはわかっていた。ただいったんハヌルの身体に触れる必要があった。

教員の群れがハヌルを力ずくで引き立てる。廊下を連行されながら、ハヌルはなおも凛香を見つめていた。救いを求めるより、凛香の身を案じているように思える。ため息が漏れる。生きている世界がちがう。ハヌルは物心ついたときから、凛香とはまるで異なる教育を受けてきたのだろう。人を信じる純真さの度合いが神仏レベルだ。濁った部分が皆無、かぎりなく透き通っている。

ゴリラ男がようやく立ちあがった。怒りをあらわに睨《にら》みつけてくる。いまにも飛びかかってきそうだ。むろん凛香もとっくに身体を起こし、悠然とたたずんでいた。

このゴリラ男も体育教師にちがいない。気性の荒さと低能ぶりで、生徒を怯えさせることしかできないゴミめ。手をだすつもりなら相手になってやる。

だが黍野が苦い顔で押しとどめた。「鴻塚《こうづか》先生、いまはまずい。刑事が外にでたかどうか、まだ確認していないし……」

鴻塚と呼ばれたゴリラ男は、怒りを隠そうともせず吐き捨てた。「きちんと指導しとけ！」

これが教師の会話か。愚かしいやりとりだと凜香は思った。道知事や文科省の認可を受けただけの学校もどき。しかも山奥のムショも同然の施設ときた。教員の採用レベルも知れている。

またチャイムが鳴った。生徒らが教室に入っていく。鴻塚が立ち去ると、黍野は苛《いら》立《だ》たしげにいった。「優莉。おまえも教室に行け。中二のCクラスだ」

「特別指導室とやらは？」凜香はからかいぎみにきいた。

「いいからさっさと移動しろ！　授業開始に遅れたらペナルティだからな」

「荷物はクルマのなかですけど」

「チェックしてから寮に運んでおく。きょうは教科書を隣の者に見せてもらえ。わかったら早く行け」黍野はそれだけいうと階段を駆け下りていった。

なんとも杜撰《ずさん》な指導ぶりだった。凜香は鼻を鳴らした。たぶん鴻塚が投げ飛ばされるのを見て、黍野は凜香とふたりきりになるのを恐れたのだろう。特別指導室へ連れて行くのを断念した。空威張りだけの馬鹿教師どもの巣窟《そうくつ》か。これは暴れ甲斐《がい》がある。

いまは満足のいく理由がもうひとつあった。凜香は右手を開いた。もぎとった学ランの第二ボタン。ほかのボタンよりわずかに大きく、デザインも材質もちがって見えた。軽く振るとかすかに音がした。

思ったとおりだ。学ラン用ボタンに見せかけた極小のケース。ジョークグッズとして一般に売られているが、庶民の暮らしに縁がないはずのハヌルが、こっそり身につけているとは妙だ。なにかあると感じ、とっさに手がでた。スリの技術については、ほかの兄弟姉妹に負けはしない。

凜香はボタンを放り投げてはつかみながら、ひとり廊下を歩きだした。この中身がなんなのかは知らない。美少年にまた会えるきっかけができた。いまはそれで充分だった。

10

瀬橋執人《しゅうと》理事長は職員室に寄ったのち、ふたたび隣の理事長室に戻ろうとしていた。じきに定年だ。問題なく過ごしたい。帯広第九中学校の教師として、クラス担任を務めたのは三十代だった。あのころバブル経済が崩壊し、終身雇用が約束されなくなった。四十代の学年主任を経て、五十代に入り管理職試験に合格、なんとか教頭にはなれた。ところか校長の管理職試験には、なかなか合格できなかった。

そんな折、帯広錬成校の理事長職の話がきた。正式な名称は帯広児童生徒錬成特殊学校。保護者が手を焼く問題児の更生施設として、日本じゅうに知れ渡っていた。

帯広錬成校への入学により、かならずしも少年法の保護処分の代替が保証されるわけではなく、それぞれ児童生徒の地元の判断に委《ゆだ》ねられている。だがいまでは、帯広錬成校への入学を保護者が願いでることで、家裁の審判が免除されることが慣習化された。我が校はそれだけの影響力を持つに至った。

ただ理事長就任となると特殊な覚悟が必要になる。旭川《あさひかわ》では教育機関の閉塞《へいそく》性が問題視されているが、帯広も似たところがあった。寒い北海道の地方都市に共通の事象かもしれない。市教委も各学校の長も知り合いばかり、警察幹部ともつながりがある。違法行為をいちいち槍玉《やりだま》にあげていたら、地元の産業が衰退し、経済が立ちゆかなくなってしまう。それが瀬橋の持論だった。よって権限を有する者たちが、ひそかに協力しあい問題を握り潰《つぶ》すこともある。

まともな教育者もいないわけではないが、遅かれ早かれ疲弊する。この土地でうまくやっていくためには、長く受け継がれてきた風習に馴染《なじ》むことが重要だ。

帯広錬成校が正式に学校として認可され、ずっと黒字つづきなのも、初代理事長が反社勢力とうまくつきあったからだろう。地権者に土地の安価な提供を認めさせ、設立への反対意見はもみ消した。戦前から北海道の開発は、ヤクザと切っても切れない関係があった。あらゆる企業が反社勢力の恩恵を受けてきた過去を有する、そういっても大袈裟《おおげさ》ではない。そこには合わせていかねばならない。単純な善悪論では語れない。

ヤヅリにとっても帯広錬成校は、単なる投資対象以上の価値があるはずだ。子分になりうる不良少年らを、少年院や少年刑務所送りにせず、帯広錬成校で保護できる。表向き禊《みそぎ》が済ませられ、前科がつくのを回避できる一方、じつは更生させず不良のままヤヅリに迎えいれる。理事長としては見て見ぬふりをしてきた。教職員らも同様だった。

事実が明るみにでれば、マスコミの格好の餌食《えじき》だろう。文科省も躍起になるかもしれない。だが連中は地域の事情を理解できていない。ここにはここのやり方がある。逆らえば市教委との関わりを失う。教職で飯を食っていくことは不可能になる。

瀬橋は理事長室のドアを開けた。無人のはずの室内に、ふたつの人影がある。うちひとりは机の向こう、理事長専用の肘掛《ひじか》け椅子におさまり、背もたれに身をあずけていた。

思わず立ちすくんだ。あわてて後ろ手にドアを閉め、瀬橋理事長は机に歩み寄った。

「ここに来られては困る」

理事長の椅子に座る羅門孝多は、独特で異様な雰囲気を醸しだす男だった。四十代半ばだが、見ようによってはもっと年上に感じられる。黒く染めた髪をオールバックにし、額がやたら広い。縦に伸びた顔にはぎょろ目と鷲鼻《わしばな》、たらこ唇とふたつに割れた顎《あご》がある。いつもつまらなそうなしかめっ面で、ときどき口もとを歪《ゆが》めようとも、けっして目は笑わない。爬虫類《はちゅうるい》のような面構えだと瀬橋は常々思ってきた。羅門は痩《や》せた体型ではあるものの、肩幅が広く長身で、背丈は二メートル近くある。襟が大きく派手な柄のシャツに、漆黒のスーツを着用している。誰がどう見ても、カタギの成分は〇・一パーセントもない。

羅門は脚を組み、椅子を左右に回しながらいった。「優莉凜香を入学させたな」

「春休み期間中の短期受講でしかない。報告しただろう」

「士戸《しど》」羅門がわきの男を見上げた。「田代勇太に伝えたか」

薄くなった頭頂を剃《そ》り、周りの黒髪は長く伸ばす、落ち武者のような男がわきに立つ。目つきの悪さに口髭《くちひげ》、土戸風昌《かざまさ》もまた一見して反社とわかる。年齢は三十代、羅門より背は低いが、大きめのジャケットを身につけている。下に物騒な物を隠すためと噂されるが、瀬橋は事実を知らなかった。

「ええ」土戸が低く掠《かす》れた声で羅門に応じた。「けさ勇太から返信がきました。使えなくなったら殺せと」

瀬橋は狼狽《ろうばい》しながらうったえた。「校内で蛮行はよせ」

羅門がたらこ唇のみに微笑を宿した。「心配するな。利用価値があるうちは生かしとく。新学期が始まるまでそう日数もない。小娘がここをでて帰路についたら、途中で始末する」

「利用価値というと」瀬橋は羅門を見つめた。「あの韓国人少年がらみか?」

「ああ」羅門が気どったような手つきをしめした。「優莉凜香がこんなところに入ってくるわけがない。どこで情報を得たか知らないが、キム・ハヌルの存在を嗅《か》ぎつけたにきまってる」

「ハヌルと接触はできん。三階の個別指導教室に閉じこめてるからな」

「ほんとか? さっきはずいぶん賑《にぎ》やかだったたな。教員どもと隠れんぼしてなかったか」

「それは、あのう」瀬橋は言葉に詰まった。「軟禁状態だ。食事と運動が必要だし、夜は寮にも戻らせる。移動中にときどき逃げだそうとして、騒ぎになることもある」

「杜撰な管理だな」

「ここは学校だよ。一室に監禁してたら変な噂が立つ。現状はあくまで軟禁、ほかの生徒らが疑わないよう制服を着せてる。あんたたちがいいだしたことじゃないか」

「逃がしたんじゃ意味がない」羅門の死んだような目が瀬橋に向けられた。「そこんとこだいじょうぶか」

瀬橋のなかに緊張が走った。「もちろん……。請け負った以上きちんと預かってる」

「それで信用できればいいんだがな。夜間はうちの連中をここに送りこむことにする」

「困るよ」瀬橋は動揺した。「きょうも刑事が来た。所轄の上のほうには知り合いがいるが、暴行の現行犯となれば歯止めがかけられん」

「ここは誰の学校だ？　瀬橋理事長。なにが起きようとトップが責任をとれ」

たとえ猛獣であっても萎縮《いしゅく》してしまうにちがいない、羅門のぎょろ目がまっすぐに見つめてくる。瀬橋は絶句せざるをえなかった。たしかにヤヅリなしに帯広錬成校は維持不可能だ。だが校内で事件を起こされたのでは元も子もない。

ノックの音がした。瀬橋はじれったさとともに応じた。「どうぞ」

ドアが開いた。類人猿然とした見てくれの教師、鴻塚が頭をさげ入室してきた。羅門や士戸の存在に驚いたようすだったが、反社とのつながりは全教員が知っている。それ以上の怪訝《けげん》な態度はしめさず、瀬橋に歩み寄ってきた。

鴻塚がささやいた。「ハヌルを個別指導教室に連れ戻しました。ただ……」

「なんだ」瀬橋はきいた。

「制服のボタンが一個紛失してます。上からふたつ目です。そのことを指摘すると、ハヌルは取り乱したようすでして」

「ボタンだと？　なにかトラブルでもあったか」

「逃走中に二階廊下で新入生とぶつかりました。優莉凜香です」

不穏な空気がひろがる。羅門が睨《にら》んでくる。士戸も射るような目つきを向けてきた。

瀬橋は机をまわりこんだ。羅門の座るわきの引き出しに手をかける。「ちょっと失礼」

引き出しを開けると写真の束をとりだした。キム・ハヌルの姿は毎日、教員らに撮らせている。それらをヤヅリに送る義務があるからだ。きょうのぶんはむろん、まだていた。

羅門の手に渡っていない。

軟禁状態で尋問を受けるハヌルが写っていた。憔悴《しょうすい》しきった顔のハヌルが、ひとり黒板の前に立たされている。瀬橋は拡大鏡をあてがった。制服のボタンはすべて揃っていた。

学ラン用ボタンは通称カブセボタンという。金属製パーツは円盤状の底部と、ドーム形のカバー部から成っていて、両者を嵌《は》め合わせることで完成する。よって内部は空洞になる。カバー部には彫刻に似せた模様が刻まれる。帯広錬成校の場合は校章だった。底部の裏側中央には、服に留めるためのU字形の突起がある。縫い付けてあるのではなく、プラスチックの小さな部品で留めてあるのは、クリーニングのときに取り外すからだ。突起の周りには小さな円形の穴が複数開いている。ボタンの製造時、外側に金メッキを施すにあたり、水に沈むようにするための穴だった。

ふたつ目のボタンに違和感があった。ほかよりわずかに大きいように思える。彫刻風の模様も異なって見えた。

瀬橋は写真を羅門に手渡した。「どう思う?」

羅門が受けとった写真を眺めた。しばし凝視したのち、軽く鼻を鳴らした。土戸がのぞきこもうとしたが、羅門が苛立《いらだ》ったようすで片手をあげ、顔を近づけるなと動作でしめした。

ぎょろ目はそのままに、たらこ唇のみを歪めながら、羅門がつぶやいた。「さすが優莉匡太の娘だ。さっそく利用価値を証明したな。ぶつかった一瞬のうちに、こんな小さなちがいに気づき、くすねやがるとは」

瀬橋はきいた。「きみらが求めてる遺産とやらに関係あるのか」

「当然だろう」羅門は穴が開くほど写真を見つめた。「口座の在処《ありか》や引きだしの方法について、ハヌルの口を割るよう、ちゃんと教員らに命じておいたか？」

「あの児童はまだ八歳だ。口を割らないんじゃなくて、なにも知らないんだろう」

「そうでもない。ボタンを失って取り乱したのならな」

韓国有数の巨大財閥、ＫＭグループの創始者一家が次々と病死した。瀬橋も報道で知った。ふつう莫大《ばくだい》な資産については、相続人とは別に管理者なり運営者なりがきまっている。ところがキム家の場合、あまりに急な訃報《ふほう》だった。法的に検討を重ねたところ、すべてがハヌルの相続となることがわかった。偶然にもさまざまな理由により、ほかの親族らに相続権がなかったからだ。

不服とする親族らが訴えを起こしたり、グループ内企業も経営の分離独立を求めたりしているが、一族の預金を集めた銀行口座は、すでにハヌルに相続された。キム家の顧問弁護士が周囲の反対を押しきり、早々に手続きを済ませた結果だという。

かの国では突拍子もない事態が現実になる、瀬橋は常々そう思ってきた。詳細はよく知らないが、以前に羅門が説明したところによれば、口座はスイスのプライベートバンクにあるらしい。守秘性が非常に高く、オンライン上の操作による送金手続きには、厳重なチェックがある。資産家はそれらに必要なデータをひとまとめにし、暗号化しておくのが常のようだ。暗号化後も二百ギガバイト以上ものデータ量になるが、それこそが本人以外でも口座にアクセスしうる鍵《かぎ》になる。

瀬橋は羅門を見下ろした。「そのボタンが例のデータと関係あるのか」

「かもな」羅門は写真を机の上に投げだし、椅子にふんぞりかえった。「データは恐ろしく膨大な量の暗証コードや、家族にちなむ数千点の証明用写真、証言や署名を撮影した動画、法的根拠のあるデジタル書類数十万点を含む。年端もいかないハヌルでも、それだけあれば口座の金が自由になるよう、なにもかも揃えてあるはずだ」

また不安が頭をもたげてくる。瀬橋は小声でいった。「キム・ハヌルがここにいることが知れ渡るとまずい……。誘拐の報道はないが、韓国の警察が血眼になって捜してるんだろ？」

「遺産相続に異議を唱える親族らから守るべく、留学先の日本から別の国に移った旨を、弁護士が各方面に伝えた。すでに弁護士はこちらで買収済みだからな。マスコミが嗅ぎまわらないよう手も打っておいた」

だが弁護士のもとには、口座にアクセスするためのデータは、いっさい残されていなかった。よってハヌルのもとにあると考えるしかない、それが羅門の主張だった。八歳の少年がそこまで重要なデータをひとりで抱えこむだろうか。瀬橋は疑問に思ったが、妙な動きが生じたいま、すべてを絵空事で片づけるわけにはいかない。

羅門が鼻息荒くいった。「いますぐ凜香を捕まえて、裸にひん剝《む》いてやりたいが」

「それは困る」瀬橋はあわてて抗議した。「生徒たちはみんな、それぞれの地元に帰る日が来る。なにがあったか吹聴されたら我が校は終わりだ」

「全員の口を封じればいい」

「やめてくれ！　生徒の集団死なんて、それこそ大事件になってしまう。頼むから校内で動きまわるのはよしてくれ。あんたたちがこそこそ見張るだけでも迷惑なんだよ」

「本気でいってるのか」

「あ……いや」瀬橋は萎縮せざるをえなかった。「言葉が過ぎた。すまない」

羅門のぎょろ目が瀬橋を仰ぎ見る。椅子が回った。士戸に向き直り、羅門が悠然と指示した。「寮の消灯時間後が勝負だ。凜香を連れだしボタンを取り戻せ。データが凜香のもとにあるなら、八つ裂きにしてでも奪え」

11

凜香は中二のCクラスで数学の授業にでた。自己紹介もなにもなく、ただ空いている席に座るようにいわれた。

クラスメイトの九割が男子だった。みな優等生のような髪型で、制服を着崩してもいない。きちんと背筋を伸ばし着席している。凜香に対して特に反応もなかった。帯広錬成校は不定期に入学と卒業がある。見かけない顔がある日突然現れたり、消えたりするのにも慣れているのだろう。

教師は眼鏡をかけた小太りの中年男性で、いかにも頼りなかった。鴻塚や黍野のような粗暴な教員ばかりではなく、むしろこちらのほうがスタンダードのようだ。

授業が始まったが、生徒どうしにはなんのコミュニケーションも生じない。隣に教科書を見せてもらうのを頼む空気ではない。教師も凜香を一瞥《いちべつ》したが、特になにもいわなかった。周りを見まわすと、ほかにも教科書やノートのない生徒がいる。教師が黒板に向き直ると、生徒たちはあからさまにだらけだした。机に突っ伏して居眠りする姿も多い。

　授業内容は恐ろしく幼稚で、小学校のクラスとまちがえたのではと思えるほどだった。教科書に載っている公式がざっと説明され、例題については解き方をさっさと説明してしまう。ノートをとっている生徒もいるにはいるが、大半は授業に集中していない。教師もやはり気にとめているようすはない。

　やがてチャイムが鳴った。教師はまだ黒板に字を書いていたが、生徒らはそれぞれに立ちあがり退室していく。やがて教師もでていった。数人ずつが言葉を交わすものの、はしゃいだりふざけたりする姿はない。凜香に話しかけてくる生徒も皆無だった。なんとも薄気味の悪い、やたら他人行儀な学校。ただし少年院行きを免除されるための、期間限定の講習のようなものととらえれば、こんな空気もなるほどと思えてくる。みなそれぞれ地元に個別のコミュニティがある。ここには偶然居合わせているだけでしかない。

　国語と英語の授業も、教師が教科書を読みあげるだけに終始した。陽が傾きかけてきたころ、生徒たちは二階の渡り廊下を通り、寮のほうへ移動しだした。守衛は案外大勢いて、廊下のそこかしこに立っていた。よって校舎に居残ることはできない。凜香もほかの生徒らと行動を同じくした。

二階建ての長屋は、ドアが外通路に面している。男子は相部屋のようだが、女子は個室だった。とはいえ室内はカプセルホテルよりわずかに広いていどでしかない。ベッドが大半を占めるほか、物を置けるスペースがほんの少しある。凜香のトランクはそこに置かれていた。机や椅子すらない。どうせ自主学習などしないだろう、そんな学校側の侮蔑《ぶべつ》がのぞく。小さな窓には鉄格子が嵌《は》まっていた。まさしく独房だと凜香は思った。

シャワーとトイレは共同で別棟にある。暗くなってからも外通路にはでられるようだ。ただしそちら側の庭に警備小屋があり、守衛が絶えず詰めている。自室のドアに電極があることに凜香は気づいた。外にでれば警備小屋で把握できる仕組みだろう。

黄昏《たそがれ》をわずかに残す暗い空が、鉄格子の向こうに見えている。凜香は部屋をでた。守衛は警備小屋の前に立っていたが、この時間はまだ複数の生徒らが出歩き、シャワー棟に行き来している。凜香は集団に紛れるように歩調を合わせた。後方の警備小屋と前方のシャワー棟、それぞれの守衛の死角に入った瞬間、道端の木立に飛びこんだ。

木々の根元は雪に覆われていた。雪原は爪先《つまさき》で走ることで音を軽減できる。凜香は身軽さを武器に、飛ぶように全力疾走していった。敷地内の位置関係は、もうだいたい把握できている。しかも今夜は月がでていた。方角を見誤る心配もない。

抜けだすなら消灯時間後が常識だが、凜香はそれまでまつつもりはなかった。

生活指導の教師は目が鋭い。いじめは無視するくせに、ほんの少しの制服の乱れには敏感に気づく。ハヌルの第二ボタンがなくなったことは、もうヤヅリに伝わったと考えるべきだ。

街路灯は極力避けた。呑気《のんき》に寝ていたのでは襲撃を受ける。ヨンジュとの約束の時間もある。

防犯カメラが設置してあるとすれば、その支柱しかない。モーションセンサーは考えにくかった。野生動物が多い山奥では、いちいち警報が鳴り、守衛は仕事にならないだろう。

丘の下り斜面に近づいた。ロープが張ってあり、木製の看板に〝立入禁止〟と記してある。看板は縦に長く、高さ一メートル半、幅三十センチぐらいだった。看板の四隅に穴が開けてあり、ロープはそこに通され結んであった。

凜香は片方の靴を脱ぎ、中敷きを剝《は》がした。薄手のセラミックナイフをとりだす。金属探知機にひっかからない武器は、ここの入学にあたり準備するのが当然だった。市販のセラミック製包丁より切れ味はあるが、鉄製の刃物に比べ切断にコツがいる。ロープに垂直に振り下ろし、瞬時に一刀両断にしないと、ナイフのほうが折れてしまう。

ロープから看板を切り離したが、四隅のうち一か所は、穴にロープが結わえつけられたままにする。看板を雪の上に横たえると、ひとつの隅から延びる一メートルほどのロープを、右手につかんだ。凜香は両足を板の上に乗せた。板が斜面を滑降しだした。

サーフィンとちがい、スノーボードは両足を固定するのが常だ。波が押してくれるサーフボードの場合、前のほうに重心をかけ推力を得る。しかしスノボの場合は、後ろに重心を置き、前方を浮きあがらせる必要がある。海面に比べ硬い雪原を滑るには、足を固定しないかぎり、うまく力をこめられない。

しかし手綱のように、ボードのノーズ部分から延びるロープを握っていれば、下方へ踏みしめながら重心を変えられる。凜香は身体を横向きにし、ロープで巧みにバランスをとりながら、雪の斜面を滑降しつづけた。風圧が身を切るように冷たい。凹凸に差しかかるやロープを引っぱり、ノーズを撥《は》ねあげ、みずからも軽くジャンプし乗り越える。左右への舵取《かじと》りにもロープを使う。闇のなか障害物となる木々に目を凝らし、凜香は猛スピードですり抜けていった。

やがて勾配《こうばい》の角度が緩やかになった。凜香はボード代わりの看板から降りた。みずからの脚で走りだす。靴が雪のなかに埋もれた。ここは南南西の端、ヨンジュが事前の下見で、最も警備が手薄と知らせてきた辺りだ。前方には鉄製のフェンスがあった。高さは二メートルほどだが、通電しているようすもなく、上端に有刺鉄線も見えない。

　こういうところが少年院と異なる。更生に重きを置く学校となれば、外から視認できる範囲に、物々しい警戒網を張ることはできない。たちまち人権団体が騒ぎだすからだ。その種の活動家はいつも犯罪者を手助けしてくれる。

　凛香はフェンスに飛びつき、懸垂の要領で身体を引きあげた。最頂部を難なく越えると、向こう側へ着地した。

　至近に人の気配を感じ、凛香は片膝《かたひざ》をついたまま、セラミックナイフを逆手に握った。相手も同じように姿勢を低くし、銀いろの刃を突きつけてくる。

　こぶしの先から突きだした刃、ジャマダハルだった。防寒着に身を包んだヨンジュが、白い吐息とともにいった。「ずいぶん早いな」

「まつのもまたせるのも好きじゃない」

「ハヌルはいた？」

「いたよ」凛香はハヌルからもぎとった第二ボタンをとりだした。

　正確にはボタンに見えるジョークグッズ、小型ケースだった。ひと粒かふた粒の錠剤を隠しておくのに重宝する。本物のボタンとちがい、裏面に穴はない。一か所が蝶《ちょう》番《つがい》になっていて、ドーム形の蓋《ふた》が開閉する仕組みだった。

ヨンジュがLEDペンライトで凜香の手もとを照らした。凜香は指の爪で蓋を開いた。

極小かつ薄型、長方形のピースが入っていた。長いほうの辺で一センチほど、短いほうは〇・六センチぐらいか。HUAWEIとある。中国の通信機器メーカー、ファーウェイのロゴだった。256GBとも併記されていた。

凜香はきいた。「ナノメモリーカード？」

「そう」ヨンジュがうなずいた。「マイクロSDカードよりさらに小さい記憶媒体」

「どうやらさっそくお宝の鍵《かぎ》を得たみたい」

「行こう」ヨンジュがライトを消した。「隠れ家が近くにある」

ふたりで雪原のなかを駆けていった。ムショならサーチライトに注意が必要だが、辺りはいっそうの暗闇に覆われている。やはり人権団体に万歳を叫びたくなる。

走りながらヨンジュがスマホを耳にあてた。凜香にわからない韓国語でなにかを喋《しゃべ》り、ただちに通話を切った。

「いまのは？」凜香はきいた。

「ほかにも仲間がいる。そいつらを呼んだ。ナノメモリーカードの中身が見れるツールも持ってきてくれる」

「仲間ってパグェ？」

「当然だろ」

「おい」凜香は足をとめた。「冗談じゃねえよ」

ヨンジュが振りかえった。じれったそうに駆け戻ってくると、凜香の腕をつかんだ。

「いいから来い」

「放せよ。てめえらにこれは渡せねえ」

「協力しあうと約束しただろが」

「あんたとだけならな。でもあんた以外のパグェは無理」

「なんでだよ」

「なんでって、親の代から抗争してるし、わたしは結衣の妹だぜ？」

「おまえに手はださせない。信用しなよ」

苛立《いらだ》ちが募ったものの、もう帯広錬成校を抜けだしてしまった。こんな山奥に孤立無援ではどうしようもない。

凜香はふたたび走りだした。「裏切んなよ」

「そっちこそ」ヨンジュが猛然と追い越していった。

闇のなかヨンジュの背を追ううち、平屋建ての木造小屋に行き着いた。ひどく老朽化し、いまにも潰《つぶ》れそうに見える。ヨンジュは引き戸に近づいていった。

「マジかよ」凜香は小声で吐き捨てた。「こんなあばら屋に潜もうってのか」

「なかに入ってからいいなよ」ヨンジュの姿が内部の暗がりに消えていった。

やむをえず凜香はヨンジュにつづいた。ヨンジュが引き戸を閉め、視界は完全に真っ暗になった。

ほどなくLEDランタンが灯《とも》った。ぼうっと明るくなった室内を見まわす。わりと綺麗《きれい》に片付いていた。天井に新しい梁《はり》の補強があるうえ、床板も張り替えてある。少なくとも腰を落ち着けるのに抵抗は生じない。

凜香は感心した。「へえ……」

「パグェは準備に抜かりがない。自治体の空き家バンクで探し、倉庫の名目で買いとった。うちの仲間たちが適度にリフォームした」

「半グレをやめてもそっちでやっていけそうじゃん。帯広錬成校の寮より快適」

ヨンジュがフローリングに腰を下ろした。女が胡座《あぐら》をかくのに抵抗がないのが、いかにも韓国人らしい。テレビドラマでもよく見かける。

LEDランタンの光量をあげながらヨンジュがきいた。「ハヌルのようすは?」

「校舎内で追いかけっこしてた。怯《おび》えきってる。でも生活指導の教師どもは、精いっぱい凄《すご》んでるだけの見かけ倒し。ヤヅリとは思えない」

「表面上は学校と関わりがないからな。だけど仲間の監視によれば、ヤヅリの羅門や土戸の乗ったクルマが門を入っていったらしい。それ以前に警察の覆面パトカーがでてきたとも」

「あー。刑事たちには会った。岩津と須本ってやつ。帯広署の生活安全課」

するとヨンジュがスマホを操作し、画面をこちらに向けてきた。「こいつが羅門孝多」

ゴルフ場らしき屋外を、気どって歩く黒シャツの男。四十代半ばのいい歳のくせに、襟を立てたヤクザっぽい着こなしでお里が知れる。ワルを惹《ひ》きつける顔だと凜香は思った。オールバックでぎょろ目、やたら高い鼻に、分厚い唇。尻《しり》のようにふたつに割れた顎《あご》。大柄らしく、かなりの存在感とカリスマ性を誇る。

「それに」ヨンジュが指先で画面をスワイプした。「こっちが土戸風昌」

羅門と一緒にゴルフコースを巡っている。やはりインパクトがある。頭頂部を剃《そ》り、側頭部の髪を長く伸ばし、口髭《くちひげ》を生やした三十代。目もとはサングラスで覆っていた。こんな奴らが指定暴力団にならずに済んでいるとは、北海道に住みたくなる。

凛香はいった。「どっちも会ってねえ」

「ほんとか？」

「授業中はずっと教室にいたんだよ。そのあいだにそいつらが出入りしてりゃ、気づきようが……」

ふいに注意を喚起された。かすかな異音をききつけたからだった。ヨンジュの表情も険しくなった。ふたりは同時に動いた。LEDランタンを消灯する。暗がりのなか、凛香はセラミックナイフを逆手にかまえ、引き戸に近づいた。

すると外から男の低くささやく声がした。「ヨンジュ、ナダ」

韓国語に疎い凛香でも、ナダが〝俺だ〟という意味なのは、ドラマを通じ知っていた。ヨンジュが解錠したのが音でわかる。引き戸はすばやく開き、すぐにまた閉じた。

LEDランタンにふたたび光が宿る。長身で痩《や》せた男がふたり立っていた。ダウンジャケットに雪原迷彩柄のズボン、軍用ブーツ姿だった。ひとりはツーブロックにした髪を明るく染めている。もうひとりは黒の短髪だった。どちらも二十代前半にちがいない。精悍《せいかん》な顔つきと、細く伸びた腕と脚は、エンハイフンにでもいそうな雰囲気を漂わせる。ヨンジュに向ける爽《さわ》やかで穏やかな目つきは、まるで歌番組のエンディング妖精《ようせい》のようだった。

だが凜香に視線を移したとたん、ふたりの顔がこわばった。髪を染めたほうが凜香を指さし、怒号に似た大声を発した。短髪のほうも一緒になって韓国語で怒鳴りだした。ふたりは凜香に詰め寄ろうとしたが、ヨンジュが割って入った。やはり早口の韓国語でヨンジュがまくしたてる。三人は激しく口論し始めた。

なにを喋っているのかはわからない。しかし互いに名を呼びあったおかげで、髪の明るいほうがユノ、短髪がヒョンシクだとわかった。もっとも、改名を義務づけられるパグェのメンバーにとって、名前などただの記号でしかない。

ユノが背に手をまわし、拳銃《けんじゅう》を引き抜いた。長めの銃身に角張ったフォルムのルガー57だった。銃口が凜香に向けられる寸前、ヨンジュが血相を変え、ユノの腕をつかんだ。

だがそのあいだにヒョンシクも拳銃を抜き、凜香に近づいてきた。ヒョンシクの拳銃はより無骨なワルサーPDP。ふたりともポリマーフレームの真新しい銃を手にしている。極貧と化した田代ファミリー傘下のパグェにしては、贅沢《ぜいたく》な武装といえる。こいつらは特別な地位にあるメンバーなのだろう。

ヒョンシクは両手で油断なく拳銃をかまえていた。憤りをあらわにし怒鳴りつづける。手をあげろといっているのか、優莉家に対する恨みつらみをまくしたてているのか、おそらくその両方だろう。

凜香は悠然とたたずみながら応じた。「韓国語わかんね。日本語で喋ってくれねえんなら、わたしは降りるかんな」

ふたりの男は絶句した。いっそうの激情にとらわれたらしい。ユノがヨンジュに日本語で抗議した。「こいつは優莉の四女だろが！」

ヨンジュが反論した。「チュオニアン以前から田代ファミリーに加わってる」

ヒョンシクは凜香に拳銃を向けたままヨンジュを振りかえった。「チュオニアンなんか知るか！　パグェには関係ないことだろうが」

「日本人の中二女子と組んでるとは伝えたろ」

「ふざけんな。優莉家の娘なんかと手を結べるかよ」

凜香はからかった。「ふジャけんな？　ザが発音できねえのかよ。ほら、しっかり喋《しゃべ》ってみろ。ふざけんなってよ」

「おまえこそンとンとンのちがいがわかんのかよ！」

「はぁ？　わかんねえよ。日本人にはンにしかきこえない発音が三種類あるって？　だからどうしたよ。それなりの歳だろうに案外ガキっぽい野郎だな」

ヨンジュが表情を険しくした。「凜香、侮らないほうがいい。ユノとヒョンシクはどっちも二十二歳にしてパグェの英雄。精鋭中の精鋭」

「英雄で精鋭？」凜香はせせら笑った。「ふジャけんな。包み紙っていえる？　チュチュみ紙じゃなくてよ」

ヒョンシクが顔面を紅潮させた。いまにも凜香に向けた拳銃を撃とうとする。「ぶっ殺す！」

「やめろ！」ヨンジュがジャマダハルの尖端《せんたん》をヒョンシクの首筋に突きつけた。

ユノの拳銃がヨンジュに向けられる。これで凜香がセラミックナイフをユノに突きつければ、脅しの環《わ》ができあがるのだが、あいにくユノとはやや離れている。

だが凜香には奥の手があった。ナノメモリーカードを指先につまんでしめした。

「この場でポキッと折ろうか」

ふたりの韓国人は怒りに身を震わせながらも、いまは耐えるべきときと悟ったらしい。ユノが先に拳銃を下ろした。ヒョンシクも苦々しげにユノに同調した。忌々《いまいま》しげに吐き捨てる。「エイシ！」

凜香は鼻を鳴らした。「それ韓国語で〝畜生〟だよな？　すなおで可愛い」

ふたりがまた憤然としだすより早く、ヨンジュが切りだした。「ユノ、ヒョンシク。優莉凜香は帯広錬成校に入学して、ハヌルに接触できる立場にある。いまは協力し合わないと」

「協力?」ヒョンシクが顔をしかめた。「ナノメモリーカードにアイデンティティー・インクリー・データが網羅されてたら、もうほかにはなにもいらないだろ」

「なに?」凜香は説明をうながした。「アイデンティ……なんとかって?」

ヨンジュが説明した。「IIデータと略すの。スイスのプライベートバンクから、オンライン操作で預金を動かすときに必要なデータの総称。口座番号と暗証コードのほか、送信を求められる可能性のある各種ファイルが、合計二百ギガバイト超」

「へえ。銀行側から要求されうるデータをぜんぶ揃えてあるってこと? それらがあれば……」

「そう。金を意のままにできる」

「ほんとかよ。そんなのまだ有効なのかよ? 報道が規制されてても、KMグループの関係者はご子息と音信不通になって、いまごろ大わらわだろ? スイスの銀行にも電話ぐらいしてるんじゃねえのか」

「電話じゃ約款の規約はねじ曲げられない。顧客対応が高度に機械的で例外もない。司法権力ですら資産凍結できないから、スイスのプライベートバンクは、世界じゅうの富豪から好まれてる」

ユノがいった。「凜香。ナノメモリーカードをよこせ。中身をたしかめる」

「どうやって？」凜香はきいた。

「ノートパソコンを持ってきた」

「どこに？」

「このダウンジャケットの下だよ。手をいれてもいいか」

「正面のジッパーを下ろして、ゆっくりだしなよ」

しかめっ面のユノが指示にしたがった。ダウンの下に大きめのチェストリグを身につけている。予備のマガジンのほかに、十三インチのモバイルノートPCがあった。左胸にあてがっているのは、防弾プレート代わりにもなるからだろう。ユノはPCをポケットから引き抜き、片手に持ってしめした。

凜香は油断なく提言した。「ナノメモリーカードはふたりの拳銃と交換」

ヒョンシクがまた怒りのいろを浮かべた。「ふジャ……馬鹿にするな」

「IIデータとやらを引き渡しちまったら、その場でズドンだろ。いいから拳銃。まずユノから」

ヨンジュが目でうながす。ユノはためらいがちに拳銃を投げて寄越《よこ》した。凜香は左手でそれをキャッチした。ルガー57のグリップは案外握りやすかった。

銃口をヒョンシクに向けながら、凜香はナノメモリーカードを前歯でくわえた。からになった右手を差しだす。

ヒョンシクがじれったそうに歩み寄ろうとしてきた。凜香は唸《うな》り声を発し、接近を制した。テコンドーの蹴《け》りが届くほど間合いを詰められては困る。

二丁めの拳銃も投げ渡された。凜香は両手に拳銃を握ると、銃口をユノとヒョンシクに向けた。くわえたナノメモリーカードを、ぷっと吐き捨てる。ただちに後ずさった。

極小の記録媒体が床の上に転がる。ヒョンシクが焦りぎみに駆け寄った。ヨンジュがLEDランタンをぶら下げ、その辺りの床を照らした。ヒョンシクはナノメモリーカードをつまみあげた。すぐさまユノのもとに向かう。

ユノはモバイルノートPCを床に置いていた。ナノメモリーカードをアダプターにおさめ、スロットに挿しこむ。キーを叩《たた》くユノの左右で、ヨンジュとヒョンシクが片《かた》膝《ひざ》をつき、モニターをのぞきこんだ。

凜香は思いのままを口にした。「どうも信用ならねえ。だいたい預金百億だの資産十一兆だの、子供ひとりに相続させる遺言なんかありうるのかよ」

鼻を鳴らしたのはユノだった。パソコンを操作しながらユノが答えた。「日本は戦後、財閥を解体されたから想像しづらいだろうな。韓国財閥は本当に純粋な持ち株会社だ。資本が経営者一族に集中する」

ヨンジュがうなずいた。「権限も集約されてる。富の独占以外のなにものでもない」

「マジか」凜香は揶揄《やゆ》してみせた。「パグェが大金に目のいろを変えて、田代ファミリーを裏切るのも当然ってわけ」

ヒョンシクが睨《にら》みつけてきた。「おまえはとっくに裏切り者だろ。権晟会を皆殺しにして追われる身のくせに」

「パグェほど汚かねえ」

「俺たちはな、ヤヅリに挑む覚悟だ。奴らの背後には田代勇太がいる。おまえにその覚悟があるのか」

「自分たちが勇敢だっていいたい？　そのナノメモリーカードをとってきたのが誰なのか忘れたかよ」

「凜香」ユノが表情を曇らせた。「おまえの勇気は認める。だがこれだけじゃ役に立たない」

PCがこちらに向けられた。モニターにはパスワード入力欄だけが表示されている。

ため息をつかざるをえない。凜香はささやいた。「パスワード以外にファイルを開く方法はねえのかよ」

「無理だな」ユノはまたPCを自分のほうに向け、キーボードを叩いた。渋い表情で首を横に振る。「高度に暗号化されてる。むやみにいじるとデータが消えるかもしれない。パスワードがわからないとどうにもならない」

ヒョンシクがきいた。「凜香、パスワードは?」

「知るかよ」凜香は吐き捨てた。

ヨンジュが凜香を見つめてきた。「ボタン型のケースに、ハヌル自身が気づいてないはずがない。彼は誘拐される前、日本国内に留学してた。通ってた学校は小学生でも制服着用の義務があった。ブレザーで大きな金ボタン付きだった」

ならばそのときからボタン型ケースを持たされていたのだろう。

この種の制服のボタンは、直接縫いつけてあるのではなく、裏側に留め具が付いていて着脱可能だった。洗濯の際に取り外す必要があるからだ。ハヌルはデータを肌身離さず持つよう、親の存命中から指導されていたのだろう。留学中、学校から帰って私服に着替えるにあたり、いちいちボタン型ケースを外していたと考えられる。

そうこうしているうちにハヌルは誘拐された。幸か不幸か、隠し持っていたボタン型ケースは見つからずに済んだ。帯広錬成校に軟禁され、エンジいろの学ランを与えられたため、第二ボタンをこっそり取り替えた。亡き親の言いつけを守り、常に携帯しつづけるために。

やれやれと凛香は思った。左右の手に握った拳銃《けんじゅう》を、それぞれユノとヒョンシクに投げ渡した。「ほらよ」

拳銃を受けとったふたりは、面食らう反応をしめしたものの、すぐに油断なく銃口を向けてきた。

凛香はいった。ヒョンシクがきいた。「なんのつもりだ」

「ハヌルからパスワードをききだせるのは、帯広錬成校に入れるわたしだけだろ。おめえらには撃てねえ」

ユノが眉《まゆ》をひそめた。「ハヌルがパスワードを知ってるのか？　確証があるのか」

「あのな、K－POPもどき、よくきけよ。一族はコロナ禍で死んだんだろ？　病床でナノメモリーカードをハヌルに渡す方法はねえ。ボタン型ケースは、それ以前からハヌルに渡してあったんだよ。いざというときパスワードを伝えさえすりゃ、遺産の相続は完了だろ」

ヨンジュが納得顔になった。「なら今際《いまわ》の際に、父親か母親あたりがハヌルにパスワードを……」

「そう」凜香はうなずいた。「たぶん親が弁護士を通じて、ハヌルに遺《のこ》した伝言のなかに、うまくパスワードを紛れこませたんだと思う。ハヌルは事前に、万が一のことがあったら、なんらかの方法で重要な単語を伝えるとでもきかされてたんだろな。弁護士はパスワードに気づかなかった」

「なぜそういいきれる？」

「ヤヅリが弁護士を買収しないはずねえだろが。パスワードのことを弁護士が知ってりゃ、あいつらは記録媒体を探そうと躍起になるはず。でもボタン型ケースに気づかなかったぐらいだから、そこまで想像がおよんでない」

「なるほど。いえてるな」

「もういまはちがう。奴らは第二ボタンの紛失を知った。サイズ的にナノメモリーカードが入ってたことぐらい推測できる。わたしたちとヤヅリの双方とも、情報は同レベルになった」

ユノが真顔でつぶやいた。「こっちが優勢だ。なんといってもナノメモリーカードがあるからな」

凜香は頭を掻《か》いた。「偽エンハイフン。ここへはクルマで来たのかよ」

ヒョンシクが憤った。「誰が偽エンハイフンだ」

だがユノのほうはいくらか冷静な反応をしめした。「SUVを林のなかに停めてる。それがどうした」

「時計がない」凜香はきいた。「いま何時？」

ヨンジュが腕時計に目を走らせた。「夜七時十二分」

「まだそんな時間かよ。真夜中ぐらい静まりかえってやがる」凜香はひとつの考えを口にした。「市の中心街まで爆走しなきゃ」

「なんのために？」

「家電量販店に行って、同じナノメモリーカードを買ってくる。偽の餌を増やせばゲームが有利になる」

ユノが感心したような顔になった。「なるほどな」

ヒョンシクは水を差してきた。「売ってるかどうかわからないだろ」

凜香は顔をしかめてみせた。「それでも精鋭かよ。帯広にはヤマダもケーズデンキもある。100満《まん》ボルトも。移動しながら電話でききゃいい」

ヨンジュがたずねた。「100満ボルトって？」

銃刀法による規制が強い日本では、武器を作るため電器店とホームセンターに精通しておくべき。優莉家では常識だったが、パグェはそこまで頭がまわらないようだ。

凛香はため息まじりにいった。「スポーツデポ帯広店は夜九時までやってるけど、あいにく家電屋はどこも夜八時閉店」

ヒョンシクが訝《いぶか》しげな顔になった。「スポーツデポ？」

「スキー用品が充実してる店だよ。いちいちきくな」凛香は声を荒らげた。「八時まであと少し。爆走してもぎりぎり間に合うかどうか。だからいますぐ出発しなきゃいけねえんだよ」

12

季節はまだ春、しかも午前四時台だというのに、驚いたことに夜空が明るい。凛香は木立から頭上を仰いだ。北海道の日の出は早いらしい。隅々まで藍《あい》いろに輝き、薄曇を浮かびあがらせている。

暗がりのなか、ぼうっと白くひろがる雪を踏みしめ、凛香たちはフェンスに近づいた。ユノとヒョンシクが拳銃をかまえ先行している。凛香はヨンジュとともにつづいた。

ひとしきり周囲を警戒したのち、ヒョンシクが拳銃を下ろした。「ひとけはない」

ユノは双眼鏡でフェンス越しに、帯広錬成校の敷地内を眺めた。「静かだな」

ヨンジュは首を横に振った。「見せかけだけでしょ。生徒たちは呑気《のんき》に寝てるだろうけど、ヤヅリと学校関係者は大騒動になってる。新入生が初日から夜遊びにでかけたせいで」

凜香は鼻を鳴らした。「そんな甘っちょろいもんじゃねえだろ。血眼になって捜してるよ」

「ならこのまままつのも悪くない」

「おい」凜香は身を震わせながら抗議した。「おめえらはダウン着てるけど、わたしは制服なんだよ」

韓国人三人が軽く噴きだしたのが、白く染まる吐息に見てとれる。ヨンジュがつぶやいた。「日本人は寒がりだな。韓国ならマイナス十五度でも、みんなそれぐらいの長袖《ながそで》でしのいでる」

「ならダウン寄こせよ」

「悪いけど貸せない。ジャマダハルのホルスターが内側に縫いつけてあるから」

「よく飛行機に乗ってこれたな」凜香はフェンスの向こうに目を戻した。「さて。寮に戻ったらたぶん袋のネズミ。ヤヅリが大挙してまちかまえてそう」

ヒョンシクがいった。「問題はハヌルがどこにいるかだ」

ユノは凜香を見つめてきた。「グーグルマップで敷地内を見ると、寮から南西に三百メートルぐらい離れた場所に、小ぶりな煉瓦《れんが》いろの建物がある。帯広錬成校のサイトによれば診療所だとか」

「あー」凜香は応じた。「ハヌルをほかの生徒と同じく、寮で寝かせるとは思えない。尋問をつづけるために離れに移すだろね」

「明け方なら尋問も終わり、ヤヅリはハヌルをその場に残し、引き揚げたかも……。推測にすぎないが」

ありうると凜香は思った。これまでヤヅリは、ハヌルに遺産の在処《ありか》を吐かせようと、執拗《しつよう》に尋問をおこなってきたはずだ。夜間は尋問に最適だった。とはいえ帯広錬成校は表向き、まともな更生施設としての体裁を保つ必要がある。ほかの生徒たちに尋問の声をきかれるわけにいかない。ハヌルに体罰を加え、顔を腫《は》らしたりすれば、姿を見かけた生徒らのあいだで噂が立ってしまう。尋問は慎重におこなわれるだろう。

凜香は憂鬱《ゆううつ》な気分になった。「ハヌルの顔は殴れないだろうけど、服の下はどうだか……」

ヨンジュも表情を険しくした。「毎晩のように自白剤を注射されてるだろうな」

ヒョンシクがヨンジュにたずねた。「ならナノメモリーカードやパスワードについて明かしちまうんじゃないのか」

「そうでもない」ヨンジュがいった。「映画とはちがう。チオペンタールナトリウムはたしかに理性の力を鎮め、嘘をつきにくくするけど、喋《しゃべ》る意思までは持たせられない。たいてい黙ってるうちに眠ってしまうだけ」

「ああ、なるほどな。積極的に嘘をつこうという意思があれば、ねじ曲げられて真実を口にしちまうが、少年の場合は、最初から怯《おび》えて言葉もでないか」

「それでも素の状態よりは効果が期待できるから、投与はおこなってると思う」

起床時間には薬の残効が認められてはならない。それゆえ明け方のこの時間、自白剤の投与はとっくに打ち切られているだろう。

凜香はフェンスに歩み寄った。「わたしも寮には戻らず、診療所にまっすぐ向かったほうがよさそう」

もう脱走者になった。ヨンジュたち部外者が侵入するのと、そう変わらないかもしれない。だからといってパグェのメンバーが敷地内で捕まれば、ヤヅリとの全面戦争になってしまう。騒動が拡大したら警察が介入し、財産を奪いあっている場合ではなくなる。ここはやはり、はぐれ者の凜香ひとりが行くべきだろう。

不利な点もある。運よく生徒として学校生活に復帰できたとしても、また金属探知機を通されたり、所持品検査を受けたりする可能性が高い。セラミックナイフ以外の飛び道具や、通信機器を持ってはいけない。

「まて」ヒョンシクが呼びとめた。「どうも信用ならない」

ユノがため息をついた。「ヒョンシク。いまになって……」

「いいから黙って考えてみろ。俺たちは優莉結衣に仲間を大勢殺された。カン・ヴァンス最高顧問までも」

ヨンジュが諭すようにいった。「腹が立つのはわかる。でも凜香は結衣とちがう」

「同じだ」ヒョンシクは声を荒らげた。「どっちも優莉匡太の娘だ。俺はでかける前、ソヒに会った。彼女を知ってるか」

「ドンセン班の十六歳でしょ。二回ぐらい顔を合わせた」

「ソヒは彼氏を失った。清墨学園の虐殺で、ミンギは無残に死んだんだ」

「ミンギ……?」ヨンジュの顔がこわばった。

ふいに気まずい沈黙がひろがる。ユノがうわずった声で制した。「いまはそんな話いいだろ」

「まってよ」ヨンジュはユノを手で制した。「ヒョンシク。ミンギはソヒとつきあってたの？」

ヒョンシクはうなずきかけたものの、ようやく微妙な空気を察したらしい。口ごもりながら視線を逸《そ》らした。「いや、そのう……」

ユノが笑った。「ミンギはまだ高校生のガキだった。悪気なく軽薄なとこがあって、女についちゃ二股《ふたまた》も三股もかけてた。ソヒは学校に通ってなかったが、同じぐらいの歳だ」

ことの沈静化を図るには、ユノの物言いはぞんざいすぎた。ヨンジュのつぶやきは反発の響きを帯びていた。「わたしも高校生のガキだけど」

「……ヨンジュはオッパ班だ。年齢にかかわらずもっと大人だ」

「でもミンギを彼氏だと思ってた。つきあってる自覚があった」

夜明け前の冷たい空気が極度に張り詰めていく。また誰もが口を閉ざした。パグェ三人の視線が交錯する。

凜香はあえて茶化した。「おー、いいねぇ。わたし日本のかったるいラブストーリーが苦手でさ。そこいくとおめえら、千葉テレビでやってる韓国ドラマみてえに、浮き沈みがはっきりしてて楽しませてくれる」

ヨンジュの顔があがった。睨《にら》みつけてくる目は潤みだしていた。凜香は罪悪感をおぼえたものの、深く考えるより早く、ユノとヒョンシクが猛然とつかみかかってきた。ふたりとも怒声でまくしたてている。ただし興奮しすぎて半ば韓国語と化し、ほとんどききとれない。

するとヨンジュがぴしゃりといった。「やめて!」

ユノとヒョンシクが同時に静止した。ふたりともばつが悪そうな表情で身を退かせる。ヨンジュは顔をそむけていた。手で目もとをしきりに拭《ぬぐ》う。

空が明るくなってきた。ぐずぐずしてはいられない。凜香はフェンスに手をかけた。

「凜香」ヨンジュがこちらを見ていた。涙で頬を濡《ぬ》らしながらも、ヨンジュは気丈にいった。「注意を怠らないでよ」

悲嘆に暮れているだろうに、なおも姉御肌で振る舞おうとする。そんなヨンジュがなんとなくせつなく思えた。それを口にするのは気が引けるし、からかうのもちがうだろうと感じる。凜香は無言でフェンスに向き直った。軽く跳躍し、靴底のわずかな摩擦を足がかりにし、勢いよく伸びあがる。最頂部をつかみ、ひょいとフェンスを乗り越えた。敷地内に飛び降りると、振りかえりもせずに走った。

これからパグェの三人は、パスワード判明後のことを話し合うだろう。凜香をどうするか。殺すという結論こそ自然だ。凜香のほうもパグェには殺意しかおぼえない。

血も涙もない半島系武装半グレ集団が、父の仲間たちを殺害していくさまを、凜香は幼少期から目にしてきた。

ふと疑念が脳裏をかすめる。パグェに対する憎悪はどこから来るのだろう。父は嫌いだった。その仲間の大人たちも。かまってくれて嬉《うれ》しいことはあったものの、それはそのときかぎりの思い出でしかない。素行を考えれば、父を含む身近な大人たちはみな侮蔑《ぶべつ》の対象、殺されて当然の輩《やから》だった。ならパグェに敵愾心《てきがいしん》を燃やす理由はなんだ。単なる刷りこみでしかないのか。

凜香は木立のなかを駆け抜けながら、つまらない感情を振り払った。柄にもなく内省的になってどうする。十四歳にして凶悪犯罪者だ。いまは金のためだけに走りまわっている。私利私欲以外にはなにも考えない。

13

スノボ代わりの看板で滑降した斜面には近づかなかった。雪の上に跡がくっきり残っているだろう。凜香は大きくまわりこみ、わりと緩やかな勾配《こうばい》を駆け上っていった。傾斜角が浅いぶん、街路灯の支柱に防犯カメラが多く設置されている。死角を選びつつ全力疾走する。すべてのカメラの画角を躱《かわ》すのは不可能だった。少しでも発見されるときを遅らせるしかない。

丘陵地帯をほぼ上りきった。葉をつけない木々が密集しているのは変わらないが、地面はほぼ平らになっている。寮から南西に三百メートル、ユノからそうきいた。その地点をひたすらめざす。

遠方から犬の吠《ほ》える声が耳に届いた。凜香は立ちどまり姿勢を低くした。声の響きからするとドーベルマンだろう。二、三頭はいる。凜香の行方を追うため犬を駆りだしたのか、それとも毎朝の巡回にすぎないのか。犬について嗅覚《きゅうかく》ばかりを警戒するのはまちがいだと父がいった。高周波帯の音を犬は敏感にききとる。人間には微妙なノイズに思えても、犬の可聴域に当てはまることがある。遠方でも油断できない。

犬の声が小さくなっていく。充分に距離が開いた。凜香はまた駆けだした。街路灯の支柱に防犯カメラを見つけるたび、大きく迂回《うかい》しながら走りつづける。

やがてレンガタイルの外壁が見えてきた。家屋ぐらいの大きさの二階建てだが、鉄筋コンクリート造のようだ。木立の奥深く、周りにほかの建物は皆無だった。校内の診療所なら、ここまで来る私道があるはずが、車両が近づけるスペースはなかった。

ストレッチャーを運びこめるスロープも見あたらない。

　正面は観音開きのドアだが、いまは閉じられていた。凜香は裏手にまわった。窓から明かりは漏れていない。なかは真っ暗だとわかる。一階と二階、どちらもサッシ窓で、鉄格子は嵌《は》められていない。

　真裏の壁に防犯カメラは見あたらない。そこに身を這《は》わせる。窓のなかをのぞきこんだ。室内の闇に目を凝らすと、診療台や血圧脈波検査装置、薬品棚が確認できた。学校の保健室とクリニックの中間、そんな印象の設備が揃っている。それなりに使用感はある。放置された飾りというわけではなさそうだ。

　室外機に足をかけ、雨樋《あまどい》に飛びつき、さらに伸びあがる。二階のサッシ窓に到達した。窓枠を両手でつかみ、ガラスのなかを凝視してみる。

　二階はなんの内装も施されていなかった。コンクリートに囲まれた室内はがらんとし、間仕切りひとつ設けられていない。ひどく埃《ほこり》っぽかった。点滴スタンドが一本だけ立っている。薬剤パックが吊《つ》り下がり、チューブが投げだしてあった。

　床には学ランの上着が脱ぎ捨てられている。その近く、なにも敷かれていないコンクリートの上に、小さな身体が横たわっていた。白い開襟シャツにズボン姿の痩身《そうしん》。まぎれもなくキム・ハヌルだった。

凜香は左腕だけで全身を支えた。右手でセラミックナイフの尖端《せんたん》を、サッシ枠と壁の隙間に這わせる。手首のスナップをきかせ、テコの原理を利用しつつナイフをひねった。鋭く割れる音がしてコーキングが剝《は》がれ、サッシ枠ごとガラスが手前に浮いた。新しい診療所の窓は消防士の突入を容易にするため、こういう構造になっている。凜香は細い腕を隙間に挿しいれ、クレセント錠を半回転させた。窓を横に滑らせ、完全に開け放った。

器械体操のあん馬のように、両腕をまっすぐに立て、身体を水平に持ちあげる。凜香は脚から室内に飛びこんだ。剝《む》きだしのコンクリートの上に転がり、ふたたび立ちあがる。それだけで全身が埃まみれになり、軽く咳《せ》きこんだ。掃除を怠っているうえ、換気の足りない部屋はこれだから嫌だ。

制服の埃を払い、凜香はハヌルに歩み寄った。近くにひざまずき、ハヌルの身体に触れてみる。力をいれずに揺すってみた。まだ起きない。少しずつ激しく揺する。凜香は声をかけた。「ハヌル」

ほどなくハヌルは呻《うめ》き声を発した。目がぼんやりと開く。視線が凜香をとらえた。とたんにつぶらな瞳《ひとみ》を瞠《みは》り、ハヌルが跳ね起きた。

「あっ」ハヌルは上半身を起こした状態で、まじまじと見つめてきた。「あのときのお姉様」

筋金いりの不良として育った凜香は、胸にきゅんとくるという表現を馬鹿にしてきた。だがいままさしくそれが、自分のなかに生じたのを否定できない。脈拍が速まるのをどうすることもできなかった。凜香は茫然《ぼうぜん》とハヌルを見かえした。

お姉様。そんな表現を用いる少年がこの世にいたのか。出生も発育もまるで異なる。自分とは根本的にちがう生き物としか思えない。純朴を絵に描いたような無垢《むく》な表情、見目麗しい顔だち、澄みきった美しい虹彩《こうさい》。衝撃だった。ハヌルは凜香をお姉様と呼んだ。韓国訛《なま》りの常でオネサマになるあたりが、また愛《いと》おしくきこえる。

「あ」凜香はぎこちない手つきで、学ラン用ボタン型の小型ケースをとりだし、ハヌルに差しだした。「こ、これ」

馬鹿、なにをやっている。ようすもうかがわずに、最も肝心なアイテムを手渡すなど、あまりに拙速すぎる。頭の片隅でみずからを叱咤《しった》したものの、熱に浮かされたような凜香の心には、もはや響かなかった。

やはり並外れて可愛い。男子児童に特有の生意気さが微塵《みじん》もない。いまこの場で抱き締めるか、床に押し倒したい願望にとらわれる。もちろんそんな暴挙にはでられない。いま目の前にいる少年の存在は、まばゆい光を放つ宝石に匹敵する。凜香は室内がやけに暑いと感じた。ここには暖房すらない。白い吐息をまのあたりにしても、なお汗が滲《にじ》んでくる。

ハヌルの目がいっそう丸く見開かれ、ほとんど正円に近くなった。すなおな驚きをしめしハヌルがいった。「ああ……。ありがとうございます。お姉様が拾ってくださったんですね。このボタン、なくなって困ってたんです」

またも息苦しいほど甘美な気分にとらわれる。駆け引きの材料をさっさと渡してしまった、その後悔よりも嬉しさのほうが勝る。ハヌルが喜んでくれた。ほかになにもいらない。

いや、ちがう。なにもいらないはずがない。まず預金の百億、ゆくゆくは十一兆円を手にいれる。いまハヌルと向き合っているのはそのためだ。

それでも心が果てしなく舞いあがっていくのを抑えられない。ハヌルは礼儀正しかった。丁寧な言葉遣いだけではない、遠慮もしめしている。凜香の差しだした物に目を輝かせながらも、けっしてひったくろうとはしない。

凜香はハヌルの手にボタン型ケースを握らせた。ほんのりと温かさが伝わってくる。柔らかいてのひらの感触がそこにあった。またしても陶酔に落ちていく。このように互いの手が触れあった状態で、耽美《たんび》な少年の顔を間近に見つめる。至福のとき以外のなにものでもない。

ハヌルは微笑を浮かべ、小さな手で握りかえした。「本当にありがとうございます、お姉様」

頬が火照るのを自覚する。ほの暗い室内でなければ、ハヌルは紅潮した顔面を目にしただろう。凜香は半ば狼狽《ろうばい》しながら手を引っこめた。「いや、あの……。よかった」

凜香は笑顔を取り繕いながらも、心のなかでは己れに罵声《ばせい》を浴びせていた。この単細胞生物。ショタコンの色情魔。とっとと我にかえれ。

ふとハヌルが困惑のいろを浮かべた。「お姉様。ここへはどうやって……?」

なおもうわずった声で凜香は応じた。「そのぅ。ぶらりと散歩してたら、建物が目に入って」

「寮を抜けだしたんですか?」

「まあそんなとこ」

「なぜ?」

「なぜって……。月が綺麗《きれい》だったから」

夏目漱石《なつめそうせき》か。凜香は自分のふわふわした気分に腹を立てた。しかしハヌルとはいつまでも向き合っていたいと感じる。この気持ちに説明はつかない。

「お姉様」ハヌルは心配そうなまなざしを向けてきた。凛香の上腕にそっと手を這わせる。「ここは危険なんです。僕と一緒にいると、お姉様まで苦しく辛《つら》い思いをします。すぐ寮に帰ってください」

胸のうちが慕情でいっぱいになる。なんとハヌルは凛香を気遣っている。しかも非力な少年の身でありながら、小さな手で凛香の腕を抱こうとする男気を垣間見《かいまみ》せる。心がとろける。それ以外に表現のしようがなかった。

凛香は微笑みかけた。「わたしのことはいいから……。校則なんて破るためにあるんだから」

ハヌルのきょとんとした目が見つめてきた。「そうなんですか?」

「そんなふうに生きてる奴もいるってこと」

言葉遣いがよくない。しかしお嬢のフリなどできない。ハヌルのことをどう呼べばいいのだろう。〝きみ〟だなんて虫唾《むしず》が走る。〝あなた〟などちゃんちゃらおかしい。考えてみれば、使い慣れた二人称は酷《ひど》いものばかりだ。〝おめえ〟、〝てめえ〟、〝貴様〟、〝おのれ〟、〝オドレ〟、〝ワレ〟、〝うぬ〟……。

気を取り直したように、ハヌルがまた笑顔になった。「僕はキム・ハヌルです。失礼ですけど、お姉様のお名前は……？」

「り、凜香。ユリ凜香」

八歳の韓国人少年が、優莉匡太の名を知っているかどうかは不明だ。けれどもいまはその姓を伏せたかった。どうせ韓国語なら優莉もユリも一緒だ。

「ユリさんですか」ハヌルがきいた。「何年生ですか」

「中二。もうすぐ中三」

「僕は小学二年生で、この春に三年生です。ハヌルと呼んでください」

「わたしのことも凜香って……」

「わかりました。凜香お姉様」

もう一回いって。そう危うく求めかけ、あわてて言葉を飲みこんだ。冷や汗をかきながら凜香はささやいた。「ハヌル。怪我してない？　酷い目に遭わなかった？」

「平気です……」ハヌルの表情が曇りだした。「でもここの先生たちは、僕を嫌ってます。毎晩ここで注射されます。そのまま寝て、朝になったら、校舎に戻ってます」

「なんで先生たちはそんなことするの？」

「わかりません。授業を受けさせてくれないし、僕の父母のことばかり質問してきます」

お父さんやお母さんといわないあたり、しっかりしている。核心に迫ってきた。凛香は身を乗りだした。「どんな質問？」

「ええと……。あのう、家のなかのことです」

ルンバや猫のトイレをどこに置こうかって話じゃねえだろうがよ、親の金どこへやったかきかれたんだろが。いつもならそんなふうにまくしたてるところだ。だがハヌル相手にそれはなかった。

遺産について口を閉ざそうとしているのはたしかだ。凛香は攻め方を変えた。「そのボタン、ちょっとかたちがちがうね」

「お気づきですか。そうなんです。父に持たされました。けっして手放すなと」

「振ってみたら、なにか入ってるようだけど」

「……そうなんです。とても重要な物です」

「なに？」

「難しいのですべてはわかりませんけど、父母や祖父母の遺産の鍵《かぎ》です。ええと、正確には鍵じゃなくて、鍵のような役割を果たす物ですけど」

なんとすなおなのだろう。凛香は面食らいながらきいた。「そんなこと打ち明けてだいじょうぶ？」

「誰にもいわないよう父からいわれましたけど、凜香お姉様になら……」

　またも胸の高鳴りを抑えられなくなる。凜香はハヌルを見つめた。「先生たちが遺産の秘密をききだそうとしてるの？　ハヌルは口をつぐんでるんだよね？」

「そうです。父母の遺産を差しあげたい人は、ほかにいるので」

「……差しあげる？」

「お金は寄付します。会社の経営はそれぞれの社長さんに譲ります」

「寄付って、どこに？」

「恵まれない子供たちが助かるように……。どこに寄付すればいいか、いまの僕ではわかりません。だから急がず、もうちょっと成長してから、自分で手続きをします」

「あ、あの……。手伝ってあげようか？」

「凜香お姉様は本当にやさしいんですね。でも迷惑はかけられません。じつは僕、ここにも無理やり連れてこられたんです」

　とぼけてみせるしかない。凜香はきいた。「そうなの？」

「はい。父母や祖父母のお墓にも行けないし、友達にも会えません。お金をほしがってる大人たちが、横取りしようとしているのはわかっています。凜香お姉様は巻きこめません」

「わたしは平気だよ？」

「ここの先生はとても怖い人です。僕の知る学校とはちがいます。遺産は一円も遺わず守り抜いて、きちんと社会を学んでから、自分の責任で寄付します。そうじゃなきゃ父母も祖父母も悲しみます。救われるはずの多くの子供たちも」

「あのさ。こういっちゃなんだけど、ハヌルは恵まれた子でしょ。恵まれない子供たちって、どんな存在かわかる？」

ハヌルは切実にうったえた。「友達にはいなかったので、充分には知りません。でも毎日食べるものがなかったり、教育を受けられなかったり……。親から虐待されている子もいるそうです。ひとりでもそんな子が救われてほしい」

いつもの凜香なら、偽善だクサい台詞《せりふ》だと一蹴《いっしゅう》するところだ。けれどもハヌルはちがう。つぶらな瞳《ひとみ》がかぎりなく澄んでいる。汚れを知らないとはまさにこのことだった。強い意志も感じる。育ちのよさにより醸成される人格とは、こんなに透き通っているものなのか。

世間はもっと嘆かわしいと説教することは可能だ。しかしそんな横槍《よこやり》をいれてなんになる。ハヌルは純粋そのものだ。そこにある思いはどうしようもなく正しいことではないか。

ききたいことがあった。凜香はハヌルにささやいた。「犯罪者の親のもとに生まれて、いつも暴力を振るわれて育った子がいる。どう思う？」

「かわいそうです」ハヌルの目が潤みだした。「信じられませんが、親の虐待が問題になってるんですよね？　助からない命も少なくないそうです。あまりに辛いです。そんな子は全員救われてほしい」

心の奥底がじんわりと熱を帯びだす。昂揚《こうよう》する気持ちとともに、戸惑いも生じてくる。ハヌルに渡したボタン型ケースの中身では、彼の願いは果たせない。きっとハヌルは悲しむことになる。

「あ、あのさ。ハヌル。そのボタン、悪いけどいったん返してもらえない？」

「えっ」ハヌルが目を瞠《みは》った。「なぜですか」

「中身がちがうの。ハヌルが持ってたままじゃなくて」

ハヌルはボタン型ケースを振った。かすかな音をきき、当惑のいろを深める。

凜香は首を横に振った。「ちがうんだって。見た目は同じナノメモリーカードが入ってるけど、それは偽物。ゆうべ稲田町《いなだちょう》の100満ボルトで買ってきたやつ」

「100満ボルト……？」

「そういう家電屋があるの！　とにかく本来そのボタンに入ってたナノメモリーカー

ドは、別のところにある。わたしはいま持っていない」

ああ、なんて馬鹿な女だ。なにをべらべらと秘密ばかり喋《しゃべ》っている。パスワードについて質問ひとつしていないではないか。

いや。パスワードはかならずまた問いただす。ただハヌルに偽のナノメモリーカードをつかませたくないだけだ。遺産はなにか別の方法で奪えばいい。ハヌルが慈善団体と信じる口座をでっちあげ、そこに振りこませるとか。とにかくハヌルが傷つかないようにしたい。

思考が混乱しだした。めまいさえおぼえる。優莉匡太の四女のくせに、いったいどうしたというのだろう。いまの自分は冷静さを失っている。わかっていてもどうにもできない。

ハヌルは深刻な面持ちになった。悲哀をのぞかせながらハヌルがつぶやいた。「そうですか……。凜香お姉様はなにもかもお見通しだったんですね。それで僕のために、お金を奪われないようにと……」

いまこそ相槌《あいづち》を打つときだ。そのとおりだといえばいい。だが凜香は口ごもった。すなおなハヌルは凜香を信じようとしている。そんなハヌルに対し、嘘の上塗りはできない。詐欺など働けない。あろうことか犯罪を断念したくなる。

震える手をハヌルは差しだした。てのひらにボタン型ケースが載っている。ハヌルが微笑した。「凜香お姉様がそういうのなら」

しばし絶句した。凜香はたまりかねて、ハヌルの手をしっかりと握った。「だめ。そんなんじゃだめだって。詐欺師に引っかかる」

「……凜香お姉様？　でも……」

「ええとね、これはやっぱ、返してもらう必要がない。わたしが本物のナノメモリーカードを持ってくりゃいいだけの話だし。ほら、ポケットにしまって。とにかくハヌルは純粋すぎる。約束してよ。誰も信用しちゃいけない。今後いっさい秘密は明かしちゃいけない」

ハヌルはいっそう哀しげな顔になった。「お姉様にもですか？」

「そう」凜香は己れの馬鹿さ加減を呪いながらも、主張を撤回できなかった。「いまのわたしみたいに、いかにも友達ヅラして接してくるのがいても、絶対に心を許さないで。秘密は守り抜いて」

いつしか視界がぼやけだしている。涙が滲《にじ》んでいた。どうしようもない間抜けだ。いっていることが支離滅裂。これでは自分もパスワードをきかせないではないか。しかしハヌルには真実を伝えたい。生き馬の目を抜く世間を渡っていくには、けっして油断してはならない。それを教えるためには、ほかにいいようがなかった。

ハヌルは凜香をじっと見つめていたが、やがてまた穏やかに微笑した。「僕はまだ小さくて、お姉様のいうことが、すべてわかるわけじゃありません。でも凜香お姉様がいい人だということはわかります。僕のためを想ってくださってるんですね。僕は凜香お姉様を信じます」

凜香の心は激しく揺さぶられた。一滴の濁りもない透明な水に、泥の分際でこれ以上近づけない。綺麗《きれい》な水を汚染してしまう。でもいまひとつ理解できた。たとえ混じり合えなくても、泥にとって綺麗な水は大事だ。この世に存在してくれただけでも嬉《うれ》しい。

小さな手のぬくもりを感じる。凜香は思わず微笑し、震える声でささやいた。「ありがとう。ひとつだけ正直にいっていい?」

「なんですか」

「幼稚園で出会いたかった」

ハヌルは驚きのいろを浮かべたものの、すぐにまた笑顔に戻った。「僕もです。凜香お姉様」

親密さに満ちた心の交流が、ふたりのあいだに蒸気のように漂う。ハヌルが凜香の真意を理解したかどうか、それはわからない。ただこうして手を握りあい、見つめあえるだけでも胸が満たされる。こんなに汚れのない少年がこの世にいた。ならどうあっても傷つけられない。

14

三十五歳の黍野丁児《ちょうじ》は、かつてほかの高校に勤務していたが、生徒に膝蹴《ひざげ》りを浴びせてしまった。騒がしいことに腹を立て、つい体罰にうったえた。そのときは自宅謹慎だけで済んだが、のちに教室での飲酒がばれ、市教委から処分を受けた。

まともな学校に勤められなくなった。帯広錬成校の教員募集に応募する以外、教師をつづけるすべはなかった。ここは黍野と同じく、不祥事を起こした教員たちの吹きだまりだった。女子生徒にセクハラを働いた、盗撮した、学校の備品を盗んだ、修学旅行の積立金を横領着服した。さまざまな問題を起こしたあらゆる教師らが、帯広錬成校に勤務している。敷地内に教職員専用の寮があるため、独身の教師はそこで寝泊まりしている。黍野もそのひとりだった。

そもそも人里離れた私立の更生施設、しかも黍野のような教員を雇用する学校だけに、運営に反社が関わっていると知っても、さほど驚きはしなかった。病院や学校は地方行政を通じ、設立の資金を調達するにあたり、多かれ少なかれ反社と結びついている。ヤクザ然とした男たちが理事長室に出入りするのも、ほどなく職場の自然な風景ととらえるようになった。

俗に武装暴力集団といわれる、ヤヅリの面々が放課後にやってきて、教員を顎《あご》で使う。そんな状況にも徐々に慣らされていった。危なそうなブツを体育倉庫で預かったり、夜の教室を賭博《とばく》場代わりに貸したりするのは日常茶飯事だった。

ヤヅリが誘拐してきた韓国人少年を軟禁し、遺産相続した金の在処《ありか》について尋問する。勤務し始めた直後なら、さすがに抵抗が生じただろう。警察に駆けこんでいたかもしれない。しかし特殊な学校の運営に、多少の犯罪行為はつきものだった。後ろめたさや嫌悪感はあるものの、ヤヅリの要求にしたがうことにした。理事長もヤヅリには従順になるよう、教員らに求めていたからだ。

午前四時をまわっている。黍野は徹夜で警備小屋に待機させられていた。守衛はとっくに帰宅している。小屋のなかにいるのは黍野と、ゴリラのような見た目の鴻塚教諭だけでしかない。鴻塚は事務椅子にのけぞり、ひと晩じゅういびきをかいている。

きのうの日没後、ヤヅリの羅門や士戸が校内をうろつき、瀬橋理事長となにやら密談していた。ひとりかふたり貸してくれ、羅門が瀬橋にそう要請した。たまたま廊下に居合わせた黍野のほうを、瀬橋理事長はちらと見た。

いま黍野はウィスキーをちびちびとやりながら、ヘッドセットのイヤホンに耳を傾けている。診療所二階に仕掛けられた盗聴マイク、その音声をモニタリングすること。ヤヅリは出撃準備で手いっぱいらしい。黍野と鴻塚は夜勤で雑務を命じられた。

診療所の二階では毎晩、キム・ハヌルが自白剤の点滴を受け、しばらく眠るのが常になっている。寮から姿を消した凜香がそこに現れる、士戸からそうきかされた。黍野は半信半疑だったものの、明け方になりたしかに声が耳に届いた。凜香が勝手に出歩いている。生活指導の教師としては捨て置けないが、いまはただ音声をモニタリングするよう、士戸から厳重に仰せつかっている。

ハヌルのなくした第二ボタンを、凜香が返しにくる可能性が高い。それが羅門の予想だった。ボタンがハヌルの手に渡ったら、ただちに士戸のトランシーバーに連絡せねばならない。

会話をきくかぎり、凜香はハヌルにボタンを返したようだ。黍野の手はトランシーバーに伸びた。ところがその後、妙なやりとりをきいた。士戸を呼びだすべきかどうか迷う。

黍野は相方に声をかけた。「鴻塚先生。おい！」

いびきをかいていた鴻塚が、顔をしかめながら身体を起こした。「あ？　なんだ」

「凜香が診療所に現れて、ハヌルにボタンを返した」

「マジか。なら早く士戸さんに連絡しろよ」

「いやそれが、どうもようすが変でよ」黍野はヘッドセットのプラグを抜いた。操作パネルの外部スピーカーをオンにし、レコーダーに録音された音声を巻き戻す。数分前から再生した。

凜香の声がきこえてきた。「ちがうんだって。見た目は同じナノメモリーカードが入ってるけど、それは偽物。ゆうべ稲田町の100満ボルトで買ってきたやつ」

ハヌルの声が戸惑いがちにたずねた。「100満ボルト……？」

「そういう家電屋があるの！　とにかく本来そのボタンに入ってたナノメモリーカードは、別のところにある。わたしはいま持っていない」

黍野は音量を絞った。「ボタンにナノメモリーカードとやらが入ってたらしいんだが、凜香によれば偽物だとか」

「偽物だ？　ボタンごと返しにきたのに、なんでそんなこと白状した？」

「さあ。最初はただボタンを返そうとしてた。なのに途中から急に、中身が偽物だといいだした」

鴻塚の手がパネルに伸びた。また音量があがる。ハヌルのつぶやきがきこえた。

「そうですか……。凜香お姉様はなにもかもお見通しだったんですね。それで僕のために、お金を奪われないようにと……」

不自然に思える沈黙が生じた。あるいはマイクに拾われない小声でささやいたか、筆談で意思を通じ合ったのかもしれない。

しばらく時間が過ぎてから、またハヌルの声がいった。「凜香お姉様がそういうのなら」

「へっ」鴻塚が椅子の背に身をあずけた。「ハッタリだ。こいつ盗聴に気づきやがった」

「盗聴に?」黍野は驚いた。「ほんとに?」

「ああ。当初はちゃんとボタンを返しにきたんだろ? いまもなにかぼそぼそ伝えてる間があった。ボタンは返したけど、盗聴されてると知り、あわてて偽物だとかへたな嘘をほざきだした」

「そうかな……。いや俺も、なぜ凜香が突然へんなことをいいだしたのか、会話の流れがおかしいと思ったんだが」

「凜香がボタンを返しにきたら、士戸さんに連絡するきまりだろ？　なんでためらう？」

「もし中身が偽物なら、士戸さんに悪いかなと思って」

「馬鹿いえ！　そんな心配、俺たちがする必要ないだろ。反社じゃねえんだ。ここで働くにあたり、仕方なく理事長の知り合いの頼みをきいてるんだよ」

「そう……だよな。気兼ねしなくてもいいよな。こんなの本業じゃないんだし」

「当たり前だろ。ここであるていど働いたら、よその学校に復帰するんだよ。いつまでも不良のお守りなんかしてられっか」

そのとおりだと黍野は思った。パネルのボタンを押し、卓上マイクに喋《しゃべ》った。「士戸さん。凜香がハヌルにボタンを返しました。繰りかえします、ボタンを返しま……」

「おい！」鴻塚がだしぬけに怒鳴った。「そいつはちげえだろ！」

黍野はびくっとした。鴻塚の指摘の意味がわからなかった。目がパネルの上をさまよい、わきのトランシーバーにとまった。

「ああ！」思わず声が漏れた。そうだった。士戸への連絡はトランシーバーだ。いま黍野は校内放送をオンにしてしまった。校舎や寮、校庭の全スピーカーから音声が伝えられたはずだ。むろん診療所の二階にも。

トランシーバーから士戸の怒声がきこえてきた。「馬鹿野郎！　いまのはなんだ。なんで校内放送で連絡しやがった！」

黍野は肝を冷やしながらトランシーバーを手にとった。「すみません」

通信はそれっきり途絶えた。事実として、凜香がハヌルにボタンを返した、そのことだけは士戸に伝わったらしい。外からあわただしい声がきこえる。黍野はすくみあがった。

鴻塚の手が酒瓶を取りあげ、グラスに注ぎだした。「気にすんな。外でなにが起きようが、俺たち教員にゃ関係ねえ」

グラスが差しだされた。黍野はそれを受けとった。鴻塚はもうひとつのグラスも酒で満たした。乾杯とばかりにグラスを掲げる。

黍野も同じようにし、一気にウィスキーを呷《あお》った。鴻塚のいうとおりだ。反社がなにをしようが知るか。教員として理事長の命令にしたがったまでだ。警察の取り調べを受けても、事情はきいていない、その一点張りで押しきってやる。

二杯目の酒が注がれたとき、窓の外にかすかな閃光《せんこう》が走った。ほぼ同時に、落雷さながらの爆音が轟《とどろ》いた。小屋全体が衝撃波に揺れた。

不安に酔いが醒《さ》めてくる。黍野はつぶやいた。「いまのは……」

「雷だろ」鴻塚が酒瓶を差しだした。「俺たちゃなにも知らねえ。務めを果たして、酔っ払って寝ちまったんだからな」

そうだ。寝てしまって記憶にない。黍野は注がれた酒をまた呷った。雷がうるさい。それでも眠気のほうが勝った。取り調べにはそのように答える。銃声だなんて疑いもしなかった……。

15

凜香はひとり診療所の二階の窓から飛び降りた。雪の上に転がり、衝撃を背中に逃がす。雪と泥にまみれた制服が冷たい。特にスカートが翻るたび体温を奪う。しかし躊躇《ちゅうちょ》してはいられない。妙な校内放送を耳にした以上、いまは逃走するしかない。

背後にまた閃光が走り、銃声が轟いた。凜香は舌打ちしながら駆けだした。非常識な輩《やから》だ。まさか校内で発砲するとは思わなかった。しかも自動小銃のセミオートだろう。奴らは容赦がない。校内放送の内容から察するに、診療所内に盗聴器があったにちがいない。

空はかなり明るくなっていたが、まだ日の出には達していないようだ。視野は依然として薄暗かった。周りの木立から追っ手が包囲してくるのは、気配でしかわからない。凜香は全力疾走に移ろうとした。このまま猛然と走れば振りきれる……。

だが反射的に凜香の歩は緩んだ。背後にハヌルの叫び声をきいたからだ。

凜香は振りかえった。まだ診療所から数十メートルしか離れていない。ヤヅリの武装集団が建物近くに群れている。黒ずくめにベージュの防弾ベストを身につけ、アサルトライフルを手にしていた。二〇《ニイマル》式五・五六ミリ、豊和《ほうわ》工業が陸上自衛隊向けに開発したばかりの最新式だった。

極貧の田代ファミリーとは一線を画している。これが勇太の系列か。装備自体がラングフォードと権晟会に頼らない品揃えだ。独自の調達網を開拓している。

頭頂の禿《は》げた口髭《くちひげ》の男がでてきた。士戸だ。ヤヅリの兵たちがハヌルを捕らえている。左右から両腕をつかまれていた。ハヌルは身をよじって抵抗するものの、逃げられる状況にはない。

畜生。こんな局面で足をとめるのは初めてだ。人質をとられようとガン無視して逃走する、それが凜香の生き方だった。いまは一歩も走れない。

背後から硬い物で殴打された。凜香は雪の上に突っ伏した。痛みをこらえながら頭上を仰ぐと、アサルトライフルの銃尻《じゅうじり》が見えた。ヤヅリの兵隊に取り囲まれている。

診療所のわきにはもうひとつのグループができていた。そちらの人質はハヌルだった。土戸が拳銃《けんじゅう》をハヌルに突きつける。ひざまずいたハヌルの身体を兵隊がまさぐった。やがてポケットからなにか小さな物が取りだされた。ボタン型ケースだろう。土戸は拳銃をベルトにはさみ、ボタン型ケースを受けとった。指先でいじっている。ほどなく蓋《ふた》が開いたとわかる。中身のナノメモリーカードを確認したらしい。土戸はこちらに向き直った。「優莉凜香！　俺たちがほしかったデータは手中におさまった。もうガキに用はない。おまえともども殺してやる」

アサルトライフルがいっせいにハヌルに突きつけられた。ハヌルは恐怖にすくみあがり、両手で頭を抱えている。

ハッタリかと思ったが、兵隊は本当に射撃の姿勢をとった。凜香はあわてて声を張った。「まってよ！　診療所での会話、盗聴してなかったのかよ？」

土戸が悠然と応じた。「もちろん盗聴してた」

ならナノメモリーカードが偽物だと告白したのもきいたはずだ。凜香はきっぱりといった。「ハヌルを殺せば本物は手に入らねえ！」

「本物？」土戸が初耳だという反応をしめした。「これは偽物だってのか。苦しまぎれのハッタリだな」

どこかおかしい。会話が嚙《か》み合わない。凜香は問いかけた。「ほんとに盗聴してたのかよ⁉」

「きいてたといってるだろ」

「ならわからねえのか」

「なにがだ」

「それが偽物ってことがだよ」

「おまえのその場しのぎにつきあえると思うか」

やはりなにかが食いちがっている。ハヌルは悲痛なまなざしを凜香に向けてきた。

その目のいろから悟った。ハヌルはいまのやりとりをきき、凜香の持ってきたナノメモリーカードが、じつは本物だと思ったようだ。さっき診療所の二階で、凜香が偽物だといったのは、敵をだし抜くためのハッタリだったと解釈したらしい。凜香は首を横に振った。それは偽物。

しかしナノメモリーカードを本物と信じる兵隊が、いまにもハヌルを射殺しようとしている。同じく本物と信じたハヌルも、射殺を免れないと思ったらしく、ひどく怯《おび》えきっていた。

凜香は焦躁《しょうそう》にとらわれた。「データをたしかめなくていいのかよ！」

土戸がすばやく片手をあげ、兵隊の動きを制した。こちらを睨《にら》みつけてくる。一理あるといいたげな反応をしめしていた。近くの兵にぼそぼそと語りかける。兵が後方の陣営に駆けていき、すぐに戻ってきた。ノートパソコンを手にしている。

別の兵がノートパソコンを支えた。ナノメモリーカードにアダプターを装着、スロットに挿入する。兵がキーを叩《たた》いた。

モニターをのぞきこんだ兵隊が、一様になんらかの反応をしめした。土戸も苦々しげな顔になった。「おい凜香。パスワードは?」

100満ボルトで買ったナノメモリーカードにも、ユノがパスワード制限をかけた。設定したパスワードは"Nordgreen"、女子中学生に流行《はや》りの腕時計ブランド名だった。

パスワードを入力し、プロテクトが解除されてしまったら、中身のデータが偽物だとバレる。よってパスワードを伏せたまま、うまく交渉を有利に進めねばならない。

凜香は余裕をかましてみせた。「パスワードが知りたきゃ、まずハヌルを解放しなよ」

土戸が冷やかに突っぱねた。「五秒以内にパスワードを吐け。でなきゃ凜香、おまえから射殺する」

凜香の周りで兵隊がアサルトライフルをかまえた。撃たれるかもしれない、そんな恐怖はたしかに生じる。だがいまはハヌルの身こそ心配だった。今後どんな展開が予想されるだろう。ぎりぎりでパスワードを白状したとする。銃撃は中止。パスワードが入力される。しかしナノメモリーカードが偽物だと発覚する。凜香はすかさず、本物がほしければ解放しろと叫べばいい。敵は凜香ひとりを解放し、ハヌルを人質にとりつづけるだろう。のちにあらためて取引を……。

ところがそのとき、ハヌルがうわずった声を発した。「明洞《ミヨンドン》221！」

兵隊がざわっと反応した。凜香も息を呑《の》んだ。ハヌルは顔を真っ赤にし、大粒の涙を滴らせている。

しまったと凜香は思った。いまのは本物のパスワードにちがいない。ハヌルは凜香を救おうと、正解を口にしてしまった。

士戸がハヌルにきいた。「明洞は英語の綴《つづ》りだな？　最初だけ大文字、スペースはなしでいいか？」

ハヌルが泣きながらうなずいた。「凜香お姉様を解放して」

かまわず士戸が兵隊に指示した。「入力しろ。“Myeongdong221”」

兵がキーを叩いた。だが浮かない顔で士戸を見かえした。エラーが表示されたのだろう。ナノメモリーカードが偽物である以上、ハヌルの知る本物のパスワードでは開けない。

ひとりハヌルがおろおろと首を横に振った。なぜパスワードが無効なのかと途方に暮れている。

「小僧」土戸が憤然と拳銃をハヌルに突きつけた。「なめやがって!」

凜香は大声で呼びかけた。「まってよ! ほんとのパスワードはわたしが知ってる」

「なら早くいえ! ガキを殺すぞ!」

脈拍が異様なほど亢進《こうしん》する。胸が張り裂けそうだった。これで正しかったのか。本物のナノメモリーカードは別にあるというべきではなかったのか。

いや。それではハヌルの口にした"Myeongdong221"が、本物のパスワードだと白状するようなものだ。パスワードは本物、ナノメモリーカードが偽物とくれば、ハヌルは用なしと見なされ、殺されてしまう可能性が高い。そのうえ万が一にも、ヨンジュらがヤヅリに捕まってしまったら、ナノメモリーカードとパスワードが敵の手に落ちる。いまは偽パスワードと信じさせておいたほうが都合がいい。

土戸が持つ拳銃の銃口が、ハヌルの頰にめりこむ。嗚咽《おえつ》を漏らし、しゃくりあげながらハヌルが目を閉じた。

「凜香！」土戸が大声を響かせた。「これが最後の警告だ！　パスワードを吐け！」

頭がこんがらがってきた。敵の手中にあるナノメモリーカードは偽物。だが土戸はそのナノメモリーカードを本物と信じ、ハヌルのいったパスワードが偽物と考えている。ハヌルも土戸が持つナノメモリーカードを本物とみなし、なぜパスワードが無効なのかと戸惑っている。じつは本物のナノメモリーカードはここにない。偽のナノメモリーカードを開くパスワードは〝Nordgreen〟で、この場では凜香だけが知っている。だがそれを告げればどうなるんだっけ。

わけがわからなくなる。結衣は複雑な状況でもまんまと巧《うま》く立ちまわる。恐ろしいほどの情報処理力だといまになって痛感させられる。この場合、結衣姉《ねえ》ならどうする。まずパスワードを告げる。敵がそれを入力、プロテクトは解除されるが、データが偽物だと発覚する。そうなったとき土戸はどんな行動にでるのか？　ハヌルもしくは凜香を撃ち殺そうとするのでは？

いや、結衣ならそれより前に、堂々というだろう。〝いま開いたのは仮のデータ。本物のデータはもっと下の階層にある〟

逆上した土戸が怒鳴る。〝そっちを開く方法をいえ！　ガキを殺すぞ！〟

〝やりなよ〟結衣が悠然と告げる。〝その子の目を見てわからない？　ハヌルは本当のことをいってる。だけどデータは開かない〟

〝どういう意味だ〟

小馬鹿にしたように鼻を鳴らし、結衣はぼそりという。〝そんなに禿《は》げ散らかした頭じゃ答はわからない〟

これだ！　結衣姉がよく使う手だ。データの一部だけ開いてみせたと主張し、さも自分が核心を握っているかのように示唆する。謎のヒントがハヌルにあるようにも思わせる。敵は凜香もハヌルも殺せなくなるうえ、偽物のナノメモリーカードを本物と信じつづける。なにより敵を煽《あお》る決め台詞《ぜりふ》がかっこいい。

敵が〝ぐぬぬ〟となったら、ふたりの解放を要求し、自由になってからデータの開き方を連絡するといえばいい。そうだ。いまはそれ以外に考えられない。

凜香は立ちあがった。気どった態度をしめしながら凜香は声を張った。「まず仮のデータだけ開き方を教えてやる。パスワードは〝Nordgreen〟」

兵が怪訝《けげん》そうにキーボードを叩く。これでよし。画面が切り替わったら、土戸たちはいろめき立つだろう。そうなったら次の台詞だ。頭のなかで予行演習しておく。

〝本物のデータはもっと下の階層に……〟

ところが突然、銃声が鳴り響いた。ヤヅリのアサルトライフルとは異なる重低音だった。いきなりノートパソコンが破裂し、操作中の兵が後方に弾《はじ》け飛んだ。ハヌルが泣き叫び、その場にうずくまった。土戸らが愕然《がくぜん》とし、しきりに辺りを見まわす。凜香はとっさに伏せた。周りにいた兵隊が、次々と撃ち倒されていく。少し離れた大木の上方、水平に伸びた太い枝に、ライフルを俯角《ふかく》にかまえたユノが腰かけている。木立をふたつの黒い影が突進してきた。ヒョンシクが拳銃《けんじゅう》で兵を次々と仕留めながら、急速に接近しつつある。疾風のような身のこなしに敵が翻弄《ほんろう》され、同士討ちすら始まった。けたたましい銃撃音が四方八方に轟《とどろ》く。混乱がひろがるなか、ヨンジュが凜香のわきに伏せた。

「無事か」ヨンジュがきいた。

マジか。凜香はあわてて跳ね起きた。ユノとヒョンシクは視界の暗さを利用し、敵勢が互いの人影を銃撃しあうよう仕向けている。凜香は診療所のわきに目を凝らした。土戸は拳銃を乱射しながら、ほかの兵とともにハヌルを引き立てた。大泣きするハヌルを、兵隊が診療所のなかに退避させる。土戸のいかつい顔がこちらを向いた。

銃撃音に掻《か》き消されないよう声を張らねばならない。結衣のごとく余裕をかます必要もあった。凜香は悠然とたたずみながら怒鳴った。「ほ、本物のデータはもっと下の階層……」

複数のアサルトライフルの銃口がいっせいに狙い澄ましてきた。凜香はひやりとした。瞬時に足もとをすくわれ、その場につんのめる。ヨンジュが凜香に足払いをかけ、わざと突っ伏させたと気づいた。おかげで弾が頭上をかすめ飛んでいった。ユノとヒョンシクの反撃により、凜香を狙っていた兵隊が殲滅《せんめつ》されていく。

なおも銃撃戦がつづくなか、ヨンジュが罵声《ばせい》を浴びせてきた。「馬鹿女！　こんな状況で棒立ちになって演説ぶつなんて、なに考えてやがる！」

結衣姉ならいつもそうして決め台詞を吐く。同じことをしたかっただけなのに、なぜヨンジュに叱られねばならない。思わず泣きそうになったが、いつまでも寝てはいられない。

凜香は跳ね起きるや、膝《ひざ》のバネを利用し、至近の敵兵に飛びついた。敵はすでにアサルトライフルをこちらに向けていたが、凜香はその下に潜りこんだ。兵の頬筋《きょうきん》がひきつったものの、接近戦術に慣れているらしく、ただちに銃尻《じゅうじり》を振り下ろしてきた。身のこなしのすばやさなら、凜香も負けてはいなかった。敵の片足にヒールキックを浴びせ、踵《かかと》で踏みにじった。敵が痛みに叫び声を発し、のけぞった瞬間、凜香はその浮いた片脚にしがみついた。敵の腹に頭突きを食らわせつつ、抱えこんだ片脚を持ちあげ、前屈姿勢になり深く踏みこむ。こうなると敵は仰向《あおむ》けに倒れざるをえない。凜香は倒れつつある敵の背にまわりこみ、羽交い締めにしながら、みずから下敷きになった。

ふつうならこの体勢にはなんの意味もない。だがいまは状況が異なる。腹を上に横たわった敵兵を、ユノがライフルで狙撃《そげき》した。凜香の図ったとおり、敵兵は胸部に銃弾を食らった。防弾ベストを着ていても苦痛は免れない。痙攣《けいれん》を起こし、一時的に動けなくなった敵兵の下から、凜香は這《は》いだした。アサルトライフルを奪うと、即座に俯角にかまえ、敵兵の頭を撃ち抜いた。

血煙が漂うなか、ヨンジュが凜香の肩を叩《たた》いた。「退《ひ》け!」

凜香は銃のセレクターを一瞥《いちべつ》した。三か所にア、タ、レとカタカナが一字ずつ刻印されている。アは安全、タは短発、レは連射だった。連射に切り替え、掃射により弾幕を張りつつ、全速力で後退した。

ヒョンシクが暗がりを飛びまわりながら、拳銃であちこちに発砲し、絶えず混乱を収束させまいとする。撃ち尽くした拳銃のスライドが、引いた状態で固定されるや、もうマガジンを振り落としていた。新たなマガジンをグリップに叩きこみ、あえて遠方の敵を銃撃する。すぐその場を離れることにより、また新たに敵の同士討ちを誘発した。

銃弾が飛び交うなか、ヒョンシクとヨンジュが木々の隙間を縫うように逃走する。凜香も後ろ髪をひかれる思いながら、戦場から離脱せざるをえなかった。大木から飛び降りたユノとともに、木立を猛然と駆け抜けていった。

ほどなく銃声が散発的になってきた。同士討ちに気づいたのだろう。距離はかなり開いた。ヨンジュが足をとめた。ユノとヒョンシクも辺りを警戒しつつ身をかがめる。凜香はそこに合流した。

苛立《いらだ》ちばかりが募る。凜香は怒りをぶつけた。「なんで飛びこんできたんだよ!」

ヒョンシクが眉《まゆ》をひそめた。「銃声がきこえた。俺たちが助けてやったんだろうが」

「大きなお世話。あとちょっとで駆け引きが成功する予定だったのに」

「そりゃ悪かったな。奴らにナノメモリーカードを奪われたんだろ? ユノが狙撃してPCを破壊しなかったら、データが偽物だとバレるとこだったぜ?」

「だからそこをうまく……。丸めこむはずだったんだよ」

ユノが冷静にいった。「凜香。パソコンが壊れた以上、敵はあの場でナノメモリーカードを開けない。パスワードをききだすまではハヌルを殺せなくなる。いちおう最悪の事態は免れた。ちがうのか」

凜香は首を横に振った。「ハヌルはパスワードを喋《しゃべ》っちまった。ナノメモリーカードが偽物だとバレないよう、わたしがごまかそうとしてたのに……」

しかしパグェの三人はにわかにいろめき立った。ヨンジュが詰め寄ってきた。「パスワードがわかったの⁉」

ヒョンシクも興奮をあらわにしていた。「それを早くいえ！　でパスワードは？」

急に心が冷えていく。凜香は口をつぐんだ。ユノとヒョンシク、ヨンジュが固唾《かたず》を呑《の》んで見つめてくる。

いま本物のナノメモリーカードは、この三人に預けてある。誰が持っているのだろう。なんにせよ凜香がパスワードを明かせば、遺産をくれてやったも同然になる。凜香ひとりが裏切られるにきまっている。

凜香はつぶやいた。「まだ教えらんない」

「おい」ヒョンシクが怒りをのぞかせた。「さっさといえよ」

ヨンジュは凜香の心情を理解したらしい。「ヒョンシク。いったんここを引き揚げてからでも……」

唐突に銃撃音が聴神経を揺さぶった。アサルトライフルの掃射とともに、地鳴りのようなエンジン音が波状に迫る。数台のSUVが林のなかを蛇行しながら疾走してくる。スバルのフォレスターやトヨタのヤリスクロス、三菱《みつびし》アウトランダーまでは確認できた。スリップするたびスタッドレスタイヤが雪を巻きあげる。サイドウィンドウがいっせいに開き、半身を乗りだした敵兵が、二〇式五・五六ミリを掃射してきた。クルマの激しい振動のせいで、いまひとつ狙いが定まらずにいるが、このままでは被弾も時間の問題だった。

凜香とパグ、三人は蜘蛛《くも》の子を散らすように、放射状に離脱していった。木陰をめざし駆けだすや、凜香は雪のなかに前転した。近くの幹に弾が命中し、破裂も同然に弾け飛んだ。俯《うつぶ》せの姿勢から匍匐《ほふく》前進していく。ようやく木陰に達すると、凜香は立ちあがった。クルマの通れない幅の隙間を選びながら、ひとり全力疾走した。

背後に別のエンジン音をききつけた。二輪だとすぐにわかった。凜香は足をとめることなく、ただ後方を一瞥した。オフロードバイクがみるみるうちに迫ってくる。ライダーは黒いフルフェイスヘルメットをかぶり、アサルトライフルをストラップで身体のわきに吊《つ》っていた。だが雪にタイヤが滑りがちで、ハンドルから両手を放せずにいる。蛇行が激しかった。追いあげてきつつも、いまのところ銃撃はない。

凜香は丘の斜面を下りだした。できるだけ急勾配《きゅうこうばい》を選び、半ば滑落していく。オフロードバイクも追跡を続行してきた。ハンドルをせわしなく左右に切り、転倒を免れようと必死のようだ。

　身体ごと振り向きざま、凜香はアサルトライフルでバイクを銃撃した。二〇式五・五六ミリが電動ドリルのように振動し、側面に薬莢《やっきょう》を撒《ま》き散らす。銃火は控えめで反動も抑制されているものの、弾が強力に伸びていくのがわかる。とはいえ狙いが定まりにくい。凜香は斜面の下方を頭にしながら仰向けに寝た。雪の上を滑降しながら、腹の上に銃のマガジンとグリップの底をあてがい、仰角に照準をのぞきやすくする。トリガーを引き絞った。銃撃しつつも背中で勾配を滑り落ちる。凹凸に身体が跳ねあがろうとも、絶えずバイクを狙いつづけた。

　三十発の装弾を間もなく撃ち尽くす、感覚的にそう悟ったとき、バイクのヘッドライトが弾《はじ》け飛んだ。火花が散るやライダーが制御を失い、叫び声とともに車体ごとつんのめった。バイクは縦方向に転がりながら斜面を滑落した。

　凜香は下り坂を後転し、両足で雪を踏みしめるや立ちあがった。なおも転がりつづけるバイクに背を向け、勾配を駆け下りていく。

　斜め前方の木陰から敵兵が姿をのぞかせた。狙い澄まされる前に凜香はとっさに銃撃した。幹に着弾したとわかるや、わずかに銃身の向きを調整しながら、ふたたびトリガーを引いた。敵兵の頭部を撃ち抜き、飛び散る鮮血を見てとった。赤といういろを認識できるほど、辺りは明るくなっている。

銃撃したのは数発だが、それで弾が尽きた。凜香はアサルトライフルを放りだした。ひとりきりだった。一五〇デシベルの銃声が、絶えず鳴り響いているのに、いまだパトカーのサイレンはきこえない。まさか山奥の狩猟と解釈されてはいないだろう。音の届く範囲内には住民がごく少ないと考えるべきだ。生徒たちは起きだしたにちがいないが、どこにも逃げ場はない。スマホを持たないため通報もできない。

斜面を下りきった。前方にフェンスが見えてきた。あの向こうは学校の敷地外だ。凜香はがむしゃらに走り、フェンスに飛びついた。跳躍の勢いを利用し、上端に手をかける。急ぎ乗り越えようとした。

そのとき銃声を耳にした。敷地内ではない、フェンスの外からの発砲だった。凜香はびくっとし凍りついた。

だが銃撃は凜香を狙ってはいなかった。誰かがフェンスの隙間を通じ、敷地内を撃ったようだ。発砲はいちどきりだった。この暗がりでの命中は難しそうだが、追っ手の敵兵がひとり、ばったりと倒れた。

凜香はフェンスの外に目を向けた。スーツにロングコートを羽織った二十代が、目と口を丸く開き、茫然《ぼうぜん》と立ち尽くしている。両手でかまえた拳銃《けんじゅう》が震えていた。発砲自体にまるで慣れていないのがわかる。当たったことも信じられないようすだ。

フェンスを飛び降り、凜香はそちらに駆けていった。きのう会った男だった。帯広署の須本、生活安全課の刑事。煙の立ち上る自動拳銃は、ミネベアミツミの九ミリ。海上保安庁が採用しているが、北海道の所轄刑事にも多いときく。だが……。

須本は拳銃を下ろしたものの、呆気《あっけ》にとられたような表情で凜香を見つめた。「優莉……凜香さん？」

「やるじゃん」凜香は淡々と話しかけた。「助かった」

「初めて撃った……。まずいな。責任を問われる」

「あ？　武装してる輩《やから》だよ？　撃ってもバチは当たりゃしねえ」

駆けてくる足音がした。現れたのは四十代後半の岩津刑事だった。やはり拳銃を抜いている。岩津はこちらを見るなり眉をひそめた。「なんてこった。やっぱり優莉凜香か」

「やっぱりってなに？　命からがら逃げてきたのに」

「いや……。すまない」岩津が息を切らしながら、拳銃をスーツの下に戻した。「未明から銃声がきこえたから駆けつけた。事情をうかがってもいいか」

「ああ。ゆうべ日没までクルマで見張るだけの予定が、ヤヅリって団体のトップが入っていくのを目にしたんでな。徹夜で監視してた」

「近くにいたの？」

「そもそもなんで見張ってた？」

「わかるだろ……」

優莉匡太の四女の入学初日だったからだ。署に引き揚げたかと思いきや、やはり目を離してはいなかった、そんな状況だとほのめかしている。凜香は岩津にきいた。

「中二の監視に拳銃持ってたの？」

「万が一の事態に備えてだ。ただの中二じゃないことは自分でもよくわかってるだろ」

「さあ。なんのことだか」

「岩津さん」須本は弱々しい声で告げた。「撃っちゃいました。人を」

「人？」岩津が血相を変えた。「どこだ？」

「フェンスの向こうです。その辺り」

校内で起きていることとの落差を感じざるをえない。凜香があきれた気分で見守るなか、岩津が恐る恐るフェンスに近づいていく。

ところがフェンスの向こう、敷地内に動きが生じた。斜面を複数の人影が下ってくる。たちまちアサルトライフルの掃射が襲った。身を翻した岩津が、取り乱しながら駆け戻ってきた。敵に対し発砲する余裕さえない。須本も同様だった。凜香の腕をつかむと、木立のなかを逃走しだした。

併走する岩津は動揺をあらわにしていた。「なんてことだ。なんて……」

凜香は走りながらきいた。「応援は？」

須本がうわずった声で応じた。「電波状態が悪いんだよ。クルマに戻らないと。そっちだ」

通常の車両が木立の奥深くまで分けいれるとは思えない。車道までどれぐらいあるのか。ここからでは見えない。

「優莉」岩津が忌々《いまいま》しげに問いかけてきた。「なにをしでかした？　ヤヅリとなんの関わりがある？」

「あいつらにきいてよ。わたしは一方的に襲われただけの中二女子」

「どうだか」岩津は吐き捨てた。

前方の木々に銃火が閃《ひらめ》いた。敷地外にも敵勢がいる。銃声が絶え間なく轟《とどろ》き、至近の小枝が粉砕されていく。ふたりの刑事はあたふたとタコ踊りをしている。凜香は左右の手を伸ばし、ふたりの襟の後ろをつかんだ。力ずくで方角を変えさせる。

ただ銃撃から逃れるべく、三人であてもなく走りだす。須本が情けない声を発した。

「厄日だ！」

凛香は怒鳴った。「あいつらを撃ってよ！」

「無茶いうな。いまは逃げるしかない」

木立のなかを駆けまわるばかりになった。茶番につきあわされている。凛香は唇を嚙《か》み締めた。これではヨンジュたちとも合流できない。現時点でここはヤヅリの天下だ。警察が大挙して押し寄せるまで、ハヌルは無事でいられるのか。

16

瀬橋理事長は緊張で喉《のど》がからからになっていた。校舎三階の端にある来賓会議室で、瀬橋は学校関係者として唯一、円卓の席につくのを許されている。ほかの教職員らはみな壁際に立っていた。ジャージ姿が多いのがみすぼらしい。

黒ずくめに防弾ベストを着こんだヤヅリの兵隊は、室内にも廊下にもいた。あろうことか全員がアリルトライフルで武装している。悪い夢なら覚めてくれといいたくなる。ヤヅリが武装暴力集団と呼ばれているのは承知のうえだが、まさか校内に武器を持ちこみ、ドンパチを始めるとは。

瀬橋は椅子をまわし、近くの教頭にきいた。「生徒たちは……？」

ほかの教員と同様、不祥事でまともな学校に勤められなくなった五十代、鍋藻《なべも》教頭が疲弊しきった顔で応じた。「早朝の部活動を休止にし、まだ寮に閉じこめてあります。授業開始時間前なので」

「だが騒がしかったことには気づいているだろう？」

「ええ。でも校舎ぐらい距離が離れていれば、爆竹や花火の音にも思えたでしょうし……。部外者が敷地内に入りこんで、騒動を起こしたと説明してあります。いまはそれを炙《あぶ》りだしている最中なので、生徒らに寮での待機を命じていると」

「生徒たちの反応はどうだ？　動揺していないか？」

「未明の銃声……いえ、爆竹や花火には肝を冷やしたようですが、いまは落ち着いているようです」

地域住民や警察から問い合わせの電話もない。最も近い住人の耳にも、それこそ微音として届いただけだろうし、眠りから覚めなかった可能性もある。ひとまずほっと胸を撫《な》でおろしたい心境だった。ヤヅリの蛮行に、もう駄目だと覚悟をきめたが、なんとか学校運営を継続できそうだ。

円卓を囲むのは、兵隊のなかでも各班のリーダー級ばかりだった。ふいに揃って立ちあがった。ほかの兵らもすべてかしこまり、直立不動の姿勢をとる。

羅門と士戸が入室してきた。士戸は防弾ベストを着ていたが、羅門はいつもの派手なスーツ姿で優雅に振る舞う。本来は理事長が座る肘《ひじ》掛《か》け椅子に羅門がおさまった。ぎょろ目はいささかも眠たげではなかった。たらこ唇をへの字に結び、室内をつまらなそうに見渡す。士戸は羅門の隣に座った。円卓の兵隊も一礼し着席した。

壁掛けの八十五インチモニターが点灯する。数人の兵たちがノートパソコンをHDMIケーブルにつなぎ、映像を出力しようと試みている。

やがて画面に現れたのは、短髪に迷彩服姿、真っ黒に日焼けした青年だった。東南アジア系だとわかる。青年はどこかの室内で椅子におさまり、パソコンの内蔵カメラを見下ろしている。見覚えがあると瀬橋は思った。そうだ、バドミントンで有名な高校生、田代勇次にそっくりだ。

年齢はおそらく二十代前半、田代勇次の将来と思えるような容姿の青年が、氷のようなまなざしを向けてきている。微笑を浮かべたものの目は笑っていない。

青年の声がスピーカーからきこえた。「羅門さん。おひさしぶり」

羅門が椅子を回した。こちらもたらこ唇を歪《ゆが》めたものの、ぎょろ目はあいかわらずだった。「立派になったな、勇太。いまはミャンマーか?」

「そう。好きにやらせてもらってる」

「ニュースで観た。テマリト族の村を焼き払ったのはおまえらだな?」

「ひとり残らず虐殺してやった。また村がひとつ消えた。国土政策の担当部署が嘆いてたよ。発行したばかりの地図が刷り直しだって」

兵隊に低い笑い声が起きる。落ち武者のような士戸まで目を細めていた。

嫌すぎる。瀬橋は全身を凍りつかせていた。学校は反社どころかテロ組織とつながってしまった。まさか本校のワイファイを使ってはいまいか。警察にIPをたどられたら逮捕されるではないか。

あれが田代勇太か。羅門のいっていたことは本当だった。田代槇人の長男は、無頼漢ばかりの傭兵《ようへい》部隊を率いている。

瀬橋の不安をよそに、なおも物騒な会話はつづいた。ほどなく話題はKMグループの遺産に移った。画面のなかの勇太がいった。「日本にいる親父にオンライン送金できるのは、百億円のうちせいぜい十五億ってとこだ。それ以上は難しい」

羅門がいった。「残りはそっちで米ドルに現金化して、直接持ちこむ手だろう」

「そうするよ。人員や武器弾薬も密輸しなきゃいけないから、一緒に届ける」

「分け前に期待してる」

勇太がきいた。「IIデータを入手したとか？」

すると羅門は黙って隣の士戸を眺めた。士戸は羅門にうなずいてから、壁際の教員に目を向けた。黍野と鴻塚が萎縮《いしゅく》しながら立っている。

ゆうべ教員を貸してくれと羅門が頼んできた。瀬橋がふたりを指名した。夜通し診療所を盗聴していた黍野と鴻塚は、きちんと務めを果たしたらしい。

兵のひとりがナノメモリーカードをアダプターに収納し、ノートパソコンのスロットに挿入する。勇太にもそのパソコンの表示がモニタリングできているようだ。目線がカメラからわずかに落ち、無表情に見守りつづける。

やがて兵がいった。「パスワード入力画面です」

士戸が応じた。「"Nordgreen"」

羅門が士戸をじろりと睨《にら》んだ。「たしかなのか」

「優莉凜香がゲロしました。そのときは邪魔が入り、PCを壊されましたが」

キーを叩《たた》く音が室内に響く。兵が報告した。「パスワード入力完了。……音声ファイルがでてきましたが？」

「再生しろ」土戸が兵に命じた。

太鼓のような低い音がリズミカルに響く。ノイズかと思ったがちがうようだ。すぐに男声のコーラスが重なった。〝ウッホ　ウホウホ　ウッホッホー〟

陽気な歌声が流れだした。メインボーカルは少女らしき声だった。〝大きな山をひとまたぎ　キングコングがやってくる♪〟

土戸が目を剝《む》き、黍野と鴻塚を凝視した。ふたりの教員はわけがわからないようすで、いったん苦笑したものの、空気を察したらしくうつむいた。

あわてたようすの土戸が立ちあがり、兵に停止を呼びかけようとする。ところが画面のなかの勇太が、真顔のまま片手をあげた。羅門もそれに倣い、土戸を片手で制した。

処刑場のように張り詰めた空気のなか、呑気《のんき》な歌だけがつづく。〝こわくなんかないんだよー　キングコングは友達さ♪〟

兵隊は妙な顔を見合わせたが、恐るべき存在たる羅門が、真剣に耳を傾けている。画面のなかの勇太も、冷やかな目つきながら、軽くリズムに乗りだした。〝火山も津波も恐竜も　キングコングにゃかなわない♪〟というくだりは、ぶつぶつと歌っているのがわかる。

ない。

兵のひとりがつぶやいた。「カラオケだ。優莉凜香の声だな」

羅門は椅子にふんぞりかえったまま、ふんと鼻を鳴らしたものの、微笑すら浮かべ

〝たたかえキングコング　僕らの王者♪〟と凜香の声が歌いきった。伴奏が終わり、室内は静かになった。

土戸は額に青筋を浮かびあがらせていた。「二百五十六ギガバイトの記録媒体だ。ほかにデータは？」

「あります」兵が狼狽《ろうばい》ぎみに応じた。「でもすべて音声データです」

別の音声データが再生された。ところが太鼓と男声コーラスのイントロは、さっきとまったく同じだった。凜香の声が二番を歌いだした。〝頭を雲の上にだし　キングコングがやってくる♪〟

勇太がおっくうそうな態度で、カメラのほうに手を伸ばしてきた。まったく笑いもせず勇太がいった。「面白かった」

キーを叩いたらしい。画面が消えた。通信がオフになった。同時に音楽もやんだ。

羅門の死んだ魚に似たぎょろ目が、土戸に向けられた。土戸はひきつった表情で黍野と鴻塚を睨みつけた。無言で周りの兵らをうながす。

黍野と鴻塚は極度の恐怖にとらわれたらしく、全身を硬直させていた。兵たちがふたりの教員を取り押さえる。どちらもうろたえながら助けを求めた。黍野がひときわ甲高く叫んだ。「俺たちはなにも……。ちゃんとやりました！ 俺たちのせいじゃありません！」

ほかの教職員らが怯《おび》えきった顔で見送る。瀬橋も震えあがるしかなかった。黍野と鴻塚のわめき声が廊下を遠ざかる。たぶんふたりの姿は、もう永遠に目にできない。

羅門が低く呼びかけた。「瀬橋理事長」

「は」瀬橋は居住まいを正した。「はい」

「教員がふたり無断欠勤、連絡とれず。記録にはそう残せ」

「わかった……。抜かりなくやる」

廊下を別の靴音があわただしく近づいてきた。ドアを入ってきたのは三人の兵だった。瘦身《そうしん》の少年を連行している。キム・ハヌルは薄汚れた開襟シャツにズボン姿で、後ろ手に縛られていた。ほとんど蹴《け》り倒されるも同然に、ハヌルは床に叩きつけられた。さも痛そうな顔でハヌルが突っ伏した。

羅門がゆっくりと立ちあがり、円卓を迂回《うかい》しハヌルに近づいていった。

「ハヌル」羅門が少年を見下ろした。「本物のナノメモリーカードはどこだ」

「なんのことですか」ハヌルが身体を起こし、切実にうったえた。「わかりません」

一瞬だけ間があった。羅門の長い脚がハヌルの腹をひと蹴りした。ハヌルが苦痛にうずくまりかける。羅門は隙をあたえず、ただちにハヌルの顎《あご》を蹴りあげた。さらに何発もキックを浴びせる。華奢《きゃしゃ》な少年はなすすべもなく、悲痛な呻《うめ》き声を発し、床に横たわった。苦しげに咳《せ》きこんでいる。

瀬橋はぞっとした。あんな小さな身体に対し容赦がなさすぎる。骨が折れるか、悪くすれば内臓破裂につながるかもしれない。

士戸がばつの悪そうな顔で羅門に歩み寄った。「IIデータの入ったナノメモリーカードは、たぶん凜香が持ってます。助《すけ》っ人《と》に入った韓国人どもは仲間でしょう」

羅門はハヌルを見下ろしたまま士戸にきいた。「本物のほうのパスワードはわかってるのか」

「ええ。"Myeongdong221"です。このガキがゲロしました」

ハヌルがせつない息づかいとともに起きあがった。「お願いです。あれは返してください。僕が父母や祖父母から受け継いだ物なんです」

士戸が怒声を発しながらハヌルを殴った。頰にこぶしを食らったハヌルは、一撃で床にのびた。なおも士戸がローキックを何発も見舞った。ハヌルは苦痛の呻きを発しながら身悶《みもだ》えした。

　羅門は士戸を制止しなかった。士戸がひとしきり暴行を加えたのち、鼻息荒く身を退かせた。羅門はしゃがみ、ハヌルの顔をのぞきこんだ。「優莉匡太の四女と仲良くなったのか？　凜香と。あの小娘は異常者だ。連続殺人鬼だぞ」

　ハヌルがゆっくりと上半身を起こした。乱れた前髪の下、額や頰に痣《あざ》ができている。口の端から血を滴らせながらも、つぶらな瞳《ひとみ》がじっと羅門を見つめた。「あの人にはなにもしないでください」

「あいつは原宿に猛毒ガスを撒《ま》こうとしたクズだ。おまえみたいに育ちのいい坊主とは相容《あいい》れん」

　なおもハヌルは健気《けなげ》にうったえた。「あの人を悪くいわないでください！」

　いらっとしたようすの羅門が、ハヌルの頰をしたたかに打った。また小柄な身体が床に叩きつけられる。士戸がハヌルに駆け寄り、サッカーボールのように蹴りこんだ。ハヌルは無抵抗のまま、背を蹴られてはのけぞり、腹を蹴られてはうずくまるしかなかった。

　瀬橋は痛ましい気持ちで目を逸《そ》らした。教職者うんぬんとか、そんな安易な問題ではない。社会は綺麗《きれい》ごとに終始しない。学校運営のため必要なことだ。ヤヅリはいつもどこかで暴力沙汰《ざた》を引き起こす。いまはたまたま本校が舞台になっている、ただそれだけだ。事態が公になるのを防ぐ、理事長としての義務はその一点のみに集約される。

ぼろぼろになったハヌルが横たわっている。苦しげにむせていた。あれでも士戸は手心を加えていたのか、骨は折れていないようだ。

羅門が振りかえった。「瀬橋理事長。頼みがある」

瀬橋は即座に立ちあがり、羅門のもとに馳《は》せ参じた。「な、なんなりと」

「定時に授業を開始しろ。ただし体育は保健に切り替えて教室内でおこなえ。誰も校庭にだすな。俺たちが使わせてもらう」

「それはいいが……。めだつような行為は困る。山岳パトロールのヘリが上空を飛ぶ可能性もあるんだ」

「心配するな。昼間から騒ぎは起こさない」羅門のぎょろ目が士戸を眺めた。「凜香は外に逃げても、まだ近くにいるだろう。このガキと親しくなったみたいだからな」

「おまかせを」落ち武者のような士戸が禿《は》げ頭をさげた。「対策は講じてあります」

17

凜香は木立のなかにへたりこんだ。長いこと追っ手から逃げまわった。もうすっかり陽が昇っている。ようやく周りが静かになったものの、さすがに疲れた。一帯はまるで富士《ふじ》の樹海だった。どこまで行こうと裸木と雪ばかりだ。

ふたりの刑事がぜいぜいと肩で息をしている。特に四十代後半の岩津は、荒くなった呼吸の乱れが、なかなか収束しないようだ。

二十代の須本刑事のほうは、なんとか落ち着きつつあるらしい。凜香のそばに腰を下ろし、須本は深々とため息をついた。「なんとか生き延びたか」

汗だくの岩津刑事がネクタイを緩めた。「俺もくたくただ。どうしてこんな目に遭う？」

凜香は語気を強めた。「あいつらは誘拐犯だっていってるでしょ。さっさと仲間を呼んでとっ捕まえれば？」

「さっきの話か。攫《さら》われたのは韓国ＫＭグループのご子息だって？」

「そう。キム・ハヌル」

須本が首を横に振った。「信じられないな。誘拐の事実がきこえてこないのは、報道が規制されてるせいだとしても、身代金の要求がないだなんて。そもそも幼い子ひとりに莫大《ばくだい》な遺産を背負わせたりするか？」

凜香はじれったさをおぼえた。「こっちとは法律も習慣もちがうし、いろんな事情が重なったの。偶然によるレアケースってこと。ハヌルも苦しんでる。すぐにでも助けだしてよ」

岩津が渋い顔になった。「どうもわからん。きみは未成年半グレじゃないのか。見ず知らずの韓国人少年に同情を寄せるなんてな」

「誰が未成年半グレだって？　噂だけできめるんじゃねえよ」

「証拠はないし、騒ぎを起こした過去があっても立件されてないから、確たることはいえん。でも事実だろ？　きみがヤヅリの仲間じゃないとどうしていえる？」

須本も同調した。「優莉匡太の四女が帯広に来て、地元の武装暴力集団と結びつくのは、そうふしぎに思えない」

「もう！」凜香は腹を立てた。「ヤヅリなんて奴ら、わたしが事前に知ってたわけがない。逆に教えしよ。なんであんなのがのさばってるわけ？」

ふたりの刑事はむっつりと黙りこくった。やがて岩津がぼそぼそといった。「あいつらはもともと、ばんえい競馬のノミ行為で資金を稼いだ。次は工業ゴミの大量買い取り。むろん正規の処分ルートなんかなく、日高山脈じゅうに不法投棄した。コストがかからず丸儲《まるもう》け。環境汚染もおかまいなしだ」

凜香は鼻を鳴らした。「安っぽい地方ヤクザと同じじゃん。それで？」

「北方四島との取引を専門とする貿易会社を立ちあげた。これで一気に勢力を拡大した」

ああ。凜香は腑《ふ》に落ちた。半グレの大人たちからきいたことがある。北方四島は本来、日本の領土なのだから、外国との貿易という扱いはおかしい。ただし実際にはロシアの不法占拠状態がつづき、現にロシア人が住んでいる。日本国内の離島と同じとみなしてしまうと、誰にでも密輸や密入国ができてしまう。

よって法律により、当面は北方四島を外国とみなす、そう定められている。いちおう対外貿易と同じルールが適用されるが、両国の主張のちがいから軋轢《あつれき》が多い。ひとつの取引ごとにトラブルだらけだという。よって合法的企業は北方四島との貿易に手をだしたがらない。やると手を挙げたのは、必然的に非合法企業ばかりになった。

法律違反など厭《いと》わず、ロシア相手でも強気にごり押しし、力ずくで取引を成功させる。そんな北方四島専門の貿易会社は、ある意味で反社の独壇場であると同時に、一流企業からも頼りにされる。ヤヅリは裏であちこちから報酬を受けとり、利益を膨れあがらせたのだろう。のみならず銃器や麻薬、法規制されている技術の密輸もおこなった。

暴対法により指定暴力団は市場から閉めだされた。だが武装暴力集団なる俗称のヤヅリは、取り締まりの対象外だった。行政との癒着も当然ある。イタリアのマフィアは、地域の学校や病院を経営していたりするが、ヤヅリと帯広錬成校の関係もそれに似ていた。父は北海道を無法地帯と呼んだ。その理由がいまはわかりすぎるほどわかる。

凜香は岩津にきいた。「ヤヅリの規模は？」

「帯広を中心に二千五百。どこか近辺に本部があるらしいんだが、正確な住所は不明。本部に常時詰めてるのは千人ぐらいだろう。きみなら歓迎されそうだ」

「どういう意味？」

「いや……。気が合うんじゃないかと思ってね」

沈黙が下りてきた。三人は互いの心中を探るように、顔いろをうかがったり、目線を逸らしあったりした。

やがて須本が疑問を呈した。「子供を攫っても、大金を引きだすには手続きが必要だろう。ヤヅリにはなにか手があるのかな？」

凜香はいった。「ナノメモリーカードにIIデータってのが入ってる。それがあればスイスのプライベートバンクから金を動かせるんだってさ」

「ほんとかよ。そのナノメモリーカードはどこに……？」

ヤヅリに渡したのは偽物だ。凜香は経緯を伏せながらいった。「ナノメモリーカードがあるのは学校の外。パグェの三人が隠し持ってる」

刑事ふたりが驚きのいろを浮かべた。須本が啞然《あぜん》とした。「パグェってあの、韓国系の武装半グレ……？」

岩津が真剣な顔で見つめてきた。「そいつらがどこにいるのかわかるか」

「知ってるよ」凜香は応じた。

「合流できないか」

苦笑せざるをえない。凜香は周囲を手で指ししめした。「この包囲網をどうやって脱出すんの？」

須本が岩津に目を向けた。「協力しあえれば……」

しばし沈黙があった。岩津が首を横に振った。「この少女を半ば犯罪者だと認めたようなもんだ」

凜香はきいた。「なんで？　パグェを知っててもカタギかもしんないでしょ」

「あのな。ごく一般的な女子中学生がカタギなんて言葉を使うか？　俺たちは刑事だ。きみが暴力を振るう状況を作りだせると思うか」

「緊急避難」凜香は須本に目を移した。「そうじゃない？」

須本が真剣な表情になった。「僕は彼女に賛成です」

「おい」岩津が頓狂《とんきょう》な声を発した。「須本……」

「彼女が過去になにをしてきたか、いまは関係のない話です。ただ三人で力を合わせ、この難局を乗りきらないと……。パグェと仲よくできるかどうかは別問題ですが」

岩津は頭を掻《か》きむしっていたが、やがてため息まじりにつぶやいた。「そうだな。優莉さん、パグェとの仲を取り持ってもらえないか。六人いればなんとかなる」

「どうする気？」

「俺たちの覆面パトカーが停めてある場所まで戻る。署に連絡する。ヘリが緊急出動すれば、飛来するまで十分とかからん」

須本がうなずいた。「やりましょう。そこにすべてを賭《か》けるべきです」

「そうときまれば善は急げだ」岩津が腰を浮かせた。「注意しながら進もう。互いに助けあいながら」

「ええ」須本も立ちあがった。「優莉さん。離れずついてきてください」

凜香はうずくまり腹を押さえた。「痛《いて》……」

ふたりの刑事が振りかえった。須本が駆け寄ってきて、凜香の目の前にしゃがんだ。「だいじょうぶか？　腹が痛むのか？」

「そう」凜香はささやいた。「横っ腹が突っ張っちゃって。笑いがこみあげたせいかな」

須本が凜香の顔をのぞきこんできた。「どうしたんだ？　優莉さん。しっかりしろよ」

「刑事さんさぁ。市村凜って知ってる？」

「市村……？」

近くに立つ岩津がいった。「少しむかしの凶悪犯だろ。それがどうかしたのか」

凜香は小さくため息をついた。「あの女、人たらしなのをいいことに、油断させるのがうまくてね。標的に親しげに近づいて、友達になったり恋人になったり。でも絶対に心を許さず、無慈悲に惨殺したうえ金品を奪う。ほんと平成のゴミクズ」

「おい」須本は心配そうに、いっそう距離を詰めてきた。「なんでそんな話を？　きみとは関係ないだろ」

「関係は大あり」凜香は虚空を眺めた。「成長してから事件に関する記事を読んだ。わたしにそっくりの考え方で驚いた。わたしも同じやり方を好むもん。あのクソ姉《ねえ》にだけは見破られたけど、たいていうまくいった」

「いったいなんの話だ」

「わかんない？　味方のフリをして近づいて、仲間になって、じつは裏をかく。わたしの得意技だっていってんじゃん。だから見抜ける。あんたらはド素人。才能ゼロ」

須本がぽかんと口を開けた。岩津は怪訝《けげん》そうに見下ろしてくる。

苦笑いを浮かべつつ須本がいった。「優莉さん。どうかしたのか」

岩津はやれやれという態度をしめした。「思春期特有の妄想だな。中二病ともいう。実際に犯罪地帯のど真んなかにいるから、余計にたちが悪い。優莉さん。ひとまず俺たちを信じてくれ。一緒にここを抜けだそう」

「田代家ってさ」凜香はつぶやいた。「いつも蓄積した情報をうまく生かせない。あんたたち、清墨学園で結衣姉と意気投合した、公安コンビふたりにキャラ丸かぶりじゃん。その設定なら優莉の四女も、姉と同じく心を許すと思った？　わたしそこまで甘くねえから」

「おいおい！」岩津が白い歯をのぞかせた。「俺と須本が設定だって？　刑事じゃないとでもいうのか」

「身分証見せてもらってないし。あ、懐に手を滑りこませるのはやめてよ」

「銃を抜く恐れがあるからか？　優莉さん。俺はただ、きみだろうとパグェだろうと、この場から抜けだすためには協力すべきだといってるんだ」

「パグェがヤヅリの敵だって、なんでわかんの？　わたしそんな話、ひとこともしてないけど」

「それはな……。ナノメモリーカードを隠し持ってるといったじゃないか。ヤヅリが血眼になって探しまわってる物を、パグェが持ってるなら敵対関係だろ」

「必死につじつま合わせを考える気分はどう？　脳に血がめぐってるのも生きてるうちだけだよね。死んだらさっきまで喋《しゃべ》ってたのが嘘のように、ただの肉塊と化すだけ」

「優莉さん！」須本が目の前で苛立《いらだ》ちをあらわにした。「きみはまだ子供だ。十四歳だろ？　僕と岩津さんはきみを信じようとしてる。一時的にでも法の番人という自覚をわきに置き、命を最優先に考えてる。なのにきみはむやみに疑うばかりで……」

「ミネベアミツミ」

「……なに？」

「九ミリ拳銃《けんじゅう》は海上保安庁や道警が使用。でも帯広署の生活安全課が持ってるなんて、さすがにやりすぎじゃね？　しかも事件でもない、監視業務に拳銃携帯だなんて」

須本がぎこちない笑いを浮かべた。「きみが装備についてどう思おうと、僕らが持ってるんだからしょうがないよ」

「わたしの監視をしてたら、ヤヅリのトップが校内に入ってくのを見て、夜通し見張ったって……。そのとき応援呼ぶはずじゃん。特に刑事課を」

「中学生のきみにはわからないか。指定暴力団がいない北海道ではね、組織犯罪対策課がないんだよ」

「馬鹿にすんな。札幌《さっぽろ》の中央署にちゃんとあるじゃねえか」

「銃刀法や貸金業法など、反社がらみの犯罪は生活安全課が……」

「あきらめなよ。わたしの監視に来てたってことは、少年事件の担当じゃん。同じ生活安全課でも、刑法以外の特別法とは担当がちがう。それにあんた、拳銃に慣れてないフリをして、さっき一発で敵を仕留めたじゃん。じつはお仲間でしょ。あいつの撃たれた芝居もクサすぎ」

須本の顔にはまだ笑いが留《とど》まっていた。ただ落ち着きを失ったようにもぞもぞと動く。須本がきいた。「腹の痛みはおさまったのか？」

「なんで腹痛のフリをしたかわかる？　目の前に来てほしかったから」

にわかに緊張が漂いだした。須本の表情がこわばるや、右手をジャケットの懐に滑りこませた。

だが凜香はこの瞬間のために、須本との間合いを詰めさせていた。右手に握ったセラミックナイフを、即座に須本の前腕に突き刺した。総指伸筋を切断したため、須本の五本指は自然に開いた。苦痛の絶叫を発し、須本が拳銃を放りだした。凜香は空中の拳銃をつかみとり、須本の眉間《みけん》に向けトリガーを引いた。けたたましい銃声とともに、てのひらに反動を感じる。薬莢《やっきょう》が宙に舞ったとき、須本は顔面を血に染め、仰向《あおむ》けにばったりと倒れた。間髪をいれず凜香は岩津に向き直った。岩津は拳銃を抜いたところだった。凜香は撃たれるより早く銃撃した。

すべては二秒足らずの急展開だった。それゆえ狙いは完全でなかった。岩津は肩を手で押さえ、叫びながらくずおれた。拳銃は近くに投げだされた。

凜香はゆっくりと歩み寄り、激痛に悶絶《もんぜつ》する岩津を見下ろした。岩津の頭部に銃口を向ける。

「畜生！」岩津が鬼の形相で睨《にら》みつけてきた。「見抜いてやがったのか！」

結衣のように気どって立ち、凜香は決め台詞《ぜりふ》を口にした。「北海道で土に還《かえ》りなよ。

それが環境破壊の代償……」

「このクソブス！　小娘が偉そうに……」

「きけってんだよゴミが！」凜香は拳銃をつづけざまに数発撃った。岩津は足もとにぐったりと脱力しきった。

瞬間湯沸かし器のように、突如として激昂《げきこう》した直後、また虚《むな》しさに包まれる。死体がふたつ。最初から茶番だとわかっていたが、少なくとも話し相手にはなった。ただし冥土《めいど》の土産にきいてほしかった決め台詞は、今回もまた不発に終わった。気づけば凜香はまた孤独になっていた。

凜香は岩津の近くに落ちた拳銃を拾った。マガジンのみ抜きとり、銃は遠くに投げ捨てる。予備のマガジンとしてスカートベルトに挿した。須本から奪ったほうの拳銃を握りしめ、凜香はその場を離れた。しだいに歩調が速まり、ほどなく全力疾走に移った。さっき銃声を轟《とどろ》かせてしまった。ヤヅリの兵隊が集まってくる。もうここにはいられない。

また裸木の隙間を縫い、雪の上をひたすら走る。沖縄で逃げまわり、今度も北海道で同じようにしている。いつもこんなふうにしか生きられない。どこへ行こうと嫌われ者、憎しみの対象、殺害の標的。自分がやってきたことのツケだ、嘆いたところで始まらない。

疾走にともなう向かい風が、空虚に胸を吹き抜ける。荒《すさ》みきった寂しさが心の奥底を侵食する。思わず泣きそうになる。ハヌルが見たら軽蔑《けいべつ》するどころか、恐怖のまなざしを向けるだろう。少しでも思いが通じあうことを願うなんて、まったく馬鹿げた妄想だった。生い立ちからしてちがう。なにひとつ相容《あい》れない。

凜香は足をとめた。さすがに息があがってきた。大木の幹を背に座りこんだ。

ひそかに近づいてくる足音に、凜香は気づいていた。不意を突こうと敵が忍び寄ってくる。近くの木陰から人影が飛びだした。黒ずくめに防弾ベスト、ヤヅリの兵隊だった。すでにアサルトライフルをまっすぐ凜香に向けていた。

だが凜香は無反応のままでいた。自分で殺《や》る必要はない。別方向からの足音も、とっくに悟っていたからだ。

銃声が響き渡った。敵兵はのけぞり、その場に倒れこんだ。一発も撃たないアサルトライフルが地面に投げだされた。

真っ先に駆けつけたのはヨンジュだった。凜香の前にひざまずき、ヨンジュが抱き起こそうとする。「無事か。凜香」

ダウンジャケット姿のふたり、ユノとヒョンシクも現れた。ふたりはそれぞれ拳銃を手にしていた。発砲したのはユノのほうらしい。銃口から煙が立ちのぼっている。

凜香はヨンジュの手を借りながら立ちあがった。なにもいわず死体に近づき、アサルトライフルを拾った。

「行こう」ユノが声をかけてきた。「銃声をきいて奴らが来る」

どうせパグァの三人も、凜香の口からパスワードをききたいだけだ。ハヌルのいった"Myeongdong221"。試しにこの場で伝えてやろうかと考える。それでも凜香を置き去りにせず、一緒に連れて行こうとするだろうか。

ひとことも喋れなかった。やはりパスワードを明かす勇気はない。私欲だけでつなぎとめられた関係だ。そうわかっていても放棄したくはなかった。独りはあまりに寂しすぎる。

ヨンジュがうながした。「凜香」

凜香は三人に歩調を合わせた。しだいに速度があがっていき、また無我夢中で駆けだした。

孤独に耐えかねて誰かとつるみ、内ゲバの果てに飛びだし、また新たにつかの間の仲間を求める。真の友達は皆無。それが不良の人生だった。なにも得られない。永遠に満たされない。

18

凜香は雪の降り積もった森林の奥深く、切り立った崖《がけ》の下にいた。パグェ三人の荷物はここに隠してあった。ユノやヒョンシクがスポーツバッグやリュックを掘り起こす。半キロほど先にクルマも停めてあるという。

追っ手の気配は感じなくなった。学校から遠く離れたせいだろう。ヨンジュは油断なく辺りを警戒している。凜香も少し離れて立っていた。

空が青い。もう太陽がかなり高いところにある。凜香はきいた。「いま何時？」

ヨンジュが腕時計を一瞥《いちべつ》した。「午前九時三十二分」

帯広錬成校でも授業が始まっている時間だ。警察のヘリの飛来はない。あれだけの騒動が起きながら、通報はいっさいなかったようだ。人里離れた山奥という立地は敵を利する。ぽつぽつといるはずの周辺住民も、あるいは始末されたのかもしれない。ヤヅリならやりかねない。

ユノが大きめのノートパソコンをとりだした。地面に胡座《あぐら》をかき、パソコンを膝《ひざ》の上に載せる。

例のナノメモリーカードは、すでにパソコンのスロットに挿入済みのようだ。ユノがキーを叩《たた》くと、パスワード入力画面が現れた。

ヨンジュがいった。「凜香。パスワードを」

ため息が漏れる。凜香は首を横に振った。「まだいえない。明かしたとたんヒョンシクに殺されたくないし」

ヒョンシクが面食らう反応をしめした。「おい。誰がおまえを殺すって?」

「しないほうがおかしい。それとも腑抜《ふぬ》けかよ」

「なんだと。いますぐ殺られたいか」

「ほらみろ、殺すつもりじゃねえかよ」

「やめろ!」ヨンジュが一喝した。「ヒョンシク、あんたわたしより年上なのに、中坊レベルの喧嘩《けんか》かよ。凜香も被害妄想はよせ。わたしたちはいま手を組んでる」

凜香は譲らなかった。「ナノメモリーカードとパスワードがあんたらのもとに揃ったとしたら、なんでわたしを生かしとく必要がある? パグェにとって優莉家は天敵だろが」

ユノがうんざり顔になった。「凜香。ちょっと誤解してるな。結衣は天敵だが、おまえはちがう」

「初対面のときはそんな態度じゃなかった」

「いまは事情を知った。おまえと結衣が仲よしってわけじゃないとわかった」

「でも生かしとくのは邪魔だろ」

「そっか。そういう考え方か」ユノは座りこんだまま凜香にきいた。「拳銃《けんじゅう》を持ってるよな？」

スカートベルトの腰に、ミネベアミツミの九ミリを挟んでいる。凜香はユノにたずねかえした。「それがなに？」

「銃を抜いて俺たちに突きつけてろ。それなら信用できるだろ」

ヒョンシクが反対の意思をしめした。「ユノ。なにを……」

「いいから。ヒョンシク、絶対に手をだすな。銃を地面に置け。ヨンジュもだ。ジャマダハルさえ持つなよ。凜香の好きにさせろ」

ユノ自身、ダウンジャケットのポケットから拳銃を取りだすと、離れた場所に投げた。それを見たヨンジュも、武器のいっさいを地面に横たえた。ヒョンシクは最後まで抵抗していたが、苛立《いらだ》ちをあらわにしつつ、ワルサーPDPを放りだした。

パグェの三人が凜香を見つめてくる。ユノが目でうながした。凜香は後ずさり、拳銃を抜いた。油断なく三人を狙える位置に立つ。

「さあ」ユノが穏やかにいった。「凜香。このナノメモリーカードの中身をたしかめさせてくれ。本当に金が手に入るかどうか、おまえも知りたいだろ？　パスワードを教えろよ」

たしかにこの状況なら、パグェは凜香の裏をかけない。なおもためらいは残るものの、凜香はつぶやいた。「"Myeongdong221"」

「頭は大文字だな」ユノがキーを叩いた。「さてどうなるか。エンターキーを押すぞ」

最後にもう一回、甲高い音とともにキーを叩く。入力が果たされた。パグェ三人が寄り集まり、固唾《かたず》を呑《の》んで画面を注視する。

ほどなくヨンジュが驚きの声を発した。ヒョンシクも顔を輝かせた。

「なに？」凜香はきいた。

ユノが笑いながらパソコンをこちらに向けた。「見ろ！　これはキム家の家紋だ。メニュー画面が現れた。日時ごとの個別の暗号コード、照合用乱数計算プログラム、各種デジタル文書……。IIデータが揃ってる！」

「マジで!?」凜香は思わず声をあげた。「やったのかよ！」

パグェの三人がいっせいに歓声を発した。ユノはパソコンを手にしたまま立ちあがった。仲間ふたりと一緒にジャンプし、タップダンスのステップを踏みだした。はしゃぐ三人が小躍りしている。気づけば凜香もそこに加わっていた。拳銃は手にしているものの、もう誰も狙ってはいない。ヒョンシクも凜香から武器を奪おうともせず、ただ喜びをあらわにし、辺りを跳ねまわっている。

信じられない。巨万の富を手にした。人生を変える圧倒的な勝利を手中におさめた。ひとしきり満足に酔いしれたのち、ユノが満面の笑いとともに叫んだ。「俺たちは最強の大金持ちだ！」

ヒョンシクが荷物へと駆けだした。「さっそくクルマに戻ろう」

ユノとヨンジュが同意をしめし、それぞれの武器を拾った。凜香に牙《きば》を剝《む》くこともなく、ただ嬉々《きき》としながら荷物の回収に向かう。ヒョンシクはもうスポーツバッグを肩にかけ、木立のなかを歩きだしている。

凜香のなかに戸惑いがひろがった。「まってよ」

三人が動きをとめた。ヒョンシクも振りかえった。ヨンジュがたずねる目を向けてくる。「なに？」

「なに、じゃなくてさ」凜香はもやもやしたものを感じた。「どこ行くの？」

「そりゃあ」ユノが応じた。「ネットがつながるところだ。でなきゃこのＩＩデータは意味をなさないし」

「ハヌルは？」

ヨンジュが困惑のいろを浮かべる。ユノやヒョンシクも、どこか気まずそうに見つめあった。

ヒョンシクがぼそりといった。「もういいだろ」

「はあ？」凜香は憤りをおぼえた。「いいってなに？」

「ほっときゃいいってんだよ。金は俺たちのもんだ」

「見殺しにすんのかよ。KMグループの御曹司を」

「……いまじゃもう文無しのガキだろ」

ユノがためらいがちに告げてきた。「なあ凜香。俺たちは口座の百億円を引きだす
だけじゃない。それ以外のグループの資産も金に換えさせ、口座から奪っていく」

凜香は顔をしかめてみせた。「そのためにもハヌルが必要だろ？　彼が死体で見つ
かったりしたら、口座は凍結されちまうじゃねえか」

「すべては迅速にオンライン処理される。グループの関係各社が気づくより早く、資
産が換金されては口座におさまり、その都度俺たちが引きだす。すばやく氷を溶かし
ながら蛇口を全開にし、桶《おけ》を空っぽにするわけだ。数日間が勝負だ」

「まさか……。ハヌルは犠牲にするってのかよ」

ヒョンシクが苛立ちをのぞかせた。「ぐずぐずしちゃいられない。羅門がKMグループ本部に電話して、ハヌルの声をきかせでもしてみろ。横槍《よこやり》が入っちまう」

「ハヌルが死んでもいいのかよ！」

「おい凜香」ヒョンシクがさも嫌そうな顔をした。「そうでかい声をだすな。追っ手に見つかる」

凜香はなんとか説得の材料をひねりだそうとした。「助けだせばお礼がもらえたりするかも」

ユノが浮かない顔になった。「誰がお礼をくれる？　身内がいないからこそ、遺産相続はハヌルひとりに集中してたんだぞ。KMグループ各社の資産は、俺たちが根こそぎ奪っちまう。このIIデータでな」

もう八歳の少年は無価値にすぎないというのか。凜香はヨンジュを見つめた。「あんたも同じ考えかよ」

ヨンジュが視線を落とした。「凜香。よく考えてよ……。わたしたちはみんな半グレ。一般社会の基準でいえば凶悪犯罪者。それが十一兆円もの資産を奪おうとしてる」

「ハヌルも連れ戻せばいいじゃんか」

「誰か感謝してくれる？　優莉家もパグェもヤヅリも、反社の極みでしかない。誘拐した少年の所有者か変わっただけで、世間は同じ穴の貉《むじな》と見る」

「どう思われようがかまうかよ。すぐそこの学校にハヌルがいるじゃねえか」

ヒョンシクが歩み寄ってきた。「わからねえ奴だな。ハヌルが警察に駆けこんだらどうするんだよ」

凜香はとっさに後ずさり、銃口をヒョンシクに向けた。「近づくんじゃねえよ！」

ユノが表情を険しくした。「凜香。どうしようっていうんだ」

知れたことだと凜香は思った。「本物のナノメモリーカードを寄こせよ」

「富を独占したくなったか」

「馬鹿いえ。ヤヅリとの取引に使うんだよ。ハヌルとの交換を持ちかける。でも今度はナノメモリーカードの中身まで、その場でチェックを食らう。本物じゃなきゃ困る」

ヒョンシクは怒りを隠そうともしなかった。「おまえはどうしようもない中坊だな。ヤヅリに十一兆円をくれてやる気か」

「なわけねえだろ！　あくまで取引に持ってって油断させるだけ！　ハヌルもナノメ

モリーカードも取りかえす」

「俺たちは勝ったんだぞ！　途方もない力を手にしてる。なんでそんなリスクを負わなきゃいけねえ！」

「ハヌルのためだってんだよ！」

「どうかしちまったのか。おまえ原宿にサリン撒《ま》こうとしてた中坊だろ。いまさらなんだってんだ！」

凜香は絶句した。原宿で結衣と争った夜の記憶が、瞬時に脳裏をよぎった。たしかにあのときは暴走していた。世間への憎しみはいまもさほど変わったとは思えない。けれどもこの矛盾した感覚はなんだろう。

ユノが静かに語りかけた。「いいか、凜香。おまえの父親が生きてて、武装半グレがファミリービジネスになってたら、こんな場合どう指示したと思う？」

「お父さんは嫌い」

「そういう問題じゃないんだ。おまえら家族は自分たちの幸せを追求したはずだ。いまの俺たちと同じだよ」

胸のなかでいくつかの波がぶつかりあい、大きな飛沫《しぶき》があがっていた。心の海原が荒れる一方でなすすべがない。当惑ばかりが深まる。凜香はヨンジュを見つめた。罪悪感と困惑のいろをのぞかせるヨンジュの顔は、どこかせつなく思えた。ひそかにヨンジュに対する情が生じている、凜香はそんな自分に気づいた。憎らしい結衣の代わりに、いつしか姉のような親しみをおぼえだしている。いま苦しめたくない。

凜香はささやいた。「ヨンジュ。お願い。ナノメモリーカードを持ち帰ると約束するから、ハヌルを助けだすのに協力してよ」

ヨンジュの顔があがった。哀感の漂うまなざしとともに、ヨンジュが告げてきた。「凜香。それはできない」

「……なんだよ」凜香はこみあげる憤怒《ふんぬ》を抑えられなくなった。「やっぱパグェはパグェでしかねえのか。ちょっと美人だからって調子づくな」

ヒョンシクが口をはさんだ。「凜香! 歌舞伎町《かぶきちょう》の店や清墨学園あたりにいたのが、パグェのすべてだと思ったら大まちがいだ。全国に数千人の仲間がいる」

「それがどうした」凜香は吐き捨てた。「束になってかかってきやがれ」

ヨンジュが声を震わせた。「ちがう。凜香。ヒョンシクがいおうとしたのは、それだけ大勢の仲間が、わたしたちの勝利をまってるってこと……。みんな家族と縁を切って、ほかに帰る場所もない。わたしたちは犯罪で稼ぐしかないの」

驚いたことにヨンジュは目を潤ませていた。凜香の心はぐらついた。自分の感情を抑えこもうとした瞬間、感傷が鋭くこみあげてくる。視野に涙が滲《にじ》みそうになるのを、凜香は必死に堪《こら》えた。

頭に血が上る。こうなるともう中二病を発症せざるをえない。理性の欠如を自覚しながら凜香はわめいた。「わたしのことなんか最初からどうでもいいと思ってたろ！ただのブスでチビ、原宿の大量虐殺にも失敗した落ちこぼれだって」

ヨンジュが切実にうったえた。「そんなこと思ってない」

「上から目線かよ！あんたみたいな美人がいうと嫌味なんだよ！」

「凜香。おまえのどこがブスなの？可愛いから身体を売って大儲《おおもう》けできたんだろ。それが辛《つら》い日々だったのはよくわかる。だから二度とそんな生活に戻らなくて済むよう、わたしたちは大金を手にしようとしてる」

「……あんたはこれで金を得たら、パグェをやめんのかよ？」

「やめない……。わたしは一生、半グレで生きてくしかない」

「なんで？」

「おまえはカタギを殺したことがない。でもわたしは、不本意だったけど、何人かを……」

ヒョンシクが真顔でつぶやいた。「パグェの掟《おきて》には逆らえない。俺たち全員、大罪を背負ってる。そういう運命だ」

会話が途切れた。吹きつける風が梢《こずえ》を揺らす。沈黙には耐えかねる。凜香はヨンジュにきいた。「金をお母さんに送る？　自分と同じ名前の母親、ヨンジュに」

ヨンジュが数秒だけ目を閉じた。だがすぐにまた凜香を見かえした。「送りたいけど、母はたぶん受けとらない。だから小細工しないと……」

「小細工？」

「どっかの慈善団体から、わたしの母への寄付とか。でも母が一生困らないぐらいの額は送ってあげたい」

慈善団体。皮肉だった。まだ十七歳の娘がパグェの人殺しになっている。血にまみれた汚い金。母親が喜ぶはずもない。それでもヨンジュは母を支えたがっている。感謝されることは永遠にないと知りながら。

こんなものかもしれない。もはや他人どうしであっても、慕える母親が存在するだけ、ヨンジュは恵まれている。ヨンジュの母はヨンジュ。カタギの女性だろう。凜香の母の凜とはちがう。同じ立場にはない。

深く長いため息が漏れた。凜香はヒョンシクに視線を移した。「スポーツバッグを投げろよ」

「あ？」ヒョンシクはスポーツバッグを肩から下ろした。「銃なら入ってないぜ？」

「いいから。こっちに寄こせ」

「ったく」ヒョンシクは難しい顔で指示にしたがった。「ダイナマイトに注意しろよ」

スポーツバッグは凜香の足もとに落ちた。凜香は拳銃《けんじゅう》をスカートベルトに挟み、バッグのなかをまさぐった。

たしかに見慣れた円筒形の束、工事用ダイナマイトが十本前後もあった。包装紙は凜香が幼少のころ、父の仲間が持っていたのと同じだった。どこかの工事現場からかっぱらったのだろう。凜香はつぶやいた。「お父さんがいってた。馬鹿にダイナマイト持たせても使いこなせねえって」

「だろうな」ヒョンシクは淡々といった。「俺の親父は大関嶺《テグアンリョン》の山岳トンネル工事に関わってた。ガキのころから発破の仕掛け方を教えてくれた。おかげでパグェに入ってからも達人の域だ」

「ああ。そうかよ」凜香はバッグをあさりつづけた。「手口をべらべら喋《しゃべ》るなとは教わらなかった？　犯罪者のくせに」

ようやくめあての物が見つかった。１００満ボルトのロゴが入ったポリ袋をとりだす。未開封のパッケージ、新品のナノメモリーカードが数枚あった。うち一枚を引き抜く。凜香はユノにきいた。「IIデータ、メニュー画面だけでもコピーできない?」

ユノは憂鬱《ゆううつ》な顔で否定した。「無理だろう……。莫大《ばくだい》な遺産の鍵《かぎ》だ。通常と異なるアクセスをした場合、へたをするとデータがすべて吹っ飛ぶかも」

ありうる話だった。そもそも一部の複製だけでも可能になるとは思えない。ナノメモリーカードの偽物を、またも持参するにあたり、パスワード入力画面のみこしらえておくのも愚策でしかない。もうヤヅリは本物のパスワードを知っている。その場でパスワードを打ちこまれ、偽物とバレて終わりだ。

それでもパソコンのスロットに挿入されるまでは、いちおう餌になりうる。二度も同じ手が通用するほど、ヤヅリは甘くないだろうが、ほかに方法はない。

どうせいつでも、突然弾を食らって死ぬ可能性はある。優莉匡太の娘として生まれてから、ずっとそんな毎日を送ってきた。ハヌルになにもできないまま殺されるよりは、いくらかましだろう。

思いがそこにおよび、急に吹っきれた気分になった。凜香はパッケージの封を切った。ナノメモリーカード、新品で中身は空っぽ。その一枚を制服の胸ポケットにおさめた。微笑とともに凜香はいった。「先に帰ってて」

ヨンジュが目を瞠《みは》った。「凜香。まさかひとりで……」

「わたし帯広錬成校に入学してるからさ。遅刻だけど、そろそろ行かなきゃ」

「まってよ。凜香」

だがヒョンシクが咎《とが》めるように声をかけた。「ヨンジュ」

戸惑いがちにたたずむヨンジュに目を向ける。凜香は軽い口調でいった。「そんな顔すんなよ。お母さんに送金すりゃいい。わたしの取り分はちゃんと残しとけよ。すぐ帰ってくるから」

凜香はパグェの三人に背を向けた。ゆっくり立ち去れば未練がついてまわる。まるで短距離走のように、にわかに猛然と駆けだした。また全身に風圧を感じる。顔に風を受けるのは好ましい。涙が滲みそうになっても、たちどころに乾く。もし泣いたとしても、いまは春だ。花粉症にすぎない。北海道ではあまり深刻ではないんだっけ。知るか。

縦横に木々の隙間を突っきっていく。靴に雪が絡みつき、足が重くなる。かなりの距離を一気に走破した。息を切らしながら歩を緩めた。背後を振りかえる。誰もいなかった。

孤独感にとらわれそうになる。落ちこんだ気分を紛らわせようとひとり笑った。ヨンジュに帰るより求めたのは凛香自身だ。パグェはやはり冷静だった。

かすかな足音をききつけた。歩調からヤヅリの兵隊だとわかる。凛香は幹に身を這《は》わせた。

また学校に近づいたせいだろう、索敵と遭遇する可能性が高まった。凛香は足音が遠ざかるのをまち、雪の上を駆けだした。幹から幹へと走っては、しばしようすをうかがい、また迅速に移動する。足音ばかりではない、敵どうしのぼそぼそ話す声を耳にするようになった。ときおり人影も見かける。ふたたびヤヅリのテリトリーに入った。すばしこさには自信がある。ここで捕まる気はしない。

太陽の位置からおおよその方角を割りだした。木立を抜けたとき、見覚えのある車道に入った。クルマの往来はない。道づたいに歩いて行くと、前方に帯広錬成校のゲートが見えてきた。

凛香はゲートに行き着いた。警備小屋から飛びだしてきた守衛が、唖然《あぜん》とした顔で立ち尽くした。

そう驚くほどのことでもないだろう、在学生だ。凛香はしれっとした態度できいた。

「ここも遅刻すると内申点に響くの?」

19

迎えに来たコンパクトカーは、怯《おび》えきった顔の男性教員が運転していた。黍野でも鴻塚でもない、凜香の知らない教師だった。

校舎に向かうまでの車内で、教師はひとことも口をきかなかった。凜香も話しかけずにいた。すかした態度をとっているわけではない。ステアリングを握る教師の手が、尋常でないほど震えているからだ。私道に小動物が飛びだしてきただけでも、仰天して木立に突っこみそうだった。凜香は内心はらはらしながらシートにおさまっていた。

クルマを降りたのち、案内されたのは校庭だった。都会の学校のようにクレイ舗装されているわけでもない、剝《む》きだしの土の平地がひろがる。校舎の南側に隣接していた。よって校舎の窓からは大勢の生徒らの顔がのぞく。授業そっちのけで、なにごとかと鈴なりになっていた。それぞれの授業の担当教師は、席に戻るよう叱ったりもしないようだ。

理由はおそらく、生徒らにむしろグラウンド上のイベントを見物させるよう、教員たちに通達があったからだろう。むろんヤヅリの差し金にちがいない。帯広錬成校を運営する重要人物たちが、グラウンドでまちかまえていた。

瀬橋理事長は腰が引けた態度でたたずんでいる。その近くには黒ジャケットの羅門が立っていた。土戸やほかの兵隊は、みなただの黒ずくめで、防弾ベストを身につけていない。当然ながら銃器も所持していなかった。

兵隊は全員で一十人ほどいる。羅門の左右に分散し控えていた。そんなヤヅリの陣営を前に、凜香はいくらか離れて立った。

非武装とはいえ、一見してカタギでないとわかる連中が、生徒たちの眼前に姿を晒《さら》した。大勢の目撃者は、凜香を暴れさせないための抑止力になる、そう判断したのだろう。ヤヅリ側も手だしできないが、凜香の投降と解釈したにちがいない。ハヌルの姿はない。衆人環視の状況は歓迎できるが、人質の安否が不明では取引できない。

正午が近くなり、太陽もほぼ真南の上空に達しつつある。静寂のなか、羅門がぎりぎり凜香の耳に届くぐらいの、つぶやくような声できいた。「IIデータは?」

凜香は胸ポケットからナノメモリーカードをつまみだした。「これのこと?」

羅門の表情は変わらなかった。誰も動こうとしない。黙ってようすをうかがっている。凜香も歩を踏みださず、緩慢とした態度でその場にたたずんだ。

やがて落ち武者頭の士戸が、痺《しび》れを切らしたかのように歩みでた。こちらに近づいてくる。

「まってよ」凜香は士戸を見つめた。「ハヌルは?」

士戸が足をとめ、羅門を振りかえる。羅門はひとことも発さず、ただ凜香に顎《あご》をしゃくった。また士戸が凜香のもとに向かいだす。

そういう態度か。ならこちらにも考えがある。凜香はナノメモリーカードを口に運んだ。

敵陣に緊張が走ったのがわかる。羅門が表情をこわばらせた。士戸があわてたように駆けだし、猛然と接近してくる。

凜香はごく小さな物体を飲みこむフリをした。実際には親指の付け根に挟んで隠し持った。四本指を伸ばしておけば、なにも持っていないように見える。空を仰ぎ、飲みこんだ物を食道から胃袋に落とす、そんなさまを演じた。

士戸が駆けつける寸前、凜香はスカートのポケットに手を滑りこませた。ナノメモリーカードはそこにしまいこんだ。士戸は目を怒らせ、凜香を突き飛ばした。

尻餅《しりもち》をついた凜香は痛みに耐えつつ、そのまま地面に座りこんだ。士戸は胸倉をつかみあげようとしたものの、じれったそうに踏みとどまった。ほかにも兵たちが集まってきたが、誰も手だしできない。校舎に大勢の見物人がいるからだ。

「こいつ」士戸が鬼の形相になった。「さっさと吐きだせ」

「無理」凜香は大きく口を開けてみせた。「どうする？　腹をかっさばく？　生徒たちがいる前じゃ無理だよね」

苦々しげに睨《にら》みつけてくる士戸が、ふと背中に気配を感じたらしく、身体を起こした。兵隊がいっせいに振りかえり、そそくさと両脇にどいた。

羅門が瀬橋理事長を連れ、ゆっくりと歩み寄ってきた。ぎょろ目が凜香を見下ろす。

羅門が問いかけた。「なんのつもりだ、優莉凜香」

「ハヌルを連れてきてよ」

「連れてきたらどうする？　おまえ、口のなかに指を突っこんで、嘔吐《おうと》するか」

「勘弁してよ。人勢の男子生徒が見てるじゃん。なかにはイケメンもいそうだし」

すると羅門が口もとを歪《ゆが》めた。「人質の交換を求めてるのか。ハヌルを解放する代わりに、おまえが人質になるって？」

凜香は黙っていた。こちらの意図はあきらかだろう。わざわざ説明するまでもない。

羅門の解釈どおりだった。

「来い」羅門が俊ずさった。「ハヌルに会わせてやる」

「ここに連れてきてよ」

「断る」

「ＩＩデータが手に入らなくてもいいの？」

「あと三十分で授業が終わり昼休みだ。おまえは教室に戻る。ハヌルは消えたままになる。特別指導の児童のことなど、ほかの教室の生徒たちは噂もしない。おまえは監視を強化される。行けるのは校舎と寮だけだ」

「胃酸強いほうなんだけど。消化しちゃうかも」

「おまえはほどなく校内から姿を消す。登校初日の夜に脱走したように、また行方をくらます。学校側としちゃ、それだけの説明で充分だ」

「不祥事じゃん。管理不行き届き」

「ほかの生徒たちの更生が優先される。優莉の四女という特殊な事情をかかえた生徒は、しょせんここの教員たちの手に負えなかった。世間もそう見る」

凜香のなかで焦躁《しょうそう》が募りだした。いずれ校内から凜香が消える、すなわち殺害するつもりだ。刑務所のように閉鎖された環境下なら、いつでも魔手が伸びてくる。どんなときでも毒牙《どくが》にかかりうる。逃亡が許されないほど警戒厳重になれば、不測の攻撃は防ぎようがない。やがて仕留められるときがくる。

ハヌルの無事はいま知りたい。条件を呑《の》むしかないのだろうか。凜香はきいた。

「ハヌルを解放してくれる？」

「おまえがすなおに人質になるならな」

凜香は視線をあげた。黒ずくめの男たちが厳《いか》めしい顔で見下ろす。校舎のほうに目を転じる。生徒たちはざわついていた。こちらを指さす者もいる。なにが起きているのかと訝《いぶか》しがって当然だろう。

ここで決着をつけたかったが、そういうわけにはいかないようだ。あまりうまくない。展開を計算しきれない己れの馬鹿さ加減を悟る。不利な状況と知りながらも、凜香は立ちあがった。やむをえないことだ。

羅門は満足げに微笑した。すぐにまた真顔に戻り、ぎょろ目を瀬橋理事長に向ける。

「あんたは理事長室に帰れ。教師も生徒も校舎からだすな」

瀬橋理事長がすがるようにいった。「頼むからこれ以上面倒は……。生徒の前にも姿を見せないでくれるか。いまの状況だけでも悪い噂が立つ」

「保護者の信用のない生徒ばかりだ。戯言《ざれごと》と一笑に付される」羅門はぶらりと歩きだした。

士戸や黒ずくめたちが目で威嚇してくる。手は伸ばしてこないが、どこに向かうべきか、無言のうちに示唆する。凜香は一行とともに歩かざるをえなかった。グラウンドを横切り、寮とは反対側へと赴く。

校舎の外壁の角を折れた先に、大型テント倉庫があった。形状は工場にある倉庫棟と同じだが、鉄骨造の骨組に生地が張ってあるだけだ。切妻屋根の平屋で、正面のスライド式扉が左右に開け放たれている。

なかに入った。床は土間打ちだった。天井の生地を通じ、太陽光がおぼろに照らす。がらんとした空間のそこかしこに、フェンスや外壁材が山積みされている。校舎の補修用の建材を保管する設備らしい。大勢の黒ずくめが壁際にひしめいていた。ここの兵たちはみな防弾ベストを装着し、アサルトライフルを所持する。ヤヅリが待機場所として使用していたようだ。

問題は梁《はり》から吊《つ》り下がったロープだった。凜香は目を疑った。ハヌルが後ろ手に縛られ、空中に吊られている。前屈姿勢になった身体が、ゆっくりと横方向に回転していた。エンジいろの制服はぼろぼろになっている。

凜香は思わず叫んだ。「ハヌル！」

ハヌルの顔がわずかにあがった。呼びかけた声の主がどこにいるのか、探し求めるように目を走らせる。額や頬、顎に大きな痣《あざ》ができていた。鼻血を噴いた痕《あと》も見てとれる。

やがてハヌルのつぶらな瞳《ひとみ》が凜香をとらえた。はっとしたハヌルが、いまにも泣きだしそうな声で呼びかけた。「お姉様」

苦痛と悲哀に歪む少年の顔を見あげ、凜香は胸が張り裂けそうになった。こんな気持ちになるのは初めてだ。父の仲間たちが子供さえ惨殺するのを、幼少期の凜香はただ黙って見守った。死体遺棄に立ち会わされても、なんのショックも受けなかった。それがいま動揺を禁じえない。自己への呵責《かしやく》をどうにも拒みえない。

背中を強く蹴《け》られた。凜香は床につんのめった。全身を土間に叩《たた》きつけ、痺れるような痛みをおぼえた。

羅門は離れた場所に立っていた。淡々とした口調で羅門がつぶやいた。「俺は釣りが好きだ。大きめの魚の胃袋を調理して食う。胃袋を切りとってから、縦に裂いて開く。胃の内容物は除去し、水で洗う。いまもここでおまえにそうしなきゃならん」

凜香は怒りとともに視線をあげた。「ハヌルを解放してよ」

いきなり頭頂部をわしづかみにされた。頭皮が剝《は》がれるかと思うほどの激痛が襲う。凜香の身体は浮きあがった。黒ずくめのひとりが背後にいる。別の兵が駆け寄ってきて、凜香の腹をこぶしで殴りつけた。

胃液が口のなかに満ちる。凜香は前のめりになった。兵は二発目を食らわせてきた。こぶしが深々と腹を抉《えぐ》る。

兵は凜香を羽交い締めにし、顔を上げさせた。凜香は水平方向に突き飛ばされ、ふらふらと力なくさまよった。行く手には別の兵がいて、銃尻《じゅうじり》で頬を強打してきた。吹っ飛んだ先にもまた、ほかの兵がまっていた。跳ねあげるような蹴りが、凜香の腹に命中した。靴の爪先《つまさき》がめりこむ。息ができなくなり、凜香は激しくむせながら、その場にひざまずいた。

囃《はや》し立てるような男の声が、あちこちからこだまする。兵のひとりが飛び蹴りを浴びせてきた。凜香は仰向《あおむ》けに倒れた。馬乗りになった兵が、左右のこぶしを顔に打ち下ろしてくる。容赦なく何発も連続して浴びせられた。

この野郎。凜香は憤りをおぼえた。持ち前の身の軽さで、すばやく下方にずれる。兵のこぶしは逸《そ》れ、土間を殴りつけた。

「痛《いて》え！」兵がわめき、手をかばった。

凜香は跳ね起きるや兵の顔面を蹴った。黒ずくめは両手で鼻っ柱を押さえ、床を転げまわった。

だが壁際の兵がアサルトライフルを仰角にかまえるのを見た。その先にはハヌルが吊り下がっている。

鳥肌が立つのをおぼえた。凜香は凍りつかざるをえなかった。そこに土戸が猛然と襲いかかった。ほかの兵よりすばやい回し蹴りが、凜香の顔面に命中した。口のなかに血の味をおぼえる。土間に突っ伏した凜香に、土戸の蹴撃《しゅうげき》が矢継ぎ早に襲った。全身を蹴りまくられ、凜香の血反吐《ちへど》が床にぶちまけられた。

脱力しきって転がる。全身の感覚がない。神経が麻痺《まひ》しきっている。指一本動かせなかった。身体を起きあがらせるなど、いまはまるで不可能に思える。

ハヌルの嗚咽《おえつ》だけが耳に届く。震える声でハヌルが呼びかけた。「お姉様」

そのとき兵が歩み寄ってきて、凜香のわきで身をかがめた。なにか小さな物をつまみあげる。

凜香は息を呑んだ。ナノメモリーカードだった。しまった。ポケットからこぼれ落ちたようだ。

土戸が兵の指先を見つめた。たちまち禿《は》げ頭から湯気を立ち上らせ、土戸が怒鳴り散らした。「このクソ小娘！　飲みこんでなかったのか」

「ちがう」嘘が凜香の口を衝《つ》いてでた。ただし発声に力が入らず、言葉が濁りがちになる。それでも凜香はうったえた。「馬鹿。そいつはダミーじゃん。本物は美味《おい》しく飲んじまったよ、ハゲ」

　自分でも幼稚と感じる煽《あお》り文句だったが、士戸を激昂《げきこう》させるには充分だった。無防備な身体にまた殴《なぐ》る蹴るの暴行を食らった。今度はさすがに耐えかねる。やばいと凜香は思った。意識が遠のきかけている。

　すべての殴打や蹴りを、まともに浴びているわけではない。こぶしや靴底が命中する瞬間、関節を逆方向に捻《ひね》り、衝撃を軽減させる。幼少期から兄弟姉妹の全員が教わった技術だ。おかげで骨折をかろうじて免れている。しかしいまは威力を弱めように も限度がある。手応《てごた》えを感じられないと、士戸がしつこく殴ってくるため、結局はダメージが増す。こざかしいやり方はまるで通用しない。

　兵が羅門のもとに駆けていくのを、凜香は視界の端にとらえた。別の兵が床の上でノートパソコンを開いた。ナノメモリーカードがセットされた。羅門は立ったまま、パソコンのモニターを見下ろしている。

　なにも映るわけがない。パッケージからだしたばかりの新品だ。

　士戸の攻撃が中断した。羅門のほうを眺めている。ナノメモリーカードの中身が気になるようだ。

　兵が首を横に振った。羅門もしらけた表情で士戸を見かえした。士戸がまた血走った目で凛香を見下ろした。

凛香は痛みを堪《こら》えながら吐き捨てた。「ざまぁ。いったじゃねえかよ。ダミーだって」

羅門が忌々《いまいま》しげにため息をついた。「本当に飲みこんだかどうか。腹をさばく前に、隠し持っていないか確認が必要だな。士戸」

じろりと士戸が睨《にら》みつけた。両手が凛香の制服に伸びてくる。凛香はおぞましさに身を震わせた。またこれかよ。しかも性欲の強さが禿げ頭に表れてやがる。

士戸が凛香のスカートの裾《すそ》をつかみ、左右に引き裂いた。スカートは縦方向に破れ、太腿《ふともも》があらわになった。吐き気をもよおすような嫌悪感とともに、士戸への憎悪が燃えあがる。凛香は身をよじり抵抗した。

「やめろよ」凛香はわめいた。「やめろってんだよ!」

頭上からハヌルの声が弱々しくうったえた。「やめて。お姉様に乱暴しないでください」

絶望的な状況なのに、思わず苦笑が漏れる。ハヌルのほうがよほど女の子らしい。凛香は横向きに寝た状態で身体を丸めた。

だが笑ったとたん腹筋に激痛が走った。肋骨《ろっこつ》にヒビが入っていてもおかしくない。凛

土戸が力ずくで凜香を仰向《あおむ》けにし、ブラウスの胸もとをはだけようとしてきた。ボタンがいくつか弾《はじ》け飛んだ。凜香は怒りとともに涙ぐんだ。どうして男どもはいつもこう低俗なのか。力で女をねじ伏せ快楽をおぼえる変態ども。禿げ頭が目の前で上下してやがる。頭突きを食らわせてやりたいが身体が動かない。

そのとき兵のひとりが声を張った。「羅門さん！」

びくっとした土戸が身体を起こした。出入口の扉を眺めている。凜香もそちらに目を向けた。

衝撃をおぼえた。ヨンジュがゆっくりと歩いてくる。武器を持たず丸腰のようだった。

土戸の声は警戒の響きを帯びていた。「なぜ通した⁉」

兵が駆け寄ってきた。「これを持っていたので……」

黄いろい八角形のバッジが土戸に渡された。土戸が眉間《みけん》に皺《しわ》を寄せヨンジュを見つめる。ヨンジュは黙ってたたずんでいた。

倉庫内の兵隊がいっせいに銃をかまえ、ヨンジュを狙い澄ます。土戸が羅門のもとへ向かった。バッジを一瞥《いちべつ》した羅門は、その場から動こうとしなかった。土戸とともにたたずんだまま、羅門はヨンジュをじろりと見た。

「パグェか」羅門が低くつぶやいた。「田代槇人の世話になってる身だろう。俺と勇太の関係は知ってるな？」

ヨンジュは無言のまま、小さな物体を床に放り投げた。兵のひとりがそれを拾う。凜香は愕然《がくぜん》とした。ナノメモリーカード。まさか本物を……。

兵がまたも血相を変え、羅門のもとに駆けていった。そのあいだにヨンジュが凜香のわきにひざまずいた。

ヨンジュがそっと両手を伸ばし、凜香をわずかに抱き起こした。それだけでも感電したような激痛に襲われる。凜香が顔をしかめたからだろう、ヨンジュは膝枕《ひざまくら》をしてくれた。

気遣いに満ちたまなざしが見下ろしてくる。ヨンジュが穏やかにきいた。「だいじょうぶ？」

その顔を見かえすうち、凜香の胸のうちに、なんともいえない熱いものがこみあげてきた。こんな思いはチュオニアンで結衣に抱きあげられて以来だろう。

けれどもいまは自分の身より、ハヌルのことが心配だった。凜香は天井に目を移した。ハヌルは失神しかけているのか、半ばぐったりとし、吊《つ》られたまま揺れている。

凜香は小声を絞りだした。「ハヌルを……」

ヨンジュが天井を仰ぎ、また凜香に目を戻した。「心配ない。みんなで帰るために、わたしは来たんだから」

士戸の声が興奮ぎみにいった。「パスワードを入力しろ。"Myeongdong221"だ」キーを叩《たた》く音がきこえる。凜香はわずかに頭を傾け、そちらを視野におさめた。兵隊がいろめき立ったのがわかる。士戸が顔を輝かせ、羅門を振りかえった。モニターを眺める羅門は、無表情に努めているようだが、昂《たか》ぶった心情を隠しきれていない。

羅門がこちらに視線を向けてきた。「これを返しに来たのは、パグェとして過ちに気づいたからか」

士戸は憤然とヨンジュに怒鳴った。「あとふたり仲間がいたはずだ。どこだ」

ヨンジュがつぶやいた。「わたしが凜香とハヌルを連れて戻らないと、仲間がKMグループに連絡する」

「こけ威《おど》しはよせ。相手にされるものか」

「いいの？　グループ各社が対策手段を講じ、資産の現金化を阻止してくるかも」

にわかに羅門がぎょろ目を剝《む》いた。士戸がなにか喋《しゃべ》りかけたが、羅門は片手をあげ制した。

羅門は重低音に似た声を響かせた。「いいだろう。おまえらを連れて本部へ帰る」

士戸が羅門にきいた。「ハヌルもですか」

「パグェの裏切り者どもに邪魔されては困る。資産を吸いとるまでの人質だ」羅門のたらこ唇に笑いが浮かんだ。「ネットの接続元を攪乱《かくらん》できるシステムは、本部のほうに確立してある。すべてが終わったら解放してやる」

凜香は口をはさんだ。「事務所が家宅捜索受けたら終わり」

「それはない」羅門がぶっきらぼうにいった。「サーバーは地下だ。自家発電機も埋めてある。電気代から割りだされることもない」

解放の約束が守られるとは思えない。ユノとヒョンシクに手をださせないための人質でしかない。KMグループの総資産を奪取したら殺されるだろう。

兵隊が歩み寄ってきてヨンジュを引き立てた。後ろ手に樹脂製の手錠《カフ》を嵌《は》められる。凜香も俯《うつぶ》せに転がされ、同じように両手の自由を奪われた。

不安とともに凜香はヨンジュを見あげた。胸に鈍重な痛みがひろがる。凜香はささやいた。「本物のIIデータを持ってくるなんて……。わたしやハヌルを助けるため？」

「そう気に病むな」ヨンジュは身柄を拘束されながら凜香に告げてきた。「最初に思いついたのはおまえだろ？　ふたりで結衣を見かえしてやろう」

20

人質をとられ手も足もでない、あまつさえ大事な物を差しだしてしまう。そんな状況を凜香はせせら笑ってきた。情けない立場に追いこまれる連中は軽蔑《けいべつ》の対象だった。駆け引きなんて面倒くさい。吹っ切れて皆殺しに興じればいい。それで人質が死んでしまっても、最初から死んでいたと考えれば、さして気にもならない。

いまはそうでもなくなった。凜香は後ろ手に樹脂製カフで拘束され、SUVの後部座席で揺られていた。隣にはヨンジュもいる。

前部座席は黒ずくめの兵隊が占めていた。バックミラーに自分の顔が映る。頬に大きな痣《あざ》ができ、口の端から血が滴った痕《あと》がある。まだ殴られていないヨンジュの綺麗《きれい》な顔がうらやましい。ただそれも時間の問題だろう。

SUVの車列は山道を延々と上っていった。雪掻《ゆきか》きされた路面はいちおう舗装され、ガードレールもあるにはあるが、その下は断崖《だんがい》絶壁に等しい。寒々とした裸木が連なる斜面を真っ白な雪が覆い尽くす。そんな山々が見るかぎり果てしなくひろがる。

日高山脈には馴染《なじ》みがない。関東《かんとう》の山奥なら、どれだけ人里離れていようと、送電塔の一本ぐらいは見かける。いまここでは人工物がさっぱり目につかない。道路を除けば、まるっきり未開の地という印象だった。

前を走るSUVのリアウィンドウは、薄めのスモーク仕様だが、うっすらと車内のハヌルが見える。両脇を黒ずくめの兵に挟まれたハヌルが、ときおり身をよじり、後方を振りかえる。やはり両手首は後ろにまわした状態で固定されていた。それでもせつないまなざしが、たびたびこちらに向けられる。兵が気づくたびハヌルを前に向き直らせる。その繰りかえしだった。

ハヌルの顔は、凜香以上に無残なありさまだったが、とりあえず無事とわかりほっとさせられる。いまのところ生はつながれていた。凜香が死ぬときには、ひと思いにズドンとやってほしいが、まだこの世に未練がある。ハヌルを苦しませたまま、自分だけ殺されるわけにはいかない。

ヨンジュがささやいた。「左手の親指を、右手で握りこめ。次にその逆をする。交互にやれば……」

「やってるよ」凜香は苦笑した。「血のめぐりがよくなる。全身の痛みが軽減するし、麻痺《まひ》した感覚も戻ってくる。実際少しは落ち着いてきた」

「知ってた？　パグェにだけ伝わってるやり方だと思った」

「小さかったころお父さんから習った。パグェはどうせ、捕まえた死ね死ね隊がそうしてるのを見て、なにをやってるのか吐かせたんじゃね？」

「そうかもな。抗争はかなり長引いたらしいから」

「死ね死ね隊は大半が行方不明になったって。殺した？」

「知らない。わたしの親の世代のできごとだし。パグェもすっかり代替わりしてる」

「ヨンジュ」凜香は前方を眺めたまま小声できいた。「人って殺される瞬間、なにを思うんだろうな」

「さあ」ヨンジュがため息まじりに応じた。「瞬間はわからない。直前は経験した。結衣を殺したいと思う反面、殺されたいとも願った」

「彼氏を殺《や》られたからだっけ」

「ミンギが彼氏だったかどうか……。たぶんちがったんだろう」

「あー。それでミンギって奴は、結衣姉《ねえ》に殺されるモブのひとりになった」

「どういう意味よ」

「結衣は甘っちょろいとこがある。ちょっとでも目に情が見てとれる相手は殺しゃしない」

「馬鹿いえ。ミンギがわたしとつきあってたかどうかなんて、結衣にわかるはずがない」

「それがわかるんだって。結衣姉はサイコパスの極みだからさ、自分と同じタイプは容赦なく殺す。でも透明な心の持ち主は殺さない」

「なんでそういえる？」

「わたしを二度も見逃した」

ヨンジュが大仰に顔をしかめた。「おまえが透明な心だってのかよ」

「きいてよ。わたしが結衣に殺されそうになったとき、悔しさはあったけど、怖くはなかった。姉が妹を殺す家族に生まれ育ったのなら、むしろ納得がいくと思った。わかりあえるかもと少しでも希望を抱いたのは、ただの勘ちがいだったと腑《ふ》に落ちる」

「おまえも姉を殺そうとしたくせに」

「あいつはずるいよ。なぶり殺し以上に人を傷つける。正真正銘のサイコパス。でもなんていうか、人間性みたいなもんは、他人《ひと》ごとでも理解してる」

神妙な面持ちのヨンジュが鼻を鳴らした。「純愛に生きてるような男なら、パグェでもひと目でわかるって？」

「そう。モブなんかいちいち記憶してないって結衣姉はいったんだよな？ミンギってのはほかの奴らと同じだった。結衣はそう伝えたかったんだろうよ」

　ヨンジュは窓の外に目を向けた。「おまえらは嫌な姉妹だ。特におまえ。わかったような口をききやがる。中坊のくせに」

「わたしはあんたが嫌いじゃない」凜香は虚空を見つめていた。「だから嫌いになってほしくない」

　いうべきでない言葉だっただろうか。自分の甘えがちな心こそ癪《しゃく》に障る。しかし後悔しても遅い。ヨンジュはまた鼻を鳴らし、黙って車外を眺めつづけた。

　なんだか死にたくなる。歓迎すべきことだ。またひとつ生への執着が失われ、死への恐怖が減退した。

　なぜか前部座席の兵たちが居住まいを正した。山沿いにカーブしていく上り坂の先、白く染まった斜面に、異様な建造物が出現した。

　山肌に張りつくように建てられた工場棟だった。外壁にトタン板が継ぎ接《は》ぎされた大小の建造物が、雛壇《ひなだん》状に集落のごとくひしめきあう。階層が複雑に入り組んでいた。無数の配管が縦横に走る。錆《さ》びついた円筒形の塔はセメントサイロか。屋外を斜めに走るベルトコンベアの上端が、バッチャープラントらしき直方体の建物に接続されている。下端は骨材置き場につながり、砂利や砕石の詰まった鉄製容器が並ぶ。子供の積み木のような外観ながら、窓という窓がふさがれているせいか、要塞《ようさい》のような様相を呈する。

開澤《かいざわ》工業㈱日高石灰工場。看板にはそうあった。セメント工場かと思いきや、石灰石の採掘や加工、業務内容はそのあたりのようだ。煙突が黒煙を吐いていた。怪しまれないよう実際に稼働しているにちがいない。

石灰工場に未成年更生施設。どちらも人里離れた山奥にあってふしぎではない。よく考えられたカモフラージュだった。特に本部となる工場のほうは、ヤヅリが大勢の構成員を待機させておける。銃器類も隠せる。一方で行政による視察は避けられないため、ハヌルを監禁しておくのには向かない。そこは帯広錬成校が重宝する。

安全第一と看板のかかったアーチの下に、SUVの車列が乗りいれていく。陽射しがいったん遮られ、また明るくなった。トタン板の城壁に囲まれた中庭は、広大な採石場だった。あちこちに砂利の山ができ、ダンプカーが停まっている。黄いろいヘルメットの作業員らが立ち働いていた。

先頭のSUVは建物の出入口前に停車した。後続の車両もそれに倣った。羅門と士戸が真っ先に降車し、建物内に消えていった。ほかの兵らが続々と降りる。凜香とヨンジュも引きずりだされた。

外気に触れた。校内にいたときよりずっと寒かった。ブラウスのボタンがいくつも外れ、半ばはだけている。両手が使えないため掻《か》きあわせることさえできない。スカートも縦に裂けていた。地肌に冷たい空気がじかに当たる。体温が根こそぎ奪われていく。

周りを兵たちが隙間なく固める。ハヌルのようすをたしかめられないまま、凜香はヨンジュとともに、出入口から内部へと連行された。

ホール内の高い天井まで、鉄製の柱や梁《はり》が縦横斜めに入り組んでいる。キャットウォークが幾重にも平行して連なる。作業員の姿は最小限に思えた。やはり見せかけの業務が前提の工場なのだろう。稼働してはいても採算がとれることを目的としていない。作業員も承知済みのようだ。黒ずくめを見かけようとも、みな特に反応しない。

工場棟から事務棟らしき建物に入った。しばらく廊下を進んだのち、突き当たりのドアを入った。

吹き抜けの天井は五階ぐらいの高さで、天窓から陽光が射しこんでいた。見えるのは空ばかりではない。雪に覆われた急斜面の山肌が、頂に向かい空高く延びている。四方の壁は石材のパネルだが、書棚も据えてある。中央にはワークステーションのブースがひとつ設けられ、三面のモニターが並んでいた。黒い革張りの椅子に、眼鏡をかけた三十代ぐらいの男がおさまる。男は椅子を回し、こちらを一瞥《いちべつ》した。

土戸が男に歩み寄り、ナノメモリーカードを手渡した。「薩摩《さつま》」

薩摩と呼ばれた男がそれを受けとった。高さ五十センチ、幅三十センチほどもある大型の機器に向き直る。スロットのひとつに差しこんだ。アダプターを用いずとも、ナノメモリーカードの専用スロットがあるようだ。土戸の告げたパスワードを、薩摩がキーボードに両手の指を走らせ、瞬時に打ちこんだ。モニターのひとつにキム家の家紋が現れた。

羅門が薩摩の近くに立った。「単なるプロキシサーバー経由ではアクセスが弾《はじ》かれると思うが」

「抜かりはありません」薩摩が応じた。「世界じゅうのサーバーを経由したうえで、KMグループの専用サーバーに入りこみ、認証をパスします。ファイアーウォールはなにも探知できず、安全なアクセスだと解釈します」

凜香は床に投げだされた。ヨンジュも同様だった。少し離れた場所にハヌルが突っ伏している。三人とも後ろ手に拘束され、身体を起こすのにも難儀するありさまだった。

痛みは少しずつおさまってきた。それでも上半身を起こすとなると、背骨がちぎれそうなほどの激痛が襲う。ようやくひざまずいた姿勢をとった。ヨンジュとは肩が並んだが、ハヌルは横たわったままだった。なんとか起きあがろうともがいている。手を貸してやりたいが不可能だった。

周りを黒ずくめの兵隊が取り囲む。士戸が目の前に立った。羅門が勝ち誇ったような足どりで歩み寄ってくる。

「士戸」羅門が指示した。「まず預金をすべてこっちに移す。KMグループの半導体関連と不動産事業の資産は、デジタル文書の送信だけで自動的に現金化され、口座に入ってくる。それを引きだした時点でこいつらを殺せ」

ヨンジュがきいた。「十一兆円をぜんぶ搾りとってからのほうがいいんじゃない？それまではハヌルと凜香だけでも生かしといてよ」

羅門が見下すような視線を向けた。「あいにく最初の現金化に着手できたころには、KMグループ側が対策を講じたところで、もう間に合わない。古色蒼然《そうぜん》とした企業はオンライン上のフットワークが遅……」

あわただしい靴音がきこえた。数人の兵が新たな人質を連行してきた。

凜香は面食らった。人質はユノだった。やはり後ろ手に拘束されていた。整った二枚目顔は、いまや鼻血まみれで痣《あざ》だらけ、どうやら袋叩《ふくろだた》きに遭ったようだ。兵たちに突き飛ばされ、ユノは前のめりに倒れこんだ。あわてぎみに上半身を起こし、ひざまずく姿勢をとる。ばつの悪そうな顔をこちらに向けた。

わざと捕まったのではないか。凜香はそんな期待を捨てきれなかったが、ヨンジュが驚きとともに失望のいろを浮かべている。どうやら本当に不意を突かれ、囚《とら》われの身になってしまったようだ。

ユノが苦い顔でつぶやいた。「すまない」

「マジで？」凜香は思わず口走った。「そんなことといって、じつはなにか手を打ってんじゃねえのか」

「なんの手を？」

たずねかえすんじゃねえよ。凜香はいらっとした。「もうひとりは？」

「憤慨して帰った。降りるのは無理ない」

ヨンジュが憂いの表情ながら、静かにユノにささやいた。「来てくれてありがとう」

本当にそれだけなのか。凜香は念を押した。「とかいって、なにか策は？」

ユノがため息をついた。「ないっていってるだろ」

「からの？」

「からの、じゃない。なんにもない」

「それマジな話かよ。じつはヒョンシクが助けにきてくれるんじゃなくて？」

「なんであいつが？　ガチで激怒して帰った。ほかにはなにもない」

兵のひとりが士戸に報告した。「尾《つ》けてくる不審な車両をドローンで発見、襲撃し捕らえました」

凜香のなかに憤りがこみあげてきた。「ユノ。あんた精鋭じゃなかったのかよ」

ユノが不満げな顔になった。「おまえやヨンジュ、ハヌルの命はどうでもいいのかといわれた。いったん降伏するしかなかった」

当惑がひろがる。凜香は言葉を失った。人質をとられることの意味が、きょうようやく理解できた気がする。ユノは責められない。経緯も現状も凜香たちと同じだった。

兵がリュックサックを士戸に引き渡した。「こいつのクルマにありました」

士戸は眉《まゆ》をひそめた。「危なくないか」

「車内の銃器類や危険物は押収してあります。この中身は確認済みです」

羅門がリュックをひったくった。なかをあさり、着替えの衣類を放りだす。財布が見つかった。免許証らしきカードを引き抜く。羅門がつぶやいた。「在日韓国人の運転免許、チェ・ユノか。どうせ本国の家族関係登録簿編製をいじって改名してる。チェという苗字《みょうじ》に意味はない。親父の名前がユノか？」

ユノは首を横に振った。「俺を勘当した親父とは、もともと仲が悪かった。親父の名を継ぐなんてまっぴらだ」

鼻を鳴らした羅門が、今度はレシートをとりだした。「100満ボルト帯広本店……。日付はきのうだ。ナノメモリーカード九枚？」

凜香は笑ってみせた。「それ以上はお取り寄せになりますってさ」

「偽物を用意したわけだ。凜香、おまえも馬鹿だな。九枚も買ったのなら、それらをぜんぶいっぺんに持ってくりゃいい。切り札がそれだけ増える。本物がどれかわからない状態で、一枚ずつへし折りながら、ハヌルを返せと要求すれば……」

「応じた？」

「いや。だが部下のなかには、少なからず動揺する者もでただろう。俺たちを攪乱《かくらん》するには有効かもしれん。おまえの親父ならそうするところだ」

「あー、たしかに。結衣姉なら思いつきそう……」

ヨンジュが咎《とが》めるようにささやいた。「凜香。呑《の》まれないでよ」

羅門はレシートを握り潰《つぶ》した。「野放しの仲間はひとりだけか」

土戸が羅門にいった。「こいつらを見捨てて立ち去ったようですが」

「信用できん。だが」羅門は兵に目を移した。「人質はこんなに多くはいらん。まずひとり殺せ」

兵がサバイバルナイフを引き抜いた。「ガキも対象に含みますか」

「ああ。もうハヌルは必要ない。パグェの残りひとりを牽制《けんせい》しとくための人質だ。韓国人ふたりのうち、どちらかが生き残ってりゃかまわん」

すると生存の可能性があるのは、ヨンジュかユノのいずれかになる。凛香とハヌルは即刻始末される恐れがあった。

横たわっていたハヌルが引き起こされた。苦しげな表情のハヌルがひざまずき、すがるような目を凛香に向けてくる。凛香はハヌルを見かえした。勇気づけるひとことでも吐きたいところだが、実のところ凛香も恐怖にとらわれている。思うように声がでない。

四人は処刑をまつように、横一列に並びひざまずいている。処刑担当の兵が背後にまわりこんだ。サバイバルナイフを片手に、犠牲者を選ばんとうろつきまわる。靴音が近づいては遠ざかる。凛香の心臓は異常に亢進《こうしん》しだした。いまさら怯《おび》えるほど臆病《おくびょう》者《もの》だったのか、そんな自分にあきれる。身体の震えがとまらなくなった。

やがて靴音が最も遠ざかったところで途絶えた。凛香ははっとし、背後のようすをうかがった。総毛立つとはこのことだった。兵がハヌルの真後ろでナイフを振りかぶった。ハヌルは気配を察したらしく、覚悟をきめたように目を閉じた。

ところがそのとき、ユノがわめきながら立ちあがり、兵に体当たりを食らわせた。兵が体勢を崩し尻餅《しりもち》をついた。ユノは後ろ手にカフを嵌《は》められたまま、兵に馬乗りになった。

身を挺《てい》しハヌルを救ったものの、ユノは兵と激しい揉《も》みあいになった。士戸が真っ先に反応し、銃をかまえようとする。だが羅門が片手をあげ、士戸と兵隊に静観をうながした。

いったんユノに倒された兵だったが、すぐにまた形勢が逆転した。両手が自由にならないユノなど敵ではないようだ。兵が蹴《け》りを連続して食らわせ、ユノを床に叩《たた》き伏せた。あらためてナイフをユノに突き立てんとする。

凛香は反射的に立ちあがった。やはり両手が後ろにまわっていては、思うように駆けだせない。それでも床に滑りこみ、急激に距離を詰めるや、両脚で兵の足首を挟みこんだ。勢いよく身体をひねり、半ば強引に重心を崩す。兵が仰向けにのけぞり、あたふたと両手を振りかざしたとき、サバイバルナイフを放りだした。回転しながら飛ぶナイフが放物線を描く先で、兵隊がとっさに左右に避《よ》けた。割れた人垣の向こうにワークステーションが見えている。

瞬時に凜香は跳ね起きた。包囲網のなかに生じた隙間へと、頭から飛びこんでいく。敵勢のど真んなかを走り抜ければ、誰もが銃撃を控えるとわかっていた。弾が同胞に当たる危険があるからだ。いま凜香の目の前にワークステーションが迫った。薩摩が椅子を回し、ぎょっとした顔で見かえす。凜香は包囲網を脱したが、この男の近くにいるかぎり、引きつづき銃撃は受けない。デスクに飛び乗った。高さ五十センチ、幅三十センチの機器を、ゴールキックのように力いっぱい蹴った。

機器は重かった。凜香の足に激痛が走った。だがケーブルの外れた機器が、横倒しになり床を滑っていき、部屋の隅に転がった。凜香はすかさず追った。けたたましい銃声が鳴り響き、壁の石材パネルに跳弾の火花が散る。凜香は機器の向こう側に跳躍し、ただちに伏せた。遮蔽物《しゃへい》の高さはわずか三十センチ、幅五十センチ。それでも敵勢が銃で狙いを定められないよう、ぴったりと床に這《は》った。

羅門の怒鳴り声が響き渡った。「撃つな!」

室内はしんと静まりかえった。凜香は顔をあげた。目の前の遮蔽物。機器のスロットはこちらを向いている。ナノメモリーカードに鼻を押しつけると、半分飛びだした。

接近する靴音をききつけた。凜香は声を張った。「近づくんじゃねえ! ナノメモリーカードはここにある。短小がフェラしろといってるみたいに、わたしの前に突きでてやがる」

羅門の声がきいた。「それでどうするんだ？　今度こそ本当に飲みこむのか？」

「馬鹿いえ。嚙《か》み砕いてやる」

「そんなこと許すと思うか」

「許すも許さねえも、どうせ死ぬならおめえらに地団駄を踏ませてやる。目の前で十一兆円が夢と消えるんだぜ？　悔し涙で夜も眠れねえだろ」

士戸の声が荒々しく宣告した。「撃ち殺してやる」

「やってみろハゲ！」凜香は後ろ手にカフを嵌められたまま、機器の陰で身体を仰向《あおむ》けにした。「ナノメモリーカードはちっぽけだし、まず弾が当たったりはしねえよな？　わたしを殺したうえで無事に回収できるかもしれねえ。でも万が一にも命中しちまったら、禿《は》げ散らかすだけじゃ済まねえぜ」

また靴音がきこえだした。士戸がつかつかと向かってくる。「この口の減らねえゴミ小娘が。いまこの手で息の根をとめ……」

「あと一歩でも近づいたらナノメモリーカードを嚙み砕く！　わかったらおとなしくAGA治療でも受けてこいハゲ！」

靴音が途絶えた。士戸が憤怒《ふんぬ》に満ちた唸《うな》り声を発する。ほかの兵による銃撃もない。思ったとおり誰もが及び腰だった。みなナノメモリーカードを破壊した張本人にはなりたくない。一発で凜香を仕留められればいいが、もし外せば凜香が逆上し、宣言どおりナノメモリーカードを嚙み砕く恐れがある。凜香が即死に至らず、瀕死《ひんし》に留《とど》まった場合も同じ危険が生じる。そんな前提があればこそ、誰も撃ち急ぐことはできない。ひとまず抑止力が働いた。

羅門の声は落ち着いていた。「凜香。仰向けになったようだな。だが喋《しゃべ》れている以上、ナノメモリーカードを口にくわえたわけでもなさそうだ」

「正解」

「俯《うつぶ》せならスロットから突きだしたブツを、口にくわえるのも容易だろうが、仰向けになったら難しいんじゃないのか」

士戸がまた足ばやに歩きだしたようだ。靴音が速いペースで近づいてくる。「ならいますぐぶっ殺してやる」

「まて！」羅門が士戸を呼びとめた。「注意しろ。さっき飛んだナイフはどこだ？」

ざわっとした驚きの反応がひろがる。凜香は鼻を鳴らした。さすがぎょろ目、観察眼に長《た》けている。ナイフはこっそり温存したかったが、もう所持がバレた。

凛香は後ろ手にサバイバルナイフを握っていた。ついさっき床に落ちたナイフを蹴り、俯せる寸前に拾った。いま凛香は横たわったまま、樹脂製カフに刃を這わせ、力をこめ断ち切った。両手が自由になるや、スロットからナノメモリーカードを引き抜いた。片手の人差し指と中指にナノメモリーカードを挟み、機器の陰からわずかに上に突きだした。

空気が張り詰めたのがわかる。凛香はナノメモリーカードを引っこめた。「そこから撃てるか？　撃てねえだろ」

羅門の声がいった。「両手が解放されたか。凛香。調子がでてきたな」

「まあね」凛香はナイフをスカートベルトに挿した。

「そこに隠れてりゃいい。俺たちはガキをいたぶる。なぶり殺しにしてやる」

心が激しく揺さぶられる。だが脅しに屈するわけにいかない。凛香は吐き捨てた。

「やりゃいい。わたしはここでナノメモリーカードをへし折る。おめえらの十一兆はパア」

「……きいたか？」羅門はハヌルに話しかけているようだ。「お姉様はおまえを、なぶり殺しにしていいってよ」

凛香のなかに動揺がひろがった。「ぎょろ目。詭弁《きべん》使ってんじゃねえ」

かまわず羅門がつづけた。「あの小娘はな、平成最大の凶悪犯、優莉匡太と市村凜の子だ。大勢の罪のない人々を殺した、最低の両親のもとに生まれた」

身の上をハヌルに伝えようとしている。自分でも理由がよくわからないうちに、凜香はうろたえだした。震える声が口を衝《つ》いてでた。「やめろ」

羅門の声はなおも凜香について言及した。「親父が死んだあと、小学校にもろくに通わず、児童売春に明け暮れてた。売春ってわかるか？　素っ裸になって、見知らぬ大人の男とふたりきりで、好き放題させるんだよ」

「やめろってんだよ」凜香のなかに怒りと焦りが同時にこみあげた。「それ以上喋んな」

「前に話したろ」羅門が声高にいった。「中二になってから、サリンって毒物を原宿に撒《ま》こうとした。失敗の罪滅ぼしに、何十人ものアメ公の陰茎を口に……」

思わず涙が滲《にじ》みそうになる。凜香は衝動的に立ちあがり怒鳴った。「やめろ！」

兵隊のアサルトライフルがいっせいに狙い澄ましてくる。凜香は指先にナノメモリーカードをつまみ、額に当てた。

極度の緊張が室内に漲《みなぎ》ったものの、いまだ銃撃は控えられていた。どこを撃たれようが、凜香は銃声を耳にしたとたん、ナノメモリーカードをへし折る覚悟だった。十一兆円が露と消える事態の戦犯には、やはり誰もなりたがらない。

ヨンジュとユノは、後ろ手のままひざまずき、固唾《かたず》を呑《の》んでこちらを見ている。そこから少し離れた場所にハヌルがいた。ハヌルも両膝《りょうひざ》をついた姿勢で、周辺の兵から銃を突きつけられた状態にある。

真っ赤に泣き腫《は》らしたハヌルの目が、茫然《ぼうぜん》と凜香を眺めている。小さな顔が紅潮しつつ涙に濡《ぬ》れていた。凜香は胸を締めつけられる思いだった。

羅門はハヌルのわきに立ち、低くつぶやくような声で執拗《しつよう》に語りかけた。「おまえの第二ボタンをもぎとったのも凜香だ。なんのことはない、あいつもおまえの継いだ遺産を狙ってたんだよ。パスワードをききだすために、おまえの前にふたたび現れた」

ハヌルが失意に満ちたまなざしを凜香に投げかけてくる。凜香は視線を落とした。罪を認めるような素振りにちがいない。愚劣な反応と自覚しながらも、そうせざるをえなかった。なぜいつものように、堂々とまっすぐ見かえし、シラを切りとおさないのだろう。事実など関係ない、意に沿うことだけを現実と信じればいい。なのにいま凜香は弱腰になっていた。

「僕は」ハヌルが震える声でつぶやきを漏らした。「お姉様を信じます」

思わず息を呑み、凜香は顔をあげた。ハヌルの潤んだ目が、じっと凜香を見つめつづける。

羅門が表情を険しくした。「世迷《よま》いごとはよせ。どこに信じられる根拠がある?」

「僕はあなたたちに殴られました」ハヌルが毅然《きぜん》とした態度をしめした。羅門を仰ぎ見ると、ハヌルはきっぱりといった。「凜香お姉様はそんなことしません」

凜香は啞然《あぜん》としながらハヌルを眺めた。あどけない少年の瞳《ひとみ》に、大人びた信念が宿ったように見える。こんな状況なのに、のぼせつつある自分が腹立たしい。いつまで幼女のような夢心地を引きずるつもりだ。理性より感情を優先するのはよせ。

沈黙のなか羅門のぎょろ目が、みるみるうちに血走っていった。羅門は怒号を発し、ハヌルのうなじをつかむや、床に叩《たた》き伏せた。懐から拳銃《けんじゅう》を引き抜く。H&KのVP9だった。羅門は銃口をハヌルの後頭部に突きつけた。「凜香！　ナノメモリーカードをこっちに寄こせ。ガキの脳天に風穴が開くぞ！」

凜香もすかさず怒鳴った。「ハヌルを殺したらナノメモリーカードを潰《つぶ》す！」

「寄こさないと殺す！」

「殺したら潰す！」凜香は士戸の近づこうとする気配に気づいた。「おいハゲ！　だるまさんが転んだをやってんじゃねえんだよ。一歩でも動いたらこの指先に力をいれるかんな」

土戸が歯ぎしりしながら周りの兵隊に呼びかけた。「腕に自信のある奴、凜香を仕留めろ！　ナノメモリーカードを奪還できたら、三倍の報酬を払ってやる」

無数のアサルトライフルが凜香を狙っている。勇み足の兵が銃撃する恐れがある。先んじて凜香は早口でまくしたてた。「ナノメモリーカードを奪還できなかった場合は？　そっちもちゃんと説明しろハゲ。三分の一の減給じゃ済まねえよな。十一兆円を失ったヤヅリの恨みを、そいつが一身に受ける羽目になるんだろが！」

兵隊がそこかしこで顔を見合わせる。当惑と苛立《いらだ》ち、焦りの念がのぞいている。極薄極小のナノメモリーカード。無傷で取り戻せる可能性はけっして低くない。それでもリスクがともなうとなると、誰もが二の足を踏まざるをえない。

土戸がわめき散らした。「馬鹿どもが！　さっさと撃て！　凜香を撃ち殺せ！」

そういいながら土戸が自分でやらないあたり、兵隊がいっそうの不信感を募らせている。

羅門がハヌルを怒鳴りつけた。「おまえもあの遺産を凜香に奪われたくないだろうが！」

「……いいえ」ハヌルは首を横に振った。「お姉様にあげます」

ヨンジュとユノが揃って驚きのいろを浮かべた。土戸がぎょっとして振りかえった。羅門も目を剝《む》いている。

凜香は耳を疑った。ハヌルの発した言葉が信じられない。

「おい」羅門が狼狽《ろうばい》をあらわにした。「ガキには遺産の意味がわからないようだな。おまえはKMグループのすべてを継いでるんだぞ」

「わかってます」ハヌルがきっぱりといった。「総資産百十一兆六千七百八十二億ウォン。世のため人のために役立てるよう父から託されました。でも僕はまだ小さくて、どうにもできない。お姉様なら僕の代わりに……」

「馬鹿いうな！　さっきの話をきいてなかったのか。凜香も中二のガキ、しかも最低最悪の血筋だ」

「お姉様はパスワードをきこうとしませんでした！　帯広錬成校の先生たちは、毎日パスワードをききだそうと必死で……。凜香お姉様は、あなたたちとちがうんです。僕の味方なんです！」

凜香は衝撃を受けていた。全身の神経が感電したかのようだ。ハヌルの心は徹底的に純粋だった。卵から孵《かえ》ったアヒルが、じつは自分を食おうとしている猫のトムを、母親だと信じてしまう。そんな状況と同じに思える。またしてもトムジェリ。人生経験の足りなさをカートゥーンで補うばかりの、みずからの底の浅さを痛感させられる。いやあるいは、カートゥーンのように常識外れの、滑稽《こっけい》な人生を歩んでいるのかもしれない。

羅門はハヌルのうなじに銃口をめりこませた。腹立たしげに唸《うな》るような声を響かせる。「余計におまえを生かしておくわけにはいかなくなった」

士戸が取り乱したように羅門に告げた。「ハヌルを殺せば凜香がナノメモリーカードを……」

「なら早くそっちで片をつけろ！　俺はいまからこのガキを殺す！　IIデータさえあればもう用済みだ。息の根をとめてやる！」

強烈な圧迫感に押し潰されそうになる。凜香は心臓が凍りつく思いにとらわれた。羅門は本気だ。ハヌルを射殺しようとしている。兵隊の銃口が、いよいよ凜香を狙い定めてきた。膠着《こうちゃく》状態を打開する賭《か》けにでる、どの兵もそんな決心を固めたようだ。いまトリガーが引かれる。

ふいにベルが鳴り響いた。全員がいっせいにびくついた。一拍遅れて震動が伝わってきた。轟音《ごうおん》も耳に届く。独特の揺れだと凜香は感じた。近辺で爆発が発生した。

ベルとともに自動音声がリピートした。「雪崩発生。すみやかに避難してください。

雪崩発生。すみやかに避難……」

　誰もが頭上を仰いだ。凜香も天窓を見つめた。信じられない光景がそこにあった。斜面を大量の雪が津波のごとく滑り落ちてくる。いままさにこの建物の屋根に押し寄せつつあった。

　ダイナマイトだ。山頂付近で爆発が起こった。ヒョンシクのしわざにちがいない。頭に浮かんだのはそこまでだった。天窓が雪に覆われ、室内は闇に転じた。しかしそれは一瞬にすぎず、天井は碁盤の目状の梁《はり》を残し、大量の白い半固形物が突き破ってきた。吹き抜けの内部いっぱいにひろがり、無数の配管を破断させ、おびただしい量の雪が頭上に直撃してくる。

　猛吹雪のように見える視野のなか、ヨンジュが後ろ手に拘束されたまま、ハヌルに飛びついたのがわかる。羅門が俯角《ふかく》で拳銃を発砲した。ヨンジュはハヌルに覆いかぶさり、羅門からかばった。弾が命中したかどうかは視認できなかった。猛烈に降り注ぐ雪の量が、たちまち尋常でなくなり、人影が濃厚な雪煙のなかに溶けていく。ほどなく雪崩の本体と呼ぶべき、巨大な氷の塊が落下してきて、なにもかもを押し潰した。

　粉砕された石材パネルやトタン板の欠片《かけら》が、雪とともにのしかかってくる。建物を水平に保つための、床下の支柱も破壊されたらしい。足もとが急角度に傾斜していった。兵隊が転落していくのがわかる。複数のわめき声が果てしなく下方へと遠ざかり、やがてきこえなくなった。

凜香も波状に襲ってくる雪に抗《あらが》いきれず、斜面を身体が高速回転しつづけた。静止すればかえって雪に埋もれる。流れに身を任せるしかない。めまいとともに嘔吐《おうと》感にとらわれた。ふと気づいた。傾斜した床の下端まで達すれば、山肌に放りだされてしまう。兵隊どもと同じ運命をたどる。力ずくで回転を殺し、なんとしてでも踏みとどまるべきか。だがこのままでは雪に追いつかれる。

そう思った瞬間、幾重にも襲来する雪崩の、新たな一波が押し寄せてきた。凜香の全身は雪にすっぽり覆われた。視界も閉ざされ真っ暗になった。雪に埋もれてしまった。硬く凹凸のある氷の壁が四方八方から圧迫してくる。五体を強く締めつけ、ただちに凍りつかせんとする。身動きできなくなるや、急速に体温が奪われだした。凜香の意識は遠ざかり、深い闇の底へと落ちていった。

21

寒い。手も足もかじかんでいるうえ、麻痺《まひ》しきり感覚を喪失している。指一本動かせない。

ぼんやりと意識が戻ってきた。凜香は男の叫ぶような声を耳にした。ありました、こっちです。誰かがそう怒鳴っている。

幻聴だろうか。似たような叫びが、あちこちからきこえる気がする。どれも少しずつ物言いが異なっている。見つけました。回収しました、ここにあります。それらの声が織りまざっている。捜索隊だろうか。

次いで命令調の声が飛んだ。今度の声の主は、特徴的な外見が即座に思い浮かんだ。禿《は》げた頭頂部、周りに残った髪を長く伸ばした、いわゆる落ち武者カット。鋭い目つきに口髭《くちひげ》。土戸の声が呼びかけた。絶対になくすな。近くにいる者で守りを固めろ。

吹きすさぶ風のなか、集団の靴音が駆けまわりだした。雪を踏みしめながら走っている。どういうわけか靴音は四方に散っていく。誰もが放射状に遠ざかるのがわかった。

さっきより明瞭《めいりょう》な土戸の声が怒鳴った。「おい！　おまえらなにしてる。勝手に散開するな。なぜばらばらに動く！」

凜香ははっとした。氷漬けだった。このまま凍りつくなど冗談ではない。そんな思いに突き動かされ、凜香は必死にもがきだした。硬い雪に封じこめられている。だが声がきこえたからには、深く埋まってはいない。いや、片方の耳はじかに風を感じている。声や靴音をききつけたのはそちらの耳だ。身体は横向きに寝た状態にあった。少なくとも片耳は雪の上に露出している。

姿勢が自覚できた。むやみにもがくばかりでなく、身体をどう起こすべきか理解した。凜香は肩を揺すりながら、のけぞるように伸びあがった。重い雪の殻を突き破った。

もっともまだ身体の大半は雪に埋もれている。上半身がわずかに浮きあがったにすぎない。それでも辺りのようすは眺め渡せるようになった。

陽射しが降り注ぐなか、雪原が斜めになっている。いや厳密には雪原ではない。雪に覆われているものの、工場内の一室の床だとわかった。山肌にぴったり沿うように傾斜していた。床面の中央付近が白く隆起しているのは、雪に埋もれたワークステーションのブースだった。壁も天井も失われていた。周囲に目を向ける。雪崩の直撃を受けた工場棟は全壊状態だった。山腹に激突した旅客機の残骸《ざんがい》さながらに、大小の金属片が広範囲に散らばっている。遠方の急斜面を、黄いろいヘルメットの作業員らが、ほとんど滑落するように下山していく。退避できるだけ幸運だったかもしれない。死体はあちこちに転がっている。

そんななか、いま凜香のいる斜めになったフロアの上は、奇妙に閑散としていた。理由はすぐに理解できた。黒ずくめの兵たちが、いくつかの塊になって分かれ、フロア外に分散しているからだ。どのグループもフロアから下り、本来は別棟の部屋だっただろう、異なる階層の床板の上にいた。

士戸が血相を変え、グループのひとつに駆け寄っていく。「馬鹿どもが！　いったいなにをしてる⁉」

兵のひとりが片腕を突きだした。指先になにか小さな物をつまんでいる。「ありました。これです」

足をとめた士戸が、怪訝《けげん》な顔で別方向を振りかえった。たぶんナノメモリーカードを見つけたという報告は、別のグループの兵からも受けたのだろう。

凜香は右のこぶしに力をこめた。てのひらの感覚が戻りつつある。まだナノメモリーカードを握りしめている、触覚でその事実をたしかめられた。

IIデータの記録されたナノメモリーカードはここにある。凜香は周囲に目を凝らした。兵たちは七つのグループに分かれ、フロアから遠ざかっている。100満ボルトで買ったナノメモリーカードは九枚、うち二枚は敵の手に渡ったが、あとはヒョンシクが持っていた。ならこの状況はおそらく……。

いきなり人影が垂直落下してきた。防寒着に身を固め、スキー板を履いている。左右の手にストックを握っていた。障害物だらけの急斜面を、ときおりスキー板のテールを雪にこすりつけ、速度を殺しながら滑降してくる。フリースタイルスキーの技術だった。ほとんどまっすぐに落ちてきて、がらあきになったフロアの中央付近に着地した。震動と騒音に兵隊がいっせいに振りかえった。だがスキーヤーは両足からスキー板を外すや、ただちに身を屈《かが》め、全力で雪を掘りだした。

しばし士戸は目を剝《む》いていたものの、すぐになにが起きているか気づいたようだ。スキーヤーは雪に埋もれたハヌルらの救出にかかっている。

士戸が駆けだしながら怒鳴った。「奴を殺せ!」

周囲の兵隊が反応するより早く、凜香の全身は反射的に突き動かされた。ナノメモリーカードを口のなかにいれるや、雪のなかから飛びだす。スキーヤーのもとに全力疾走しながら、ナノメモリーカードは舌の下に移動させた。そこなら飲みこまずに済む。

スキーヤーが上半身を起こした。オイルライターでダイナマイトの導火線に着火する。斜面の下方にダイナマイトを投げた。士戸が足をとめ、身を翻し退避していく。

激しい爆発が辺りを揺るがす。凜香は至近に横たわる死体に手を伸ばし、アサルトライフルをもぎとった。二〇式五・五六ミリをコッキングし、セレクターレバーをレにする。斜面上方の敵勢にフルオート掃射した。たちまち発生する血煙のなか、兵隊が次々と転がり落ちてくる。不測の攻撃に銃をかまえきれなかった兵が大半だった。生存者たちはわきの山肌へと逃れていった。

銃声にスキーヤーが振りかえった。だがすぐに雪に向き直り、猛然と両手で掘りつづけた。

そこに凜香は合流し、一緒に雪を掘った。視線をあげると、ヒョンシクの真剣なまなざしが見かえした。

凜香は雪を掘りながらきいた。「スキー一式をどこで？」

「スポーツデポ帯広店」ヒョンシクも雪掘りの手を休めなかった。「おまえが教えてくれたんだろうが」

山頂でダイナマイトを爆発させ、雪崩を発生させたのだろう。発破の仕掛け方を心得ているとの主張は、けっして法螺《ほら》ではなかった。人工雪崩は調節可能、父からそうきいたことがある。さっきの雪崩は山肌を根こそぎ削るのではなく、わずかに浮きあがりながら、工場のガワのみを破壊していった。生き延びられたのはそのおかげだった。ヒョンシクはこのフロアの周辺に、ありったけのナノメモリーカードを投げ落とし、敵勢を分散させた。奇襲作戦としては悪くない。だが……。

凜香は吐き捨てた。「死ぬかもしれなかっただろが」

ヒョンシクが応じた。「震動で爆発はわかる。工場なら雪崩に警報が鳴る。最低限、身を守るぐらいはできる」

「掘るのはここでいいのかよ」

「音がきこえるだろ。ヨンジュの靴の踵《かかと》に入ってた」

耳を澄ました。雪のなかで防犯ブザーに似た音が鳴っていた。凜香はヒョンシクとともに、がむしゃらに雪を掘った。制服はあちこちが裂け、両手も剝きだしだが、凍傷を気にしてはいられない。

ひたすら掘り進めるうち、うっすら防寒着の一部が見えてきた。後ろ手に拘束され、横たわった状態で埋もれている。ヨンジュだった。向かいあうようにユノの輪郭も現れた。そのあいだに小さな姿が存在するのが、積もった雪の起伏からわかる。ハヌル。ヨンジュとユノがかばっていた。

「ユノ！」ヒョンシクが雪を掘りながら怒鳴った。「ヨンジュ！」

凜香も手を休めず呼びかけた。「ハヌル！」

ふいにヒョンシクが後方へ弾《はじ》け飛んだ。土戸が側頭部の髪を振り乱し、血相を変えながら襲いかかり、ヒョンシクを引き倒していた。刃渡りの長い半月刀を垂直に振り下ろす。仰向《あおむ》けに寝たヒョンシクは、士戸の手首をつかみ、かろうじて刃を空中にとどめた。

はっとして凜香は顔をあげた。「ヒョンシク！」

「掘れ！」ヒョンシクは士戸に抗《あらが》いながら声を張った。「三人を助けだせ！」

ヒョンシクがすばやく横回転し半月刀を躱《かわ》した。つかんだ雪を士戸の目に浴びせる。士戸は一瞬だけ顔をそむけた。ヒョンシクはその隙に立ちあがった。テコンドーの蹴《け》り技を士戸に繰りだす。だが士戸はワンステップで後退し、ヒョンシクの背後にまわりこんだ。半月刀が水平に振られる。ヒョンシクは身を屈め回避した。

凜香は雪を掘りつづけた。周辺の兵隊はヒョンシクへの狙撃《そげき》をためらっている。士戸に当たる危険性があるからだ。しかしそのせいで凜香が狙われた。銃声が鳴り響くたび、雪のなかに伏せることを余儀なくされる。とはいえ士戸との距離はさほど開いていない。敵の発砲も威嚇射撃に留まっている。

ハヌルの身体の一部だけでも掘り起こしたい。だがヨンジュもほうってはおけない。ユノもだった。凜香は三人の顔がある辺りを並行し掘り進めた。効率の悪さはあきらかでも、誰かをひとりでも失うのは嫌だ。なぜこんな感情に駆られるのか、理由はよくわからない。なんにせよいま自分はそう思っている。あきらめるのは苦手だった。願いが果たされないのはむかつく。後悔《フフェ》なんかまっぴらご免だ。

最も浅く埋まっているのはユノだった。半ば凍りついたような横顔を掘り起こした。凜香は呼びかけた。「ユノ。ユノ!」

身体を揺すろうにもまだ雪の下だった。凜香はてのひらをユノの頰に打ち下ろした。力いっぱい何度も叩《たた》きつける。ドラマでおぼえた韓国語を叫んだ。「起きろ《イロナ》!」

ユノがびくっと痙攣《けいれん》し、息を急激に吸いこみ、上半身を起きあがらせた。さかんに目を瞬《しばたた》かせ、ユノが凜香を凝視した。凜香はユノの背後にまわると、スカートベルトからナイフを引き抜き、樹脂製カフを断ち切った。半ば茫然《ぼうぜん》とすること数秒、銃撃音にまたもユノがびくついたが、同時に我にかえったらしい。ユノも雪を猛然と掘りだした。

敵の怒鳴り声がわりと近くにきこえた。傾斜の上方を仰ぐと、兵隊が俯《うつぶ》せの姿勢で斜面を滑り降りつつ、アサルトライフルで銃撃してくる。凜香もフルオート掃射で反撃した。命中しないまでも、敵勢があわてぎみに跳ね起き、左右に退避していく。

そのあいだにユノがヨンジュの顔を掘り起こした。ヨンジュはぐったりとしている。ユノが大声で呼びかけた。「ヨンジュ!」

凜香はアサルトライフルをユノに押しつけた。「代わって！」

ユノが背を向け、四方に対し弾幕を張った。けたたましい銃撃音が至近に鳴り響いても、ヨンジュの瞼《まぶた》はぴくりともしない。凜香はユノのときと同じように、ヨンジュの頬をしたたかに張った。「イロナ！」

ヨンジュの目は一発で開いた。虚空を見つめたのもわずか数秒、すぐに怒りに満ちた顔を凜香に向けてくる。喉《のど》に絡む声でヨンジュがきいた。「なにすんの。凜香」

幸いなことにユノより覚醒《かくせい》が早い。ただし状況を正しく理解しているかどうかは別問題だった。凜香はヨンジュの樹脂製カフを切断すべく、ふたたびナイフを引き抜いた。

ところがそのとき、士戸のわめき声が背後に接近してきた。倒れこんできたユノが凜香に衝突した。凜香の手からナイフが飛んだ。しかもあろうことか、ナノメモリーカードを吐きだしてしまった。

ユノが傾斜を転がり落ちていく。士戸が近くに仁王立ちし、凜香の胸倉をつかみあげた。憤激に満ちた形相が目の前にあった。

ヨンジュの声が耳に届いた。「凜香！」

凜香は士戸に振りまわされながら声を張った。「そのナイフ使って！　ハヌルが埋まってる。助けだして！」

後ろ手に拘束されたヨンジュが、雪の上に転がり、ナイフをつかみとった。樹脂製カフを断ち切るのは時間の問題だった。

ナノメモリーカードが落ちた、だいたいの地点は把握している。その回収をヨンジュに呼びかけなかった、そんな自分の心にまた驚かされる。だが迷いなどあるはずがない。ハヌルの命こそがなにより優先する。

土戸は凜香をつかみあげたまま、膝蹴《ひざげ》りを何発も腹に見舞ってきた。耐えがたい苦痛が襲い、凜香は嘔吐《おうと》しそうになった。息がとまりかけ、呼吸すらままならない。凜香は咳《せ》きこみながらも怒りを燃えあがらせた。このハゲ。調子に乗んな。

凜香は両手で土戸の鼻と口を塞《ふさ》いだ。土戸も苦しげに呻《うめ》き、身体をよじりだした。なおも土戸の手は凜香を放そうとしない。

なぜか銃撃がやんでいる。そう思ったとき、近くを人影が駆け抜けた。いったん身をかがめたのち、雪の上を疾走していった。

羅門だった。黒いスーツはぼろぼろになり、オールバックの髪も乱れきっている。兵隊が銃撃を控えたのは、弾を羅門に当てまいとしたためだ。羅門の向かう先で、薩摩がワークステーションのブースを掘り起こしていた。縦五十センチ、幅三十センチの本体も、すでにデスクトップに戻っている。

凜香は失態を呪った。羅門にナノメモリーカードを拾われてしまった。だが薩摩は正気だろうか。なんとワークステーションを機能させるつもりだ。こんな状態で作動するものなのか。

士戸の手刀が凜香の腰を水平打ちにした。凜香は激痛にのけぞった。士戸による一本背負いで、凜香は投げ飛ばされた。雪の斜面に叩きつけられ、そのまま転がり落ちた。回転がとまらない。フロアの下端が迫ってきた。山肌へ落下してしまう。

だが誰かの手が凜香の腕をつかんだ。凜香は顔をあげた。雪にまみれたユノが俯せていた。ふたりは互いを支え合いながら立ちあがった。しかしそこに士戸が突進してきた。半月刀が振り下ろされる。凜香とユノはそれぞれに飛び退いた。

ヨンジュが雪を掘る姿が目に入った。「ハヌル！　ハヌル」

凜香はユノを振りかえった。ヒョンシクがユノに加勢し、二対一で士戸の半月刀に抗いだした。いまはハヌルが気がかりだった。凜香はヨンジュのもとに駆け寄った。ふたりで雪を掘りまくる。

ハヌルの姿は雪像のように浮き彫りになっていた。凜香は必死で雪を払いのけると、ハヌルの襟首をつかんだ。薄い開襟シャツ一枚で、ハヌルは雪のなかに埋もれていた。

すっかり冷たくなっている。脱力しきったハヌルを凜香は抱き起こした。今度は頬を張る気になれない。ハヌルの真っ青な顔は痣《あざ》だらけだった。

なんの反応もない。呼吸もなかった。ハヌルは頭の重みのままにのけぞった。こんな人体のありさまなら、過去に何度か目にした。いずれも死んでいた。

ありえない。凜香はハヌルを仰向けに寝かせた。顎《あご》を上げさせ、気道を確保する。ハヌルの鼻をつまんだのち、凜香は唇を重ねた。全力で息を吹きこむ。ハヌルの胸はなかなか膨らまない。

また涙が滲《にじ》んでくる。肌が氷のようにすっかり冷たい。それでも認められない。ハヌルが死んでいいはずがない。

だしぬけに銃声が轟《とどろ》いた。至近からアサルトライフルが狙っている。凜香は人工呼吸をやめなかった。

ヨンジュがアリルトライフルを拾い、迫り来る敵に銃撃した。「邪魔すんな！」弾が肉体を抉《えぐ》る鈍い音が響き、呻き声とともに敵が突っ伏す。だがヨンジュのアサルトライフルも沈黙した。弾を撃ち尽くしたらしい。ユノとヒョンシクを視界の端にとらえた。いまだ士戸とぶつかりあっている。

凜香はハヌルの口に思いきり息を吹きこんだ。ハヌルの胸が隆起しだした。凜香が顔を浮かせると、ハヌルの口から息が漏れてきた。もういちど息を吹きこむ。

ふいにハヌルが咳きこんだ。苦しげにむせながら寝返りをうった。視野が涙に波打ちだした。白い雪がぼやけて仕方がない。ハヌルの顔が茫然と見あげた。弱々しいまなざしだったが、つぶらな瞳《ひとみ》は変わらなかった。その純粋無垢《むく》な面持ちに、早くも気遣いのいろが浮かぶ。

「お姉様」ハヌルがささやいた。「怪我はないですか」

思わず笑わざるをえない。凜香はハヌルをそっと抱き締めた。肩を震わせながら泣いた。

ヨンジュがため息まじりにいった。「ハヌル……。よかった」

またも銃声がこだました。ハヌルがびくっとする。凜香は辺りを見まわした。

土戸の手に拳銃《けんじゅう》が渡っていた。接近した兵が投げ渡したらしい。ユノとヒョンシクが雪上を転がりながら回避する。ユノは武器を失った兵に飛びつき、首に腕を巻きつけると、頸椎《けいつい》をへし折った。だがヒョンシクはまだ立ちあがれずにいる。土戸が拳銃でヒョンシクを狙っていた。いまにもトリガーを引き絞りそうだ。

凜香はサバイバルナイフをとりあげた。父はナイフ投げなど、まともに刺さらないといった。結衣もその指導を鵜呑《うの》みにしているようだ。凜香はそう思わなかった。優莉家の教育にもまちがいはある。これで殺《あや》めた標的はひとりやふたりではない。

親指と人差し指で刃の背面を挟む。腕の遠心力で瞬時にナイフを投げつけた。ナイフはまっすぐに飛び、土戸の腹に突き刺さった。前のめりになった土戸が目を剝《む》き、息がとまるような呻きを発した。

ただちに凜香は猛然と駆け寄っていき、土戸の手前で跳躍した。結衣の技を真似て、両太腿《りょうふともも》で土戸の胴体を挟み、身体ごとひねってねじ伏せる。禿《は》げ頭を雪に突っこませた土戸が、激しく全身を痙攣《けいれん》させた。

死にゆく者へ手向けるひとことが、凜香の口を衝いてでた。「頭を冷やせカス」

頸椎が折れている。土戸の絶命はあきらかだった。脱力しきった土戸の身体を、凜香は力いっぱい蹴《け》った。土戸は雪の上で大の字に横たわった。

凜香は起きあがろうとしたが、ユノとヒョンシクが同時に飛びつき、三人ともその場に伏せた。四方八方から銃撃音が轟いた。

畜生。凜香は憤りとともに顔をあげた。とたんに愕然《がくぜん》とさせられた。ワークステーションのブースに変化があった。機器に点滅が見受けられる。ブースにはふたりいた。羅門が見守るなか、薩摩がキーボードに両手の指を走らせる。

ユノが吐き捨てた。「なんだあれはよ！　どうして稼働してやがる」

サーバーは地下だ。自家発電機も埋めてある。羅門はそういっていた。こんな状況でもネットに接続が可能だとは。

なおも周囲からの銃撃がつづいた。ヨンジュが雪のなかに座りこみ、ハヌルを抱き締めていた。近くの雪が跳ねあがる。凜香は匍匐《ほふく》前進で這《は》い戻った。ヨンジュとハヌルをかばい、雪のわずかな窪《くぼ》みに伏せさせる。

急に銃撃音がやんだ。兵隊がいっせいに身を翻し、我先にと斜面を下りだした。

「なに？」ヨンジュがつぶやいた。

ヘリの爆音がきこえる。上空を仰いだ。水いろのずんぐりとしたベル社製の機体、道警のヘリが二機。つづく三機は迷彩柄の対戦車ヘリだった。帯広駐屯地から離陸してきたにちがいない。

日高山脈の奥深くであっても、さすがに雪崩で工場が全壊となれば、警察や自衛隊が駆けつける。もうここに留《とど》まってはいられない。

ブースに立つ羅門が、傷だらけの顔をこちらに向けた。たらこ唇を得意げに歪《ゆが》め羅門が怒鳴った。「いま百億の送金が終わった！　田代勇太の復讐《ふくしゅう》を覚悟しろ。思い知れ、優莉凜香！」

凜香はかっとなった。跳ね起きるやブースに駆けだそうとした。「ぎょろ目がきい

る。

だがふいに腕をつかまれた。凜香は振りかえった。ヨンジュが凜香を引き留めてい
たふうなことを……」

涼しいまなざしでヨンジュがささやいた。「よせ。もういい」

「でも」凜香はうったえた。「ＩＩデータが……」

視線が自然にハヌルへと移る。ハヌルはただじっと凜香を見つめていた。遺産は凜香お姉様に譲る、ハヌルはそういった。いまもなんの未練も感じさせない。ただ凜香の身だけを案じている。

ユノが呼びかけた。「凜香！　もういいんだ。サツが来た。ゲームオーバーだ」

凜香はユノを見た。近くにヒョンシクが立っている。ヒョンシクはオイルライターの火を灯《とも》した。吹っ切れたようにため息をつくと、ダイナマイトの導火線に着火した。

火花の散る円筒をブースに投げつけた。薩摩がブースで激しく取り乱している。

だが羅門は両腕を高々と振りあげた。「見たか勇太！　田代一族が手も足もでなかった優莉家に、ヤヅリは勝っ……」

まばゆい閃光《せんこう》とともに衝撃波が放射状にひろがった。ブースが粉々に消し飛ぶや、熱を孕《はら》む突風が襲いかかってきた。瞬時に雪が溶けだしたのか、一帯の白い斜面全体

が滑落しだした。フロア上の雪のみに留まらない。今度こそ山肌が削られるがごとく、視界のあらゆる物体が斜面を崩れ落ちてくる。工場の残骸《ざんがい》から無数の木々まで、なにもかも上方から押し寄せてきた。凜香は白い津波に呑《の》まれる寸前、とっさにハヌルを抱き締めた。ヨンジュらが転がり落ちるのを一瞬だけ目にした。それ以上は注視できなかった。凜香自身も大量の雪に押し流されていった。

またも身体の回転がとまらない。凜香はハヌルの頭にしっかり手を這わせ、衝撃から保護した。凹凸に身体が跳ねあがるたび、柔道の受け身の姿勢をとり、落下時の骨折を免れつづけた。雪に埋もれるかと思いきや、自分が転落する速度のほうが上だった。

やがて回転がおさまり、凜香は背中で滑落していった。胸の上にハヌルが俯《うつぶ》せている。傾斜が緩やかになってきた。速度が低下しつつある。周りに目を向ける余裕がでてきた。木立のなかだった。雪崩も勢いを失っている。もう幹が押し倒されることはない。テトラポッドに打ちつける波のように、流れが木々の隙間に分散していった。ほどなく身体が静止した。凜香はハヌルを抱いたまま、雪上に横たわっていた。近くにヨンジュもいる。やはり仰向《あおむ》けに寝そべっていた。目が開いているのが見てとれる。ユノとヒョンシクも雪にまみれていたが、すぐに上半身を起こした。

ヘリの爆音がずいぶん遠くにきこえる。かなりの距離を下ってきた、そんな気がする。周りにもう黒ずくめはいない。兵隊は蜘蛛《くも》の子を散らしたように消えていた。

真っ先に笑いだしたのはユノだった。ほどなくヒョンシクも愉快そうに笑い声をあげた。ヨンジュは横たわったまま、胸を震わせながら笑った。

ハヌルが凜香を見つめていた。最初に会ったときと同じ、澄みきった瞳が凜香をとらえている。凜香もハヌルを見かえした。

凜香のなかに淡い実感が生じた。アオハルの喜び。きっとこの思いにちがいない。リア充にはほど遠いが、たぶんそれに近い感覚なのだろう。

空を仰いだ。木立のなかに脆《もろ》い陽射しが降り注ぐ。散々苦労して得られたものは、ただ爽《さわ》やかな気分だけだった。でも掛け値なしのすばらしい財産だった。どれだけ切望してもけっして得られなかったときが、いまここにあるのだから。

22

日高山脈のはずれにあるペンションは、この時季まだ営業していなかった。スキー場からは離れているため、夏期に避暑の客だけを受けいれるらしい。雪の降り積もった森林の奥深く、煉瓦《れんが》造の平屋建ては、無人の状態で施錠されていた。オール電化で通電していたのは幸いだった。凜香たちが忍びこみ、熱いシャワーを浴びるのに支障はなかった。

管理室のクローゼットに、Sサイズのスキーウェアがあった。凜香はようやく、ぼろぼろの制服から、まともな防寒着に着替えられた。パグェの三人もそれぞれ新しいスキーウェアを身につけた。上空のヘリから逃亡時に目をつけられた可能性もある。いろちがいの服に着替えておくことは重要だった。

ハヌルひとりだけはパジャマ姿で、客室のひとつでベッドに潜っていた。凜香がドアをノックすると、ハヌルが返事をした。部屋のなかに入ると、カーテンの隙間から白い陽光が射しこんでいた。その明るみのなかで、ハヌルが上半身を起こした。

凜香はベッドの端に座った。「気分は？」

「悪くありません」ハヌルは疲弊しているものの、血色はかなりよくなっていた。風《ふ》呂《ろ》に入り、小綺麗《こぎれい》になったこともあり、人形のように可愛い顔がまた輝きを帯びている。痣《あざ》や絆創膏《ばんそうこう》は気にならない。室内を見まわしながらハヌルがささやいた。「ここ、いい別荘ですね」

ひそかに心を痛める。ハヌルは凜香が説明したまま、現状を受けいれている。ピッキングで玄関の鍵を破るところは、ハヌルに見せなかった。

とはいえハヌルは賢い。もう事実に気づいているのかもしれない。ただ凜香を傷つけまいと気遣っている。そんなハヌルのやさしさが胸に沁《し》みる。

「ごめんね」凜香はつぶやいた。謝罪を口にするのは、十四年の人生のなかで初めてかもしれない。

ハヌルがきょとんとして見つめてきた。「なぜ謝るんですか」

「遺産の百億円……。一千億ウォンを奪われちゃった」

「ああ……。お姉様こそ気の毒です。あれはお姉様に差しあげたお金だったのに」

凜香は虚空を眺め、力なく苦笑した。子供どうしで百円かそこらの貸し借りでもしたかのような口ぶりだ。けれどもハヌルにとっては、事実それぐらいの感覚なのだろう。

ヨンジュがスマホでネット上のニュースを確認した。スイスのプライベートバンクへの不正アクセスを受け、KMグループはハヌルの誘拐について、公開捜査への切り替えを承諾した。もうグループ各社の資産の現金化は不可能になった。十一兆円の価値がある総資産は温存される。ハヌルがなにをどれだけ引き継ぐか、すべて本人の自由だった。百億円ぐらいの損失など、たいした問題ではないのかもしれない。

暮らしぶりだけではなく、生まれからして根本的に異なる。凛香とハヌルは別世界の住人だった。最初に感じたとおりだ。ハヌルは透き通った真水。凛香は泥。けっして相容《あいい》れない。

「お姉様」ハヌルが小声できいた。「これからどうなるんですか」

「もう心配しないで」凛香は応じた。「ここで休んでればいい。すぐに迎えが来る」

「迎え……?」

「ハヌルを愛してくれる大人たちとまた会える」

するとハヌルの大きな瞳《ひとみ》に憂いのいろが宿った。視線を落としながらハヌルがいった。「父母も祖父母ももういません……。知っている大人たちは、みんなやさしいけど、たぶんお金のことで頭がいっぱいなんだと思います」

「それはわたしも……」

「ちがいます」ハヌルが身を乗りだした。「凛香お姉様は絶対にちがいます。そんな環境に生まれて、そういう生き方を選ばざるをえなかったとしても、お姉様はそこに染まってはいません。僕にとっては命の恩人です。心から尊敬できるお姉様なんです」

そんな環境。そういう生き方。そこに染まってはいない。ハヌルが口にしたのは曖《あい》味《まい》な表現ばかりだ。半グレや反社という言葉を知らないからだろう。犯罪者なる概念すら、正しく理解できるかどうか疑わしい。ハヌルの生い立ちには、まるで縁のない知識だったはずだ。

凛香は視線を逸《そ》らした。「いったでしょ。わたしみたいなのを信じちゃいけない」

「どうしてですか」ハヌルの一片の曇りも汚れもない、つぶらな瞳がまっすぐに凛香をとらえた。「僕はお姉様が好きです。これからも一緒にいたい」

胸に押し寄せるのは淡い歓《よろこ》び、それ以上に鈍重な痛みをもたらす哀しみ。水と泥が混ざっていいはずがない。すべてが濁ってしまう。ハヌルをそんな目に遭わせたくない。

小さな手が伸びてきて、凛香の手を握ろうとしてくる。とっさにそれを拒んだ。凛香はハヌルの頰に手を這《は》わせた。

「きいて」凛香はハヌルを見つめた。「資産十一兆円の王子が選ぶ妃《きさき》は、きっとすばらしい人だよね。小学校で出会えてたら、わたしもハヌルが好きになってたと思う」

ハヌルのまなざしに落胆のいろが浮かんだ。「お姉様の思いはちがうんですか」

「ちがわない。でもそんな感情は持っちゃいけない」

「なぜですか」

「両親が凶悪犯」凜香はこみあげてくる感傷に抗《あらが》いながらいった。「わたし自身も人殺し。欠陥だらけ。子供なのに身体を売って生計を立ててきた。校則も法律も守らない。勉強もしない」

「きっとぜんぶ事情があったんです……」

「お願い。中二病の馬鹿女が、ハヌルに教えられることなんて、そんなにたくさんあるはずないけど……。泥は真水を泥に変えるでしょ。でも真水は泥を真水に変えられない。だから接触しないで。わたしみたいな手合いには関わらないで」

ハヌルの目が潤みだした。「お姉様は泥なんかじゃありません」

悲哀とともに焦躁《しょうそう》が募ってくる。ヘリの爆音をききつけたからだ。サイレンの音も耳に届いた。山奥でもペンションへつづく車道は当然ある。パトカーが続々と駆けつけてくる。

ノックが数回、ドアが開いた。ヨンジュが緊迫した声を響かせた。「凜香。もう時間がない」

凜香はハヌルに指示した。「この部屋からでないで」

返事をまたず立ちあがった。ヨンジュの立つドアに向かう。するとハヌルがベッドを抜けだし、凜香を追いかけてきた。

「お姉様」ハヌルが凜香にすがりついてきた。

抑制しきれない思いが表出しそうになる。涙がこぼれる前に凜香は身を低くした。目の高さがハヌルと合ったとき、同世代の少女に戻ったように感じられた。凜香は自然にハヌルと唇を重ねた。ハヌルは驚きに目を丸くしていたが、いささかも身を退《ひ》いたりしなかった。

凜香はまた身体を起こした。ハヌルのあどけない顔がじっと見つめる。今度こそ別離のときにちがいない、そう悟ったような面持ちがそこにあった。

背を向けると凜香は部屋を駆けだした。ヨンジュとともに廊下を走った。足音は追いかけてこない。ハヌルはやはり賢い子だ。最後の言いつけを守り、ひとり室内に留《とど》まっている。

建物の裏手側、厨房《ちゅうぼう》に入った。ユノとヒョンシクはスキー板を履き、両手にストックを握っていた。このペンションで、四人ぶんのスキー靴と板を探し当てた。ヨンジュが靴底を板に嵌《は》める。凜香もそれに倣った。

ユノが勝手口のドアを開け放った。その先は不整地の急斜面だった。雪が降り積もってはいても、通常ならスキーで滑降できない。そのためまだ警察の包囲網もない。

ヒョンシクが呼びかけた。「凜香」

凜香はヒョンシクに目を向けた。ヒョンシクの涼しい顔は、やはり歌番組に出演するK－POPボーイズグループの、エンディング妖精《ようせい》のカットを彷彿《ほうふつ》させる。

つぶやくような物言いでヒョンシクが告げてきた。「俺はおまえの家族が嫌いだ。だがおまえはそうでもない。パグェの各班長には伝えとく。おまえは一目置く存在だって」

「馬鹿にされるだけじゃね？」

「そんなことはない。俺とユノは精鋭だぜ？」

思わず鼻で笑った。自分でいうかよ。胸の奥でそうこぼした。

ユノが先陣を切り、ドアの外へ飛びだした。次いでヨンジュ、凜香。最後にヒョンシクが追ってくる。身を切るような冷たい風圧も、スキーウェアなら応《こた》えない。フリースタイルスキーのテクニックは、まともに教わったわけではないが、理屈はすぐに呑《の》みこめた。極端な凹凸や急斜面を次々にクリアしていく。

滑降しながら後方をちらと振りかえった。遠ざかる平屋の窓にハヌルの小さな姿が見えていた。さよなら、真水のような少年。わたしのアオハル。それぞれの明日《あした》がまっている。

23

二十三歳のグエン・ヴァン・ハンは、これから日本で帰化したのち、田代勇太を名乗ることになっていた。すでに自分は勇太だといいきかせていた。髪を短く刈りあげ、迷彩服に防弾ベストとチェストリグを装備した。準備万端整い、田代勇太は暗がりのなか、鉄製の階段を上っていった。

外にでると強い陽射しが降り注いだ。潮風が全身に吹きつける。ここは洋上だった。大型石油タンカーの甲板は補強され、あたかも空母のごとく、ツインローターの大型ヘリを載せている。CH-47チヌークには赤十字マークが塗装されていた。機体を囲むように、やはり迷彩服姿の傭兵《ようへい》部隊が整列している。

副長のクアンが駆け寄ってきた。「医療用薬品とマスクの段ボール三十個は搭載完了。銃器類と弾薬も積みこみを終えました」

「よし」勇太はヘリに向かいだした。「重要なブツがふたつある。抜かりはないか」

クアンが歩調を合わせてきた。「いま搬入されます」

機体側面の開口部からタラップが下ろされている。複数の兵士らが円筒形の金属容器を運びあげている。長さ一メートル半、直径五十センチ、生物学的危害《バイオハザード》マークが塗装されていた。バルブを開閉させる回転式のハンドルも備える。

決死の科学班が南アフリカに赴き、新型コロナウイルスの変異株を集めてきた。従来よりも細胞の受容体に結合しやすく、感染力が極度に高まる。

ほうっておけば日本のコロナ禍は、今夏にも収束するだろうが、これを撒《ま》けば数年にわたり混乱がつづく。毒性の強い新たな脅威として蔓延し、国家のあらゆる機能を麻痺させるだろう。

勇太はクアンにきいた。「もうひとつは？」

「これです」クアンが傍らを見下ろした。甲板上に別の円筒が横たわっている。

北朝鮮から買いいれたしろものだった。断熱緩衝材入りの保護容器。複数のペレットに小分けした、濃縮ウラン七十キロがおさめてある。

生物兵器と核兵器の材料が揃った。さらに大量の武器弾薬、精鋭中の精鋭の兵力が加わる。無敵の部隊がいま日本に上陸する。父母や弟の苦戦もこれまでだ。田代ファミリーが国家の実権を掌握する。

わきに木箱がいくつも積んであった。医薬品に偽装したラベルが貼られている。勇太はそこに歩み寄った。「これは米ドルだな？」

「はい」クアンが応じた。「ヤヅリから送金のあった約百億円のうち、十五億円は日本国内の田代ホールディングスに、八十五億円がわれわれのもとに来ました。ウィルスと濃縮ウランの購入費を差し引いた、四千七百五十万ドルが用意されています」

勇太はバールを手にし、木箱の蓋《ふた》をこじ開けた。ドル札の束がぎっしりとおさまっていた。

我が師、羅門の形見だった。家族へのなによりの手土産になる。田代ファミリーはふたたび巨額の軍資金を得る。日本のベトナム裏社会の覇権を、ディエン・ファミリーなどに奪回されてなるものか。

「いいか!」勇太は整列する部隊に声を張った。「多くの同胞がチュオニアンで死んだ。日本を戦火の渦に叩《たた》きこむと同時に、憎き優莉家の血筋を根絶やしにする。われわれのすべての力がここに結集した。いま出撃する。覚悟はあるか!」

兵士らがいっせいに鬨《とき》の声を発した。耳に心地よい響きだと勇太は思った。ヘリに搭載するすべての威力を発揮すれば、四十八時間以内に政権奪取すら果たしうる。まさに最終にして最強の殺戮《さつりく》部隊だ。

クアンが怒鳴った。「全員搭乗せよ!」

兵士らが整然と機体に向かい、続々とタラップを上っていく。濃縮ウラン保護容器と、ドルをおさめた木箱の搬入も始まった。

勇太はその場にたたずみ、胸ポケットから一枚の写真をとりだした。父と母、弟が写っている。勇次、まっていろ。神に匹敵する力を届けてやる。こざかしい優莉のこわっぱども、きょうが最期の日になる。

24

日高石灰工場事件の捜査が始まってすぐ、帯広錬成校とヤヅリの関係があきらかになった。瀬橋理事長、鍋藻教頭を含む、教職員五十七名が逮捕された。ヤヅリによる校内発砲、キム・ハヌル誘拐と軟禁。異常事態が続々と確認され、即刻閉鎖がきまった。春休み明けには、すべての生徒がそれぞれの地元に帰された。文科省の配慮により、全員が同校で規定の学業を修了したものとされる。

斜陽がユーカリが丘の街並みを赤く染めている。凜香は高架線の二両編成、こあら2号が遠ざかっていくのを眺めた。北口のペデストリアンデッキから駅構内を南口へと抜ける。閑散としたロータリーを経て住宅街に下りる。

また井野西中の制服を着ていた。リュックをぶら下げ、施設〝あしたの家〟をめざす。片手でスマホをいじった。帯広錬成校でいちど没収されたが、ちゃんと返してくれるとは、麹町のクソ中学よりはましかもしれない。

凜香はマスクをしていた。コロナが猛威を振るい、日本じゅうでマスクが義務化されたからだ。会食はいまのところ制限されていないが、間もなくそうなるかもしれないという。幸いだと凜香は思った。頬の痣《あざ》や顎《あご》の切り傷を晒《さら》さずに歩ける。

ニュースサイトの見出しは、すべて同じ報道内容を伝えていた。春のセンバツが中止になった甲子園《こうしえん》球場に、ツインローターの大型ヘリが着陸。上空からの画像もあった。機体に赤十字のマークがあるCH‐47チヌークだった。海外の慈善団体が派遣したとみられる機体の、領空侵犯と緊急着陸。医薬品とマスクが大量に積んであるとの連絡が入った。空港が受けいれを拒否したため、着陸を強行したという。ヤフコメ欄は脳天気な支持で沸いていた。せっかくの贈り物を拒もうとした日本政府を罵《ののし》っている。

あきれてものもいえない。凜香はスマホをしまいこんだ。当然ながら政府のほうが正しい。これはトロイの木馬だ。田代勇太の傭兵部隊にちがいない。医薬品とマスクはたしかに積んでいるだろうが、キャビンの大半は兵士と武器弾薬、ドルの札束だ。休業中の球場を管理する甲子園署あたりもグルか。

百億の軍資金を得て、田代ファミリーが息を吹きかえす。厄介な状況だった。今後も命をつけ狙われる。周りを巻き添えにしないともかぎらない。ここにも長くはいられないようだ。また孤独な日々を送るしかないのか。

〝あしたの家〟の近く、宅地の擁壁のわきに、セダンが停まっていた。覆面パトカーだと一見してわかる。凜香が通り過ぎようとすると、運転席のドアが開いた。

刑事はひとりだけのようだ。やはりマスクをしている。四街道署の佐野が歩み寄ってきた。目を細めもせず佐野はいった。「おかえり」

ただいまと返事するべきか。たったそれだけでも皮肉に感じる。凜香はただ鼻を鳴らした。

佐野刑事のまなざしは、意外にもわりと穏やかだった。「じきに井野西中の始業式だな。三年生への進級おめでとう」

「公立中だし。留年なんかない」

「出席停止はありえた。でもちゃんと新学期から通学できる」

「死にかけたけど」

「それはまあ……。帯広錬成校の事情はわからなかった。大変だったな」

いちおう気遣うような物言いだったが、どこか詮索《せんさく》するような声の響きも伴っている。それはそうだろう。反社の隠れ蓑《みの》のような学校に送りこんでしまったことに、大人として責任を痛感する一方、どうしても疑念がついてまわるはずだ。優莉の四女が転校する先で、やはりまた暴力沙汰《ざた》が起きた。凛香は本当に巻きこまれただけなのか。ひょっとして当事者ではないのか。

とはいえ証拠もなしに、刑事が未成年者を問い詰めたりはしない。佐野は世間話のような口調でいった。「世のなかがどんどん悪くなるな」

「そう?」凛香はきいた。

「ああ。コロナ禍だけじゃない、きょうの甲子園での事件はきいたろ?」

「知らない」

「さっきスマホを見ながら歩いてなかったか。ニュースぐらい目にしただろう」

嫌な言い方をする。やはりこの男も刑事でしかない。凛香はぶらりと歩きだした。

「医薬品やマスクが届いたのなら吉報じゃん」

「そこだけ見れば善行でも、実際には領空侵犯だ。なにかあるんじゃないのか」

「知るかよ。わたしが知るわけない」

「そうだな……」佐野が凛香の前にまわりこみ、行く手を阻んだ。「なあ優莉。大人としちゃ反省してる。俺はきみの帯広錬成校行きに賛成したひとりだ」

「刑事が反省するなんて冗談だろ」

「そんなにつっかかるな。反省は今後に生かせる。俺が案じてるのは、本当のきみだ」

「なんの話だよ」

「自分がいちばんよくわかってるだろ。ああ、否定しなくていい。ただきいてほしい。大人が頼りにならない世のなかだと思ってるだろう。それは事実だ。俺たちの世代が情けない社会を作りだしちまった」

「初老の嘆きなら嫁さんにでもきいてもらえよ」

「そこまで歳をとっちゃいない。でもな、俺たちもみんな十四歳を経験してる。十五も、十六も。だから希望を捨てないでもらいたいんだ。真っ当に生きれば幸せはきっと見つかる。どんな親のもとに生まれようとも」

「……それだけかよ」

佐野刑事は凛香を見つめていた。夕陽に赤く照らしだされた佐野の顔は、よくある刑事の面構えとはちがう。少しだけ本物の配慮がのぞくように思えた。

「ああ」佐野がさばさばした口調でいった。「それだけだ。邪魔したな」

中坊の求めるような心の交流、親代わりの重荷は、しょせん刑事には引き受けられない。これが限度だと佐野は伝えたがっていた。刑事は覆面パトカーに戻っていった。凜香が立ちどまっていると、佐野の乗りこんだセダンにエンジンがかかった。ヘッドライトを灯《とも》し、徐行しながら遠ざかっていく。

空虚さを胸に抱えながら、凜香はまた歩きだした。欺瞞《ぎまん》に満ちた大人どものなかでは、まっすぐで正直な刑事だろう。けれどもその正直さが不良を傷つけることもある。

〃あしたの家〃に近づいた。ため息とともに玄関ドアを開ける。出迎えはなかった。靴を脱いでフローリングにあがり、リビングルームのドアを開ける。

かんしゃく玉の破裂音にびくっとする。銃声ほどではない。音の発生源が、かんしゃく玉でないと気づいた。男女の児童が一列に並び、いっせいにクラッカーを鳴らした。前とのちがいは、みなマスクをしていることにあった。

またも折り紙の輪飾りや、いろ付きティッシュのバラなど、手作りの飾り付けがなされている。壁に貼られた紙には〃おかえり　優莉凜香さん〃と大書してあった。テーブルの上にはペットボトルに紙コップ、ホームパーティー然としたセッティングだった。窓が開いているのは換気のため、コロナ対策にちがいない。

永原夫妻はすっかり元気そうだった。やはりマスクをしていることを除けば、なにもかも前と変わらない。目を細めながら永原がいった。「おかえり！　みんなまってたんだよ」

　湊真と澪子がさも嬉《うれ》しそうに駆け寄ってきた。この春で小五と小四になる。親しみに満ちた表情は家族そのものに思える。

　鼻の奥がつんと痛む。凜香は戸惑いをおぼえながらささやいた。「ただいま」

「ご飯にしよう」永原が妻とともにキッチンに向かいだした。「きょうはご馳走《ちそう》があるからね」

　子供たちがひとりずつ凜香に歓迎を告げにきた。凜香はぎこちない笑みを承知しながら応じた。ようやく儀式から解放された。みな洗面台に手を洗いに行く。コロナ禍のため張り紙がしてあった。〝帰ってきたときにも、食事の前にも、こまめに手を洗いましょう〟

　凜香もそちらに向かいかけたとき、ふとテレビが目に入った。夕方のニュースだった。音声は極力絞ってあるが、かすかにきこえるキャスターの声は異様に興奮していた。「いまヘリコプターが炎に包まれました！　甲子園浜から海上にでた瞬間……」

〝中継〟と画面の隅にでている。空撮の映像だった。オレンジいろに染まった埠頭《ふとう》をとらえている。ツインローターの大型ヘリが低空でまっぷたつに裂け、巨大な火球が膨れあがった。爆発により四散し、金属片が海に降り注ぐ。

一瞬だけ埠頭に小さくセーラー服の女学生が見えた。誰もいない波消しブロックの上に、ひとりだけたたずんでいる。凜香はただ苦笑し、テレビの電源を切った。

きょうはこの姉のことを忘れよう。あんな父や母のもとに生まれたことも。中二病の中二を終え、中三になった。いまはそれだけでいい。

25

空は晴れていた。初夏の陽気が若草いろを鮮やかに輝かせる。無数の葉に彩られた小枝が微風に揺れる。鳥のさえずりは嫌いだったが、現状はそこまで不快に思わない。

横浜の山下町《やましたちょう》にパグェの隠れ家《ナス》がある、そうきかされたとき、陰気なドラキュラ屋敷を連想した。それらしい洋館の多い地域でもある。ところが実際に訪ねてみると、見晴らしのいい高台に、公園のような芝生の庭がひろがっていた。母屋もモダンな造りで洒落《しゃれ》ている。

凜香は庭先の木陰で、デッキチェアに寝そべっていた。枝葉が差し交わす向こう、雲ひとつない青空を眺める。こんなふうに優雅な時間を過ごすのはいつ以来だろう。

きょうはヨンジュとふたりきりだった。貸し切り状態の隠れ家に招待された。ほかに誰もいないからマスクも不要だし、食事は美味《おい》しかったし、至れり尽くせりだった。

唯一興ざめなのは、凜香自身が着飾っていないことだった。施設のある自治体を離れるときには制服を着用、優莉匡太の子にはそんなきまりがある。井野西中の校章が胸についたブレザーにチェックのスカート。いまだ自由にはほど遠い。

ヨンジュが庭先にでてきた。うらやましいことにヨンジュにはなんの束縛もない。ウエストがシェイプされたロングワンピースを、ゆったりと着こなしている。

水撒《みずま》き用のホースを手にしたヨンジュが、凜香に近づいてきた。「芝生に水をやっとかないと。このところ晴天つづきだし」

「案外マメだね」凜香は身体を起こさなかった。「庭の手入れなんかほっときゃいいのに」

「パグェはみんなで助けあう」ヨンジュが身をかがめ、散水栓の蛇口を開けた。右手に握った散水ノズルのレバーを引き絞る。辺りの芝生に水を撒きながら、ヨンジュがささやいた。「みんなの隠れ家だから、綺麗《きれい》にしとかないと」

「パグェに似合わねえ。ユノとヒョンシク以外、ブサイク男ばかりじゃねえか。あいつらにも水を浴びせてやれよ。それだけじゃ綺麗にならねえだろうけど」

ヨンジュは芝生を見下ろしたまま、ふっと鼻で笑った。「泥は真水を泥に変える。

でも真水は泥を真水に変えられない」

凛香は面食らった。たちまち顔が火照りだす。「きいてたのかよ」

「泥を真水には変えられなくても、薄めることはできる。それが真水の効力だったんじゃない？」

ハヌルのことが脳裏をよぎる。無事に保護され韓国に帰った、そんなニュースが世間を賑《にぎ》わせてから、それなりに日数が過ぎた。いまごろどうしているのだろう。

ふいに水が降りかかった。ヨンジュが散水ノズルをシャワーに切り替え、凛香に向けていた。凛香はあわてて跳ね起きた。

「なにすんだよ！」凛香はデッキチェアで上半身を起こし、ヨンジュを睨《にら》みつけた。

ヨンジュは笑いながら、また芝生への水撒きを再開した。「顔が真っ赤になってたから、クールダウンさせてやった」

「大きなお世話だよ。ったくパグェってのは非常識……」

凛香はヨンジュを見あげた。半ば茫然《ぼうぜん》とした気持ちがひろがる。散水が小さな虹《にじ》を作っていた。柔らかい陽射しを浴びつつ、芝生を眺めるヨンジュのまなざし。穏やかで自然だった。見惚《みと》れるぐらい端整で色白な顔。じつはやさしくて、いつも凛香を気遣ってくれた、そんな事実に気づかされる。いまのヨンジュを眺めただけなら、あの暴力的な一面など、誰にも想像がつかないだろう。これが本当のヨンジュかもしれない。

ヨンジュが凜香の視線に気づいたように、ふとこちらを向いた。前はよくわかっていなかったが、やはりかなりの美人だった。姿かたちばかりではない。内面が清らかで澄んでいる。欠点がいくつかあるにせよ、そんなことは気にならない。

「なんだよ」ヨンジュが微笑しながらきいた。なぜじっと見つめてくるの、穏やかなまなざしがそう問いかけてくる。

凜香はただ黙ってヨンジュを眺めていた。失いたくない。そう思った。一緒にいられなくても、また会いたい。もし会えなくなったとしても、ヨンジュがどこかで幸せになってほしい。ずっと長生きして、いつかカタギになって、母親と仲直りして、かっこいい男と結婚して……。そんな将来がつづいてほしい。死なないでほしい。

ヨンジュも凜香を見かえしていた。どこか感慨深げな目を凜香に向けている。中二病を卒業し中三になった。凜香の内なる変化に、ヨンジュは気づいているようだ。姉のような存在だと凜香は思った。やはりいつも誰かを求めてしまう。愚行を否定ばかりせず、立ち直ろうとする意思を理解してくれる、やさしい年上の誰かを。あたえられるばかりではない。心を通わせあって恩がえししたい。

だからヨンジュのこれからを祈りたくなる。しばらくは凜香と同じく、抗争や暴力沙汰《ざた》に明け暮れることだろう。アオハルのすべてをそこに費やしてしまうかもしれない。でも大人になってからは、歓《よろこ》びに満ちた暮らしを送ってほしい。これが友情あるいは愛情と呼べる感覚か。どこかくすぐったいような、温かいような、いままで経験したことがない気分がひろがる。

やがてヨンジュがきいた。「そろそろお茶にする?」

凜香は黙ってうなずいた。ヨンジュが散水栓を締め、母屋に向かいだした。

デッキチェアから立ちあがり、凜香もヨンジュにつづこうとした。カッコウの鳴き声がした。近くの小枝から一羽の鳥が羽ばたいていった。けれどもその姿はほどなく、青く澄んだ空の彼方《かなた》に消えていった。

本書は書き下ろしです。

この物語はフィクションであり、登場する個人・団体等は、現実と一切関係がありません。

優莉凛香《ゆうりりんか》

高校事変《こうこうじへん》 劃篇《かくへん》

松岡圭祐《まつおかけいすけ》

令和4年 10月25日　初版発行

発行者●堀内大示

発行●株式会社KADOKAWA
〒102-8177　東京都千代田区富士見2-13-3
電話　0570-002-301（ナビダイヤル）

角川文庫 23368

印刷所●株式会社暁印刷
製本所●本間製本株式会社

表紙画●和田三造

ISBN 978-4-04-113185-5　C0193

JASRAC 出 2207347-201

角川文庫発刊に際して

角川源義

第二次世界大戦の敗北は、軍事力の敗北であった以上に、私たちの若い文化力の敗退であった。私たちの文化が戦争に対して如何に無力であり、単なるあだ花に過ぎなかったかを、私たちは身を以て体験し痛感した。西洋近代文化の摂取にとって、明治以後八十年の歳月は決して短かすぎたとは言えない。にもかかわらず、近代文化の伝統を確立し、自由な批判と柔軟な良識に富む文化層として自らを形成することに私たちは失敗して来た。そしてこれは、各層への文化の普及滲透を任務とする出版人の責任でもあった。

一九四五年以来、私たちは再び振出しに戻り、第一歩から踏み出すことを余儀なくされた。これは大きな不幸ではあるが、反面、これまでの混沌・未熟・歪曲の中にあった我が国の文化に秩序と確たる基礎を齎らすためには絶好の機会でもある。角川書店は、このような祖国の文化的危機にあたり、微力をも顧みず再建の礎石たるべき抱負と決意とをもって出発したが、ここに創立以来の念願を果すべく角川文庫を発刊する。これまで刊行されたあらゆる全集叢書文庫類の長所と短所とを検討し、古今東西の不朽の典籍を、良心的編集のもとに、廉価に、そして書架にふさわしい美本として、多くのひとびとに提供しようとする。しかし私たちは徒らに百科全書的な知識のジレッタントを作ることを目的とせず、あくまで祖国の文化に秩序と再建への道を示し、この文庫を角川書店の栄ある事業として、今後永久に継続発展せしめ、学芸と教養との殿堂として大成せんことを期したい。多くの読書子の愛情ある忠言と支持とによって、この希望と抱負とを完遂せしめられんことを願う。

一九四九年五月三日

「万能鑑定士Q」こと
小笠原莉子の再登場——

écriture《エクリチュール》
新人作家・杉浦李奈の推論VII
レッド・ヘリング

松岡圭祐

2022年12月25日発売予定
発売日は予告なく変更されることがあります。

角川文庫

「高校事変」を超えた
青春バイオレンス文学

好評発売中

『JK』

著：松岡圭祐

川崎にある懸野高校の女子高生が両親と共に惨殺された。犯人は地元不良集団と思われていたが、警察は決定的な証拠をあげられない。彼らの行動はますますエスカレート。しかし、事態は急展開をとげる——。

角川文庫